금인의 전설

2권

금인의 전설

2권

김용길

뱅크북

머리말

'세종 임금이 한글(훈민정음)을 창제했다.'

이는 세상 사람 모두가 믿고 있는 상식이다.

여기에 대해 '훈민정음은 4천여년 전부터 존재해온 가림토 문자를 간추리고 이에 음가(音價)를 붙여 세상에 반포한 것이다. 그러므로 세종 임금의 창제설은 잘못된 것이다'라고 주장하는 사람들도 있다.

인간의 무지에서 비롯된 천동설(天動說)은 중세까지 유럽 사회를 지배해온 불변의 상식이었다.

즉 오늘날 우리들이 알고있는 한글과 중국문자에 대한 상식 역시 무지와 오류 그리고 역사 왜곡에 따른 잘못된 믿음일 수도 있다는 말이다.

30여년 전 필자는 근대중국의 금문(金文)학자인 낙빈기 선생의 ≪금문신고(金文新考)≫를 한국고문자학회 김재섭 회장으로부터 접할 수 있었다.

중국인인 낙 선생의 고대금문해석은 도저히 믿을 수 없는 충격적인 것이었다.

'중국 땅엔 오제시기(五帝時期 4300~4500여년전) 이전부터 혈통과 언어 및 생활습관이 근본적으로 다른 양대민족이 살고 있었다. 신농씨(神農氏)로 대표되는 양족(陽族:羊族)과 곰족(熊族)과 호족(虎族)의 연합체인 황제족(黃帝族:漢族의 조상)이 그들이다. 이들 중 한국인의 선조인 양족은 오제시기부터 본격적인 농경사회로 진입했고 청동 야련 기술도 보유하고 있었다. 그러나 황제족은 아직도 채집과 수렵 및 목축 위주의 생활에서 벗어나지 못한 후진 종족이었다. 따라서 중국의 문명과 중국문자는 후일 동이족(東夷族)으로 불린 양족에게서 비롯된 것이다. 한국인의 선조들이 중국 대륙에서 주도한 이러한 상고사(上古史)는 성인으로 받들어진 공자(孔子)가 꾸며낸 만이활하설(蠻夷滑夏設:미개한 夷족이 夏나라를 침탈했다)에 따라 한족 위주의 중국 역사인 것처럼 왜곡시킨 것이다.'

그 당시의 기록이기도 한 고대 금문자를 해석한 낙 선생의 학설은 필자에게 크나큰 혼란을 주었다. 그래서 선생의 이론이 사실인지 아닌지를 확인해 보기로 했다. 즉 낙 선생의 주장이 사실이라면 모든 문화문명의 근간이 되는 중국문자 속에 한국인의 생활습관과 언어가 들어있을 것이고 이를 분석해 보자는 것이었다. 그래서 고대금문과 상나라 때의 갑골문(甲骨文) 그리고 전서와 진서(秦書) 등을 20여년간 연구했다. 결과는 낙 선생의 주장이 사실로 받아들여졌다. 아, 참으로 슬기롭고 위대한 우리 민족! 그런데도 엉터리 역사만을 배워 거짓을 진실이라 여기고 있었다니~

필자는 이를 널리 알리기 위해 고명하다는 국어 및 한문학자들을 찾아가 검토를 부탁했다. 그러나 상대조차 해주지 않는 외면과 기피를 받았다. 차라리 재미있는 소설을 써서 유명인이 되면 필자의 주장이 먹혀들 것 같았다.

2001년 명상출판사에서 출간했으나 겨우 7만권 정도만 팔렸다. 필자의 의도는 실패했다.

거짓이 진실이 되고 진실은 어둠 속에 묻혀 있는 세상!

그래서 던져버리고 있었다. 그런데 서울에 사시는 고소현이란 여성이 우연히 이 책을 보게 되고 필자를 찾아왔다. 진실된 우리 역사가 어둠 속에 묻혀 빛을 보지 못하고 있는 이 현실이 너무나 안타깝다 했다. 그러면서 재출간하여 슬기롭고 진실된 우리 역사를 널리 알리는 계기가 되도록 하자고 권유했다.

그녀의 똑바른 안목과 마음에 필자는 감동했다. 그래서 재출간하게 되었으며 다시 한 번 더 고소현님께 깊고 깊은 감사를 표하는 바이다.

2022년 12월
한밝 김용길

목차

주요 등장 인물

금인(金人)

춘추 시대 진(秦)의 9대 임금 목공(穆公) 임호(任好)가 혁사만하(爀使蠻夏, 미개한 하족을 벌벌 떨게 하자)의 기치를 내걸며 만든 진(秦)의 지보(至寶), 동이족(東夷族)의 이상(理想)인 큰 밝음과 불변의 민족 정신을 상징한다. 천부금인(天符金人)이라고도 불렸으며 여기에서 제천금인(祭天金人, 쇠로 사람을 만들어 놓고 하늘에 제사지내다)의 의식이 생겨났다.

김 알(김 처사)

세종 임금과의 인연줄을 만들기 위해 운종가에서 주역 및 측자점을 치며 때를 기다린다. 이징옥, 성삼문, 김시습의 스승으로 축지(縮地)와 차력(借力)을 터득한 이인(異人), 천부금인의 후계자이나 불우하고 파란만장한 일생을 보낸다.

대불이

김알의 아비. 가보(家寶)를 탈취해 간 정요상 아버지를 쫓아 고려로 들어온 여진인. 가보를 되찾기 위해 정요상의 집 머슴이 되어 10여 년을 기다린다.

이징옥

경상도 양산에서 태어났다. 마고 할미를 만나 금정산(金井山)에 있는 금샘(金井)의 물을 마시고 절륜한 용력을 얻게 된다. 백두산 호랑이를 잡으러 갔다가 여진 제일 용사 바로한을 만나 한바탕 겨룬 후 의형제를 맺고 기구한 인연으로 금인을 얻는다.

바로한

장백산 천지(天池)에서 천신(天神, 하느님)의 아들로 태어났다고 알려진 여진 청년. 살만(巫師)인 부그런의 명으로 여진인들의 회맹(會盟)을 주선하다가 명나라 첩자인 초 통령의 간계에 빠져 오욕의 이름을 쓰고 죽었다 살아난다. 나중에 김알(김 처사)의 아들로 판명되며 짧은 부자 상봉이 이루어진다. 청나라 태조 누르하치의 증조부.

하니

고려 유신의 후예로 성삼문 가(家)의 노비로 있다가 김알(김 처사)을 만나게 된다. 가림토 문자 연구에 빠진 김알을 지극 정성으로 모시는 가련한 운명의 여인.

이헌규

김알(김 처사)의 스승으로서 구월산에서 도를 닦다가 경박호(만주)에서 가림토 38자를 탁본하는 작업을 한다. 이때 빈사지경에 처한 바로한을 되살리기 위해 자신의 생명마저 단축한다. 고려 때의 이름난 학자 문정공(文貞公) 이암 선생의 손자.

세종 임금

내관 엄자치와 갑사(甲士) 이징석만을 데리고 미복 잠행을 나갔다가 새우젓 파는 떠꺼머리 총각이 내민 이상한 그림의 뜻풀이 때문에 김알(김 처사)을 만나게 된다. 이때부터 세종의 머리 속에 훈민정음이 그려지기 시작한다.

차만이

구월산 삼성사(三聖寺)의 신녀(神女). 문화현 사또 이팔조의 아들인 이탁의 꼬임에 넘어가 순결을 잃고 핏덩이 하나만 남긴 채 자살하는 비련의 여인으로 김알(김 처사)의 외조모가 된다.

성삼문

스승인 김알(김 처사)이 해독하여 정리한 가림토 28자를 세종에게 전해 준다. 단종 복위 운동을 하다가 일족 몰살을 당하는 사육신(死六臣) 가운데 한 명.

김시습

스승인 김알(김 처사)과 함께 조식의 칠보시를 읊어 수양대군을 응징하려는 징옥의 마음을 저쪽 드넓은 만주 대륙으로 돌리게 한다. 김알의 도맥을 이었으나 불의와 거짓이 활개치는 세상이 싫어 기행으로 한 세상을 살다 간 인물.

만득

이팔조의 사주를 받아 삼성사(三聖寺)의 신모와 시녀들을 겁탈하고 죽인 흉악범. 이헌규의 깨우침에 의해 참회하게 된다. 해룡방의 두령으로 있다가 불문에 귀의한다. 빈사지경에 빠진 대불이 부자를 구해 주었고 왕타오에게 뺏겼던 금인을 찾아 준다.

이조화

요동 총관의 앞잡이 노릇을 하는 고려인. 자신의 영달을 위해 여진인들을 무수히 학살한다. 이성량(명나라 장군 이여송의 아비)의 조상.

초 통령

금의위(錦衣衛)총령으로 명나라의 이이제이(以夷制夷) 정책을 수행하는 첩자 조직의 우두머리.

왕타오

명나라의 유학자(儒學者). 제자를 따라 고려 땅에 왔다가 금인을 보고 탐욕을 일으킨다. 내가 권법의 고수로, 모녀 무당과 대불이를 죽이고 금인을 탈취한다.

정구런

김알(김 처사)의 가슴속에 30여년 간 자리잡고 있던 가죽 주머니 속 물건의 임자. 김알을 그리며 홀로 살아온 우디거(野人)땅의 무당. 바로한의 이모.

부그런

갑주(甲州, 甲山)에 사는 여진족의 살만(巫師). 언니인 정구런의 사랑을 부정하게 깨 버린 여인. 회한에 찬 고통 속에 평생을 살다가 가슴병으로 죽는 바로한의 어미.

태청

발해 시조 대조영의 후예. 미친 바로한을 구하기 위해 라마승의 황금 해골을 훔치려 음산 괴기한 라마 사원으로 잠입한다. 이때 남송(南宋)의 잃어버린 보물 더미를 발견한다.

타루시

남송의 보물을 찾기 위해 라마 사원에 칩거하고 있는 라마 승. 아골타(금나라 태조)의 해골로 고루반혼법을 성취하려 한다.

금인의 행로

» **진 목공** : 동이족의 후예인 진나라 목공이 금인을 만들다.

» **진 시황** : 대대로 이어져 진시황의 손에 전해진다.

» **부소** : 태자 부소가 금인을 가지고 흉노로 망명하다.

» **휴저** : 부소의 아들인 흉노왕 휴저에게 물려주다.

» **김일제** : 휴저의 후손인 김일제에게 물려주다.

» **왕망** : 김일제의 일족 왕망이 신(新)나라를 세우다.

» **신라조정** : 신나라가 후한에 망하면서 왕망 일족이 신라로 옮겨 갔고
가 신라의 궁중 보물이 되다.

» **김함보** : 신라 마지막 마의태자 김함보가 갖고 탈출하고, 완안 씨족
을 만들어 후손에 전달하다.

» **금나라** : 아골타 대에 금나라 건국, 이후 대대로 전해진다.

» **정요상** : 장손인 대불이 아버지가 정요상과 정요상 아버지에게 금인
을 탈취당하다. 정요상 일행이 송도로 도망 가던 중 정요상의 아
버지는 죽고 정요상이 금인을 갖고 돌아간다.

» **대불이** : 정요상 집 머슴으로 들어가 10년 동안 금인을 노리다가 탈
취에 성공하다.

» **김알** : 대불이의 아들 김알이 만주로 가지고 가다.

» **송도 의원** : 만주에서 여진족에게 쫓기던 알이에게 몽혼약을 지어 주
고 탈취하다.

» **의원의 아들** : 아버지로부터 이어받다.

13

» **여진 계집종** : 여진 계집종을 죽이고 금인을 빼앗아 달아났으나 산삼
　　　을 캐러 왔던 사람에게 탈취당하고, 그 사람 역시 호환으로 죽음
　　　을 당하여 혼령이 되다.

» **이징옥** : 꿈에서 혼령이 알려 주어 이징옥이 금인을 얻는다.

» **바로한** : 이징옥이 죽으면서 금인은 바로한에게 전달된다.

12

여진 회맹(會盟)

바로한 일행은 마천령 산맥을 넘어 두만강가에 자리잡은 무산 고을로 길을 잡았다.

백두산 천지(天池)에서 비롯되어 급한 아우성을 치며 동으로 달리던 두만강도 무산쯤에 오면 숨을 죽이고 잠잠해진다. 두만강은 하륙(무산에서 80여 리 지점에 있는 마을)에서 길림성 쪽으로 물줄기 하나를 뽑아 내고, 동시에 남으로 하두수를 토해 놓고, 홍암(무산에서 40리)에서는 연면수를, 여기서 또 성천수를 이뤄 놓았다. 그러니 제 아무리 거센 물줄기라도 이곳 무산 앞에서는 한숨 늘어지게 잠을 잘 수밖에 없는 것이다.

이런 탓으로 무산은 동서남북 모두를 두만강 물길로 연결할 수 있는 교통의 요지가 되어 일찍부터 제법 큰 마을이 될 수 있었다. 오도리족의 본거지가 있는 회령도 이곳에서 말을 달리면 서너 시진 거리 밖에 되지 않고 배나 뗏목을 탄다 해도 한 나절이면 닿을 수 있는 거리였다.

"저 아래 마을에서 무산까지는 쉬엄쉬엄 가도 반 나절 거리밖에 안되니 저곳에서 목이나 축이고 가기로 하지."

검덕산 고개를 넘으면서 바로한은 이마에 맺힌 땀방울을 닦았다. 조용하게 흐르는 연면수 옆에 살짝 기대앉은 연수 마을에 도착한 바로한 일행은 평소와는 다른 마을 분위기를 느꼈다. 바로한 일행이 동구(洞口) 앞으로 다가서자 칼, 창, 활 등으로 무장한 장정들이 우르르 몰려나와 의심과 살기 서린 눈초리들을 보내 온 것이다.

'이상하다. 이들이 왜 이러지. 마을끼리 큰 싸움이라도 벌어진 걸까? 그렇지 않다면 이럴 리 없는데 말이야. 어쨌거나 우리를 환영하는 것 같지는 않으니 발길을 돌리는 것이 상책이겠구나.'

바로한은 동구 안으로 들어가려는 우야소를 가로막았다.

연수 마을과 같은 예사롭지 않은 분위기는 무산으로 가는 노정 곳곳에서 목격되었다. 절벽을 등지고 옆구리에서 연면수를 끼어 안고 있는 문암 마을에서는 여기저기 벼락틀을 설치하는 중이었다. 그들 역시 경계의 눈초리를 보내 왔다.

'사람 왕래가 빈번한 데다 제법 규모가 큰 마을에도 맹수가 나타나 인축(人畜)을 물어 가는 것일까? 그렇지 않으면 저렇게 벼락틀을 길목 여기저기 만들 필요가 없는데 말이야. 그런데 어째서 맹수가 아닌 우리에게 마저 경계와 의심의 눈빛을 나타내는 걸까? 참으로 이상한 일이로군.'

바로한의 고개가 갸우뚱했다.

벼락틀은 호랑이나 곰 등의 큰 짐승을 상대하는 함정 사냥 방법이다. 이것은 큰 통나무들을 양옆으로 벌려 세워 놓은 후 그 밑에 올가미를 설치한 것인데 올가미를 건드리면 엇비슷하게 세워진 통나무들이 와르르 쓰러지면서 맹수를 박살내는 것이다. 이때 나오는 요란한 소리가 마치 벼락 치는 것 같다 하여 붙여진 이름이다.

바로한 일행이 무산 입구에 있는 연상 마을을 지나칠 때였다. 길 옆 산등성이 쪽에서 창과 몽둥이를 든 10여 명의 장한들이 숲을 헤치고 나타났다. 황망히 산을 내려오는 그들 중의 한 사람은 거적에 만 송장을 등에 지고 있었다.

바로한 일행과 마주친 그들의 눈엔 벌건 핏발이 서 있었다. 바로한과 우야소를 힐끔힐끔 훑어보는 그들의 눈에는 의심과 두려움의 빛이 번쩍였다. 그들이 마을 안으로 들어가자마자 애절한 곡성이 낭자하게 흘러나왔다.

'지나치는 마을마다 심상치 않은 움직임이 있어. 여기에 사람마저 죽은 것을 보니 이 일대에 무슨 끔찍한 일이 일어난 것이 분명해. 낯선 사람을 경계하는 듯한 그들의 눈초리를 보면 사람의 짓일 것 같기도 하고 벼락틀을 설치한 것을 보면 짐승의 짓일 것 같기도 하니 도대체 종잡을 수가 없군. 무슨 일일까? 내 신분을 밝히고 저들에게 물어볼까? 아니지! 두려움과 경계심으로 가득 찬 저들이 속 시원히 말해 주지 않을 거야. 어서 무산으로 달려가 보기나 하자.'

"이럇."

바로한은 말 등에 채찍을 가했다.

무산은 여기저기서 많은 사람들이 모여드는 번화한 곳이라 이 근방에서 어떤 일이 벌어졌는지 쉽게 알 수 있을 것이라 생각했던 것이다.

서산 머리에서 기웃거리던 해가 산봉우리 뒤로 몸을 감춤과 동시에 바로한 일행도 무산에 도달했다.

"여보게! 오늘 밤은 이 주막에서 묵고, 내일 아침 동트기가 무섭게 회령으로 말을 달리기로 하세"

우야소에게 말고삐를 넘겨준 바로한은 길목에 있는 주막 안으로 들어섰다.

주막의 분위기도 예사롭지 않았다. 거칠고 소박한 여진 사내들이 모여드는 주막은 평소엔 떠들썩하고 호방한 분위기 속에 젖어 있어야만 했다. 그러나 주막 안은 한 잔 술에 취해 흥얼거리는 노래 가락 하나 들리지 않았고 여기저기서 곰이나 범 등 맹수 사냥 경험을 주고받는 떠들썩한 소리도 없었다.

다만, 이따금씩 쩝쩝거리며 고기를 씹는 소리와 주위를 흘낏거리며 수군거리는 나직한 소리만이 들려 올 뿐이었다.

"여보시오, 주인장! 여기 요기할 것 좀 주고 하룻밤 묵고 갈 잠자리 하나 마련해 주쇼."

주막 안에 있던 사람들의 눈길이 모두 바로한에게 모아졌다. 바로한의 아래 위를 훑어보는 그들의 눈에도 의심과 경계의 빛이 어른거리고 있었다.

"주인장! 이 근방에 도대체 무슨 일이 벌어졌소이까?"

술과 사슴 고기 한 접시를 들고 온 주인 사내에게 바로한이 말을 걸었다.

"저어…… 어……."

주막 사내는 불안한 눈빛으로 주위를 힐끗거리며 냉큼 말을 끄집어내지 않았다.

우야소가 재빨리 끼어들었다.

"여보시오, 주인장! 이분 나리는 부그런 천녀님의 아드님이신 바로한 님이라우. 그러니 안심하고 아는 대로 말 좀 해 보쇼."

우렁우렁한 우야소의 말이 주막 안을 울리자 모두의 눈길들이 다시 한 번 바로한 쪽으로 쏠렸다.

경탄과 흠모의 눈빛들이었다. 그러나 문가 쪽에 자리 잡은 두 사람의 눈빛만은 토끼를 본 매눈 같은 빛을 토해 내고 있었다. 주인 사내 역시 얼굴빛을 바꾸었다.

"아……, 그 유명한 바로한님이시군요. 그렇다면 안심하고 말씀 올리 겠습니다. 한 보름 전쯤부터입니다. 건주좌위(建州左衛)에 속해있는 이 근 방 마을과 회령 저쪽 마을에서 임신부가 피살되거나 실종되는 일이 벌 어지기 시작했습죠. 이 무산 부근에서 만도 벌써 10여명이나 되는 임신 부가 당했습죠. 처음 한두 번째까지는 왕대(王大)의 소행으로 생각했지요. 그러나 계속해서 임신부만 그런 괴변을 당하는 데다 발견된 시체에는 왕 대에게 뜯어 먹힌 흔적이 조금도 없었습니다. 잘 아시다시피 왕대가 사 람을 잡아먹을 때는 먼저 목덜미를 깨물어 숨통을 끊어 놓지 않습니까. 그래서 사람들은 평소 우리 부족과 척을 지고 으르렁거리고 있는 우디거 (野人)족에게 의심의 눈길을 돌렸지요."

"잠깐! 이제껏 시체는 몇 구나 발견됐지요? 또 시체 상태는 어떠했습 니까? 그리고 어느 때 어느 곳에서 변을 당했는지요?"

바로한은 주인 사내의 말을 막고 중요한 점을 물었다.

"예, 언제 어디서 당했는지는 모릅니다만 그 시체는 으슥한 산골짝이 나 무성한 수풀, 그리고 동굴 속에서 발견되었습니다. 이제까지 시신 여 덟 구를 발견했는데 모두들 예리한 것으로 가른 듯이 뱃가죽이 크게 갈라져 있었습니다. 간혹 짐승들에게 뜯기기도 한 시신도 있었지만 짐승의 발톱이나 이빨로 배가 갈라진 흔적은 없었답니다. 또 하나 이상한 것은 모두 한결같이 뱃속에 든 핏덩이 아이가 없어졌다는 사실입니다. 그래서 어떤 사람들은 이것은 결코 사람이나 짐승의 짓이 아니고 핏덩이 아이만 먹고 사는 악귀(惡鬼)의 짓이다. 그러니 악귀를 쫓아낼 굿을 해야 한다고 주장하기도 합니다. 이러니 동네마다 눈에 불을 켜고 경계하고 있으며 사람들은 서로를 의심의 눈초리로 살펴보기에 바쁘지요. 그리고 임신부들은 문 밖 출입조차 삼간 채 오들오들 방 안에서 떨고 있는 실정이랍니다."

'아……, 참으로 끔찍한 일이 벌어졌구나. 내일 회령에서 맹가테무르 님을 만나면 먼저 이 일부터 해결할 방도를 찾아야겠군.'

초저녁부터 서산 머리 위에 기웃거리던 반달조차 자취를 감추었고 간간이 짖어 대던 개 소리마저 뚝 끊긴 깊은 밤이었다.

세 개뿐인 주막 봉놋방 중 한 곳에서 장승 같은 사람 그림자 둘이 살짝 빠져 나왔다. 조심스레 주위를 살펴본 그들은 방 안에서 큰 항아리와 가죽으로 된 자루 하나를 끄집어냈다.

그들은 고양이 걸음으로 항아리 속에 담긴 기름과 자루 속의 누런 가루를 주막 안 여기저기에 뿌리기 시작했다. 그런 후 주막 계산대 밑에 쌓여 있는 단지의 술을 이곳저곳에 엎질러 놓았다. 삽시간에 주막 안은 독한 고량주 냄새로 가득 찼다.

일을 마친 그들은 주막 입구에서 품 속의 화섭자를 꺼냈다.

"확."

새파란 불길이 사방으로 퍼져 나가자 둘은 주막 밖 어둠 속으로 몸을 숨겼다.

깊은 잠에 빠져 있던 바로한은 숨이 꽉 막히는 듯한 열기에 가슴이 답답해짐을 느꼈다. 부스스 눈을 든 바로한은 후다닥 일어났다. 온 천지가 시뻘건 불길 속에 휩싸여 있었던 것이다.

"우야소! 빨리 일어나, 어서!"

아직도 잠 속에 곯아떨어져 있는 우야소의 뺨을 힘껏 때린 바로한은 불이 붙고 있는 방문을 향해 발을 크게 내질렀다.

"우지직 퍽."

부서져 나간 방문 안으로 사나운 불기운이 혓바닥을 날름거리며 덮쳐들었다. 시퍼렇고 시뻘건 혓바닥 사이로 코를 톡 쏘는 유황 냄새가 물씬거렸다.

"콜록콜록 컥컥, 사람 살려!"

공포에 질린 외마디 비명들이 활활 타고 있는 불바다 속에서 들려오기 시작했다.

"휘잉 휭, 우드득 팍팍."

봉놋방 옆쪽에 있는 마구간에도 불이 붙었는지 말들이 울부짖으며 날뛰었다. 벌떡 일어난 우야소의 크게 벌어진 눈동자에도 공포의 그림자가 짙게 깔려 있었다.

"여보게, 우야소! 어서 코를 막아. 문으론 나갈 수 없으니 이 벽을 뚫을 수밖에 없네."

옷자락으로 코를 감싸쥔 바로한은 방문 반대편 벽을 향해 발길질을 하기 시작했다. 우야소의 발길도 벽을 향해 부딪치기 시작했다. 힘깨나 쓴다는 두 장한의 급박한 발길질에 벽은 퉁퉁거리는 신음을 내뿜었다.

그렇지만 두터운 진흙 벽돌로 쌓아진 벽은 쉽게 허물어지지 않았다.

이러는 사이에 방 안으로 덮쳐든 불길은 두 사람의 옷자락에도 매달리기 시작했다.

"콜록콜록, 커억 컥.."

점점 막혀 오는 숨구멍을 격한 기침으로 간신히 뚫어 놓은 두 사람의 몸뚱이가 휘청거렸다.

"자……, 마지막으로 은 힘을 다해 한 발길질씩 동시에 내질러 보기로 하지. 그래도 안 되면 여기서 죽을 수밖에 없지 않은가."

나란히 두 손을 맞잡은 두 사람은 '이얏' 하는 기합 소리와 함께 마지막 남은 한 번의 발길질을 벽을 향해 내질렀다.

"퍽."

둔탁한 소리와 함께 벽은 아가리를 크게 벌렸다.

두 사람이 벽을 뚫고 나온 곳은 주막채와 안채, 그리고 마구간이 오목하게 자리 잡고 있는 마당 한가운데였다.

'불길 속에 유황 냄새가 가득 차 있는 것을 보면 이 불은 누가 일부러 지른 것이 분명해. 그렇다면 누가 무엇을 노리고 그랬을까?'

땅바닥에 몸을 굴려 등허리에 붙은 불을 끈 바로한은 경계의 눈초리로 주위를 살폈다. 불길이 닿지 않은 마당 한복판에는 헝클어진 차림의 두 사람이 있었다.

주인 사내와 예닐곱 살 정도 되어 보이는 계집 아이였다.

주인 사내는 저 엄청난 불을 흙 한 줌으로 꺼 버리려는지 뭐라 중얼거리며 땅바닥의 흙을 한 줌씩 집어 불 붙은 안채 쪽으로 연신 던져 대고 있었다. 땅바닥에 퍼질러앉은 계집 아이는 멍한 눈빛으로 아비의 미친 듯한 모습을 지켜보고 있을 뿐이었다.

마구간에는 미친 듯이 날뛰는 말들의 몸부림이 요란스럽게 전해지고 있었다. 여기저기서 탁탁 불꽃 튀는 소리와 함께 불 붙은 나무뭉치들이 무너져 내리기 시작했다. 불 붙은 마구간 한쪽도 무너지고 있었다.

"휘이잉 힝."

날카로운 울음 소리를 내지르며 마구간에서 벗어난 말 세 마리가 바깥으로 달려 나갔다.

잽싸게 계집 아이를 안아 든 우야소도 밖으로 뛰어나갔다.

"여보쇼! 여기 있으면 안 되오. 빨리 나갑시다."

주인 사내 쪽으로 다가가던 바로한의 귀가 쫑긋해짐과 동시에 눈 또한 번쩍 빛이 났다. 살기 머금은 파공성과 시윗줄 퉁기는 미약한 소리를 들은 것이다. 바로한은 재빠르게 땅바닥으로 몸을 굴렸다.

"윽."

미친놈 춤사위처럼 정신없이 허둥대던 주인 사내가 퍽 엎어졌다.

아슬아슬하게 바로한의 몸뚱이를 비껴 간 화살은 주인 사내의 어깻죽지에 꽂혔던 것이다. 바로한은 화살이 날아온 저쪽 어둠 속을 쏘아보며 몸을 일으켜 세웠다. 바로한은 어느 새 칼을 잡고 있었다.

"퓽."

또 한 대가 날아왔다.

"흥."

코웃음 소리를 낸 바로한의 손이 번쩍 휘둘러지자 날아온 화살은 땅바닥에 떨어졌다.

"우야소! 여기 이 사람 좀 부탁하네. 나는 어떤 놈이 감히 내 목숨을 노리는지 좀 살펴봐야겠네."

칼을 휘둘러 방어막을 치면서 바로한이 달려 나가자 이번에는 화살 두 대가 어둠 저쪽에서 동시에 날아왔다. 그러나 화살은 바로한이 휘두른 칼에 막혀 힘없이 땅바닥에 떨어지고 말았다. 그뿐이었다. 화살은 더 이상 날아오지 않았다. 그 대신 멀어져 가는 말발굽 소리만이 어둠 저쪽에서 들려왔다. 말 두 필이 나란히 달려가면서 내는 발굽 소리였다.

'음……. 저놈들은 도대체 누굴까? 무엇 때문에 내 목숨을 노리는 걸까? 내 한 목숨 끊으려고 여러 사람의 생명마저 아랑곳하지 않는 저들의 소행을 볼 때 앞으로 더욱 조심해야겠군.'

칼을 거둔 바로한은 엎어져 있는 주인 사내에게 등을 돌렸다.

"와르르 퍽퍽."

무너져 내리는 나무들이 마지막 불꽃놀이를 벌이고 있었다. 그제서야 여기저기서 사람들이 모여들었다.

동녘 하늘 저쪽도 희붐한 얼굴을 내밀기 시작했다.

타고 갈 말을 구하느라 시간을 보낸 바로한은 해가 중천에 떠올랐을 때에야 겨우 회령으로 떠날 수 있었다.

이들이 회령과 무산의 절반 지점인 송학촌 근방에서 잠시 쉬고 있을 때였다. 회령 쪽에서 말발굽 소리도 우렁차게 한 필의 말이 빠르게 달려왔다.

마상(馬上)에는 영(令) 자가 쓰여진 하얀 깃발 한 개를 등에 꽂은 여진 용사 한 명이 타고 있었다. 복색은 여느 용사들과 똑같았다. 그러나 여진인들이 잘 신지 않는 고급스런 하얀 가죽신을 신고 있는 것이 이채로웠다.

"여보시오! 그대들은 어디서 오시는 분들이오?"

바로한 앞에까지 달려온 그는 말고삐를 세차게 잡아채며 물었다.

"무산에서 예까지 왔소만, 어찌 물으시오?"

바로한은 사내의 행색을 살피면서 되물었다.

"그렇다면 혹시 여기까지 오는 도중에 우리 맹가테무르님이 어디에 계신단 소식은 못 들었소?"

"아니, 좌위(左衛, 建州左衛)께선 회령에 계시지 않는단 말이오?"

"예, 위장(衛將) 나리께선 한 열흘 전부터 벌어진 기괴한 사건을 조사하신다고 무산 방면으로 떠나신 지 벌써 닷새나 된답니다. 그런데 이때껏 아무런 소식도 없고 또 어디 계신지도 모르니 정말 큰 일이군요."

사내는 입맛을 쩝쩝 다시며 허공을 쳐다보고 탄식을 했다.

"여보시오, 도대체 무슨 일 때문에 그렇게 탄식을 하시오? 그리고 기괴한 일이란 혹시 임신부들이 당한 그 일 말인가요?"

사내가 바로한의 물음에 대답하려는 순간, 또 하나의 말발굽 소리가 두만강 나루 쪽에서 들려 왔다.

그러자 사내는 그쪽으로 고개를 돌리더니 큰 소리로 외쳤다.

"어이! 여기야, 여기!"

말을 탄 사내가 이들 앞으로 달려와 말에서 내려서기도 전에 손짓하던 사내의 입이 재빠르게 벌어졌다.

"여보게, 좌위(左衛)께선 어디 계시기에 그쪽에서 오는 건가?"

말에서 내린 사내 역시 등에 영(令) 자가 쓰여진 하얀 깃발을 꽂고 있었으며 하얀 가죽신을 신고 있었다.

앞서 온 사내와 같은 행색이었으나 등허리쯤에 제법 큰 가죽 자루를 메고 있는 것이 달랐다. 자루 안에 무엇이 들었는지는 모르지만 제법 불룩했고 아가리는 꽁꽁 묶여 있었다.

사내는 바로한과 우야소를 힐끗 쳐다본 후 입을 열었다.

"좌위(左衛)께선 지금 강 건너 저쪽에 계신다네."

"여기서 자네를 만나지 못했다면 큰 일 날 뻔했지 뭔가. 그런데 무산 쪽에 있지 않고 어째서 그곳에 계시는가? 그리고 왜 이리 늦게야 소식을 전하는 겐가?"

늦게 나타난 사내는 동료의 물음에 대답을 미루고 바로한과 우야소들 가리키며 되물었다.

"여보게, 그것보다 저분들은 뉘신가? 어째서 자네와 같이 있는 겐가?"

사내의 되물음에는 낯선 사람이 있는 곳에선 함부로 입을 열 수 없다는 경계와 의심의 빛이 서려 있었다.

"이분들은 우연히 만나게 된 것일세. 그리고……, 이분들의 행색으로 보아 우리와 같은 오도리 부(部) 같으니 뭐 별일 있겠는가."

잠자코 있던 우야소가 바로한을 가리키며 나섰다.

"여보시오들! 이분 나리께서는 부그런 천녀님의 아드님이신 바로한님 이랍니다. 중요한 일이 있어 맹가테무르님을 만나러 회령으로 가는 길입지요."

우야소가 말을 끝내자 두 사내의 태도가 금방 달라졌다.

"오! 우디거족까지도 두려워하는 바로한님이시군요. 모두 한 집안 식구 같으니 이젠 꺼릴 것 없이 말해도 되겠군요.

에 또……, 기괴한 사건을 조사하기 위해 무산으로 가던 우리 일행은 저기 보이는 저 언덕 아래에서 야영(野營)을 하게 되었습니다.

몇십 호 되지 않은 송학 마을에 폐가 될 것을 두려워한 좌위님의 자상한 분부 때문이었지요. 그날 밤이었습니다. 번을 서고 있던 중 송학 마을 쪽에서 은밀하게 움직이는 그림자 셋을 발견했지요. 혹시 저들이……, 의심이 든 저는 그들이 움직이고 있는 쪽으로 살금살금 다가가 나무 뒤에 몸을 숨기고 그들을 살펴보았습니다. 그들은 우리와 똑같은 복색을 한 사내 셋이었습니다. 마을에서 나온 그들은 짊어지고 나온 큰 자루 하나를 말 등에 싣고 저 나루 쪽으로 달려가지 않겠습니까.

'별일 아닌 것 가지고 공연히 의심을 했군. 맹가테무르님에게 알리지 않고 이렇게 나 혼자 살펴본 것은 참으로 잘한 일이야.'

이렇게 생각하고 제자리로 돌아왔을 때였습죠. 갑자기 마을에서 통곡 소리, 비명 소리들이 어지럽게 들리더니 캄캄한 마을이 환해졌습니다. 집집마다 불을 켠 것입니다.

여기저기에 횃불을 든 사내들이 웅성거리는 모습들이 보였습니다. 잠자리에 드셨던 좌위님께서 벌떡 일어나시더니 저에게 명령했습니다.

'왜 갑자기 저 마을이 저렇게 소란스러운지 그 영문을 알아 봐라.'

한달음에 마을로 내려간 저는 그들에게 까닭을 물었지요. 그 기괴한 사건이 일어난 것이었습니다. 저는 냉큼 달려가 마을에서 일어난 사건과 아울러 내가 본 그 일을 말씀드렸지요.

'에잇, 이 멍청한 녀석아! 그런 일을 봤다면 즉시 알려야지.'

한 차례 저를 꾸중하신 좌위께선 즉각 그들의 행적을 추적했습니다. 그렇게 도문강을 건너가게 된 것입니다."

"그런데 그들을 잡긴 잡았습니까?"

그런 끔찍한 짓들을 벌이는 자들의 정체와 목적을 알고 싶은 바로한은 빠른 말투로 물었다.

"에, 강을 건넌 지 하루 만에 그들의 행적을 따라 잡았고 이틀째 되는 날 송화강(松花江)변 갈대밭에서 그들과 한 차례 맞부딪쳤지요.

한 놈은 우리 좌위님이 쏜 화살 한 대에 골로 가고 나머지 두 놈은 어디론가 도망쳤지요. 그들은 우디거족이었는데, 왜 그들이 그런 짓을 하는지는 아직도 모릅니다."

사내는 제 상전에게 보고하듯 바로한을 쳐다보며 공손하게 말했다.

'이상하다.'

바로한은 새삼 사내의 행색을 주의 깊게 살펴봤다.

바로한이 순간적으로 의심이 생긴 것은 사내의 말투에서였다. 여진인들은 송화강을 송아리강이라 일컫지 송화강(松花江)이라 하지 않기 때문이었다. 그러나 아무리 살펴봐도 사내의 행색에선 그 말투 말고는 의심스런 점이 없었다.

회령에서 왔다던 사내가 바로한의 이런 눈치를 살피고 재빨리 끼어들었다.

"자네는 당인(唐人)들이 뭐 그리 좋다고 당인(唐人)이 쓰는 말투를 늘상 읊조리는 겐가. 갈 길이 멀고 좌위님께 보고 드릴 긴급한 사항이 있으니어서 앞장서게."

"그렇소. 해가 떨어지기 전에 나루를 건너야지요. 나 역시 좌위님을 만나야 하니 그대들과 동행하겠소."

의심을 씻은 바로한이 먼저 말 등에 올랐다.

나루에는 커다란 뗏목이 사람 대여섯을 태운 채 이들을 기다리고 있었다. 이들 일행과 말 네 필이 올라타자 사공은 하얀 헝겊이 달린 삿대를 흔들었다.

그러자 강 저쪽에서 말 두 필이 느릿느릿 움직이기 시작했다. 그러자 머리에 굵은 밧줄을 매단 뗏목은 잔잔한 수면 위를 조는 듯이 미끄러져 갔다.

"여보게! 자네가 보고해야 할 긴급한 일은 뭔가?"

"응……, 그것 말인가. 우리와 같은 오도리족이지만 지금은 해서 여진에 속해 있는 모령위(毛玲衛)의 복태님에게서 사자(使者)가 왔었지. 그 내용인즉 어떤 위(衛), 어떤 소(所)에도 소속되길 거부하며 자기네들끼리만 살아가고 있는 골간 우디거(野人)족과 큰 싸움이 벌어질 것 같으니 원군을 보내 달라는 것이네."

"그랬었군. 흥, 야만스런 우디거놈들 같으니라고. 그냥 남들처럼 대국(大國)에서 내리는 위(衛)나 소(所)에 소속되어 조용히 지내면 어디가 덧나기라도 한담. 덜된 놈들은 할 수 없다니까!"

"그러게 말일세. 그런 놈들은 모조리 도륙을 해야 하네."

주고받는 두 사람의 목소리는 주위 사람 모두에게까지 들릴 만큼 높았다.

이들의 떠드는 소리를 뗏목 한쪽에서 가만히 듣고 있던 어떤 늙은이가 큰기침 소리와 함께 끼어들었다.

"흐흠, 여보게들 젊은이! 말을 너무 함부로 하는 것 같네. 그들도 우리와 같은 조상을 지닌 엄연한 우리 핏줄 아닌가. 그리고 명나라에서 주는 위장 소장(所長)이란 직책이 뭐 그리 대단한가. 내가 보기엔 꿀 바른 썩은 포호(布呼, 사슴의 만주 말) 고기 같은데 말이야. 암, 그런 고기는 개[犬]도 먹지 않을 걸세. 그러니 제 죽을 줄도 모르고 넙죽넙죽 받아먹는 남들보다 그들이 더 현명하고 훌륭한 것이 아닌가. 그런데도 그런 그들을 모조리 도륙해야 한다니, 참으로 막말이로세."

"이놈의 늙은이가 아무것도 모르면서 말을 함부로 하는 것을 보니 죽을 때가 되어서 망령이 난 모양이로군."

"아니, 망령이 든 것이 아닐세. 애 밴 에미나이만 골라 해코지하는 흉악한 우디거놈들을 두둔하는 것을 보니 필경 그 우디거놈들과 한 패거리인 듯 싶으이. 그러니 이 작자를 잡아 좌위님께 데려가세."

두 사내가 기괴한 사건을 들먹이며 노인을 그 속으로 걸어 넣자 이들의 실랑이를 지켜보던 사람들의 눈이 모두 노인에게 향했다.

적의(敵意)와 의심의 빛이 어른거리는 그들의 눈길을 의식한 노인은 목소리를 돋구었다.

"허참! 아무런 증거도 없이 사람들의 치를 떨게 하는 천인공노할 짓을 남에게 뒤집어씌우다니. 젊은이들이 해도 너무 하는군."

"이 늙은 작자야! 똑똑히 봐라. 이것은 살인 현장에 남겨져 있던 우디거의 화살이란 말이야. 그래도 그들에게 아무 혐의가 없다고 말할 텐가."

침까지 튀기며 큰 소리로 이렇게 말한 시내는 품 속에서 부러진 화살하나를 끄집어내어 노인 앞에 툭 던졌다. 까치의 꽁지깃이 붙어 있는 화살은 분명 우디거들이 즐겨 쓰는 화살이 분명했다.

잠시 화살을 굽어 보던 노인은 절레절레 고개를 흔들며 여러 사람을 쳐다봤다.

"비록 이것이 현장에 있었다지만 어떤 멍청한 사람이 내가 그랬소 하며 자기들의 표시인 이 화살을 남겨 두겠소? 여러분 같으면 그런 멍텅구리 같은 짓을 하겠소이까? 그리고 이 화살은 아무나 쉽게 만들 수 있는 것이지 않소. 그러니 이 화살 하나로는 그들이 범인이라고 쉽게 단정할 수 없는 것 아니겠소."

바로한의 고개도 끄덕여졌고 적의와 의심의 눈초리로 노인을 쏘아보던 사람들도 고개를 끄덕거렸다. 바로한은 노인의 모습을 다시 한 번 살펴봤다. 미목이 수려하고 당차 보이는 노인이었다.

"과연 범상치 않게 생겼군."

혼잣말을 중얼거린 바로한은 시선을 두 사내에게 옮겼다.

이치에 맞는 노인의 말에 잠시 동안 말이 막혀 있던 사내들은 서로간에 은밀한 눈짓을 교환했다.

그런후 그 중 한 사내가 크게 소리치며 노인에게 덮쳐들었다.

"이 할바탕구가 자꾸 우디거 편만을 드는 것을 보니 틀림없이 우디거와 한 통속이 분명해. 이봐! 여러 소리 할 것 없이 어서 이 작자를 포박해 좌위님께 끌고 가세."

사내들은 순식간에 노인의 입에다 재갈을 물린 후 뒷결박까지 지어버렸다.

졸지에 봉변을 당한 노인의 눈에서 분노의 불길이 이글거렸다. 그러나 그것은 어디까지나 힘없는 자가 힘있는 자에게 보내는 한 푼어치 가치도 안되는 저항이었을 뿐이었다.

이치와 법도(法度)보다 완력이 기승을 부리는 시대엔 모름지기 입을 조심해야 했다. 남성 우위의 사회 구조 속에서 '입이 있어도 말 못하는 벙어리 생활 3년, 눈이 있어도 못 본 척해야 하는 장님 생활 3년' 등으로 인고 (忍苦)의 생활을 살아야 했던 이조(李朝)의 여인네들처럼 말이다. 이것은 예나 지금이나 변함없는 하나의 법 아닌 법이었다.

그 당시 여진인들이 살고 있던 만주와 요동, 그리고 함경도, 평안도 일부 지방도 그랬다. 이들을 다스리고 있던 몽골인들이 그들의 고향으로 쫓겨가자 이곳에 힘의 공백이 생기게 된 것이다. 빈자리를 채우고 앉아 이들을 이끌어 나갈 강력한 지도자가 없는 탓이었다.

원(元)을 몰아낸 명(明)이 그 빈자리를 차지하려 군침을 흘렸다. 그렇지만 아직도 강력한 세력으로 웅크리고 있는 북원(北元, 本國으로 쫓겨간 元의 세력)과의 대립 관계와 어지러운 국내 문제 때문에 적극적으로 힘을 쏟아붓지는 못했다.

그 대신 명(明)은 이들과 몽골인과의 접촉을 막고 부족 중심의 사회 구조를 지닌 이들이 하나로 뭉치지 못하게 하는 방법을 강구했다. 그래서 이들을 그 사는 곳에 따라 해서 여진(海西女眞), 건주 여진(建州女眞), 우디거(野人) 등으로 크게 3등분했다.

그런 후 주요 지역에 위(衛)를 설치하여 친명적(親明的)인 부족장(部族長)과 세력가에게 위장의 직책을 주고 그 소속들을 다스리게 했다.

바로 우리 조선 역사에도 자주 나오는 건주위(建州衛) 오랑캐는 명(明)이 호리개 만호(萬戶) 아합출을 위장으로 삼아 설치한 것이었다.

그러나 땅은 넓었고 여기저기에 흩어져 제 나름대로 살아가는 부족의 수도 많아 몇 개의 위(衛)만으론 도저히 통제할 수 없었다. 심지어 건주위(建州衛)에 속해 있는 부족들 중에서도 강한 세력을 지닌 부족들은 공공연히 친명적인 위장을 비난할 뿐 아니라 그 영향력도 받지 않으려 했다.

그래서 명(明)은 그런 무리들을 회유하여 새로운 이름의 위를 설치하고 위장의 직책을 주게 되었다. 건주좌위(建州左衛)도 이런 연유로 해서 이뤄진 또 하나의 건주위인 것이다.

이렇게 시작된 명의 이이제이(以夷制夷) 책략은 끝내 옛 고구려 땅에 376개의 위를 설치하게 되었다.

이런 명의 여진 분열 정책에 따라 소속이 다른 부족들은 한 핏줄임에도 불구하고 서로 경원하고 반목하게 되었다. 뿐만 아니라 같은 이름의 위(衛)에 소속되어 있는 부족 사이에도 서로의 이해 때문에 피를 흘리는 일이 비일비재하게 일어났다.

사리에 맞는 규범이라는 것은 깊은 혈연 관계며 공생 관계이기도 한 부족 내부와 마을 안에서만 지켜졌을 뿐, 일단 그 테두리를 벗어나면 완력 강한 자가 바로 법이 될 수밖에 없었던 것이다.

노인을 꼼짝 못하도록 묶어 놓은 사내는 발을 들어올리며 외쳤다. 등에 가죽 자루를 메고 있는 사내였다.

"여보게, 이 흉악한 놈을 좌위님께 끌고 가려면 귀찮기 짝이 없으니 그냥 이 토문수(두만강)에 처넣어 버리세."

젊은이를 훈계하려던 노인은 똑똑한 척 말 한 마디 한 죄로 두만강 물고기들의 배를 불려 줄 운명에 처하게 된 것이다. 두 사내를 노려보던 노인의 눈길이 바로한과 마주쳤다.

'흥! 이놈들과 일행인 걸 보니 네놈 역시 사리조차 모르는 무뢰한에 불과하군.'

분노에 차 새파란 독기까지 내뿜고 있는 그 눈은 이렇게 말하는 것 같았다.

"이게 무슨 짓이오? 그만두지 못하겠소?"

얼른 노인의 시선을 피한 바로한은 노인을 향해 한 발길질 내지르려는 사내의 등 쪽을 향해 손을 뻗었다.

자신이 메고 있는 가죽 자루를 잡아채는 손길과 호통 소리를 들은 사내는 후다닥 돌아섰다. 얼굴에는 당황하고 불안해하는 표정이 나타났다.

"뭐라 그랬소? 자루엔 식량으로 쓸 사슴 고기가 있을 뿐이오."

사내는 적을 대하는 자세를 취하며 황급히 말했다.

'이 사내가 왜 이런 동문서답을 하며 당황해 하는 걸까?'

바로한은 사내를 이상하다는 듯 흘겨보며 다시 한 번 입을 열었다.

"말 한 마디 한 걸 가지고 이렇게 하는 것은 옳지 않은 일이오. 그러니 어서 저 노인을 풀어 주시오."

또박또박 힘주어 명령조로 말하는 바로한의 위엄 서린 표정을 본 사내는 옆 동료를 힐끗 쳐다보았다.

그의 얼굴엔 안도의 빛이 순간적으로 나타났다가 사라졌다.

"여보게, 저 늙은이에게 혐의가 있다 하더라도 나으리께서 명령하시니 어쩔 수 없네."

바로한과의 충돌을 두려워한 동료 사내가 재빨리 노인의 몸을 풀어주었다.

한바탕 이런 실랑이가 벌어지는 사이에 뗏목은 어느덧 강가에 닿았다.

"사극달(史克達, 노인의 여진 말)께선 뉘시며 어디로 가시는 길이오?"

바로한은 뭍으로 내딛는 휘청거리는 노인의 몸을 부축했다.

"이 늙은이는 본래 남부호리합부(南部毫釐哈部, 목단강 남쪽에 살던 부족)에 속해 있었는데 부장(部長)과 뜻이 맞지 않아 일족과 함께 건주 이만주님에게 온 왕청(王淸)이라 한다네. 해서 여진(海西女眞)의 하다부로 시집간 딸년에게 가는 길에 옛친구를 찾아 여기에 잠시 들르게 된 것일세."

"그러면 건주 제일 용사라는 아름다운 이름을 얻고 있는 왕충과는 어떻게 되는 사이인지요?"

힘이 지배하고 있는 사회에선 힘세고 무용(武勇) 있는 자가 우러름을 받게 되고 그 이름 또한 자연히 널러 알려지게 마련이었다. 왕충 역시 건주위 여러 부족 사이에선 제법 잘 알려진 젊은 용사로서 바로한은 그와 만난 적은 없지만 그 이름과 내력만은 들어 알고 있었다.

"바로 이 늙은이의 보잘것없는 자식이라네. 그런데 자네 어른은 뉘신가?"

"저어……."

머뭇거리는 바로한 대신 말을 끌어 내리고 있던 우야소가 재빨리 끼어들었다.

"나으리께선 부그런님의 아드님이신 바로한님이시지요."

"오! 어쩐지 범상치 않은 기백이 서려 있다 했더니, 역시……"

노인은 새삼 바로한의 얼굴을 뜯어보았다.

"한님께서 어두운 이 땅을 환하게 빛내 줄 빛덩이 하나를 장백산에 떨구어 내셨단 소리들을 하더니, 바로 자네일 줄이야……. 자, 이걸 받게."

놀람과 감격의 빛을 떠올린 노인은 잠시 후 품 속에서 물건 하나를 끄집어내어 바로한의 품 속으로 밀어 넣어 주었다.

그것은 쇠가죽 집 속에 날카로운 날을 숨기고 있는 한 자루 비수였다.

"이것은 이렇게 맺은 인연에 대한 하나의 표시이기도 하고 자네에게 거는 이 늙은이의 기대이기도 하다네. 부여 때부터 우리 가문에 전해지고 있는 한 쌍의 가보(家寶)인데 하나는 자식인 왕충에게 물려주었지. 자, 사양 말고 받아 주게."

"그렇게 귀중한 것을 제가 어찌 감히……"

몇 번 사양하던 바로한은 결국 받아 넣을 수밖에 없었다. 그런데 이렇게 받아 넣은 칼 하나가 뒷날 바로한의 손자와 증손을 죽음으로 몰아넣을 인연줄이 될 줄이야.

중국 역사에 왕고의 난이라 적힌 그 사건으로 천애 고아가 된 누르하치가 세력을 얻게 되고 끝내 대청 제국(大淸帝國)이 우뚝 서게 되는 계기가 된 것이다.

"여보게! 그런데 저 앞쪽에서 기다리고 있는 저자들은 자네와 어떤 관계인가?"

노인에게 행패를 부렸던 두 사람은 뭍으로 올라온 다음, 두 갈래 길 한 모퉁이에서 바로한을 기다리고 있었다.

바로한이 그들을 만나게 된 자초지종을 말해 주자, 노인은 목소리를 낮추며 말했다.

"여보게, 내 비록 관상에 정통하지는 못해도 어느 정도 사람을 보는 눈은 있다네. 저들의 목자(目子)에서 짙은 피비린내가 무럭무럭 풍겨 나오고 있는 것을 보니 저들은 흉악한 사람인 것 같네. 그러니 저들을 믿지 말고 몸조심하도록 하게. 나는 이만 가네."

눈부신 태양은 끝간데 없이 넓은 저쪽에서 부스스 머리를 내밀고 있었다.

"여보시오! 도대체 좌위님은 어디 있는 게요?"

이틀 동안 이들을 뒤따라 왔으나 아직도 좌위는커녕 그 흔적조차 보지 못한 바로한은 덜컥 의심이 들었다.

화둔길위(禾屯吉衛, 지금의 연길시 근방) 부근까지 왔을 때였다.

두 사내는 바로한의 말엔 아무런 대꾸도 없이 하늘 이쪽저쪽을 살피며 손만 비볐다.

초조하기는 그들도 마찬가지인 모양이었다. 잠시 동안 그러고 있던 그들 중의 하나가 재빨리 품 속에서 피리 하나를 끄집어내며 소리 쳤다.

"이젠 연락이 왔소이다."

북쪽 하늘 저쪽에서 까만 점 같은 새 한 마리가 날아오고 있었다. 비둘기였다.

"피리리 삐리릭."

피리 소리가 하늘 한가운데로 뻗쳐 올라갔다.

그러자 허공을 날고 있던 비둘기는 용하게도 사내의 손바닥 위에 내려 앉았다. 사내는 잽싸게 비둘기 발에 감긴 하얀 종이를 풀었다.

"좌위께선 아속납태참(阿速納台站)에 계신 모양이오. 자, 갑시다."

말을 마친 사내는 바로한에게 말할 틈도 주지 않고 말에 채찍을 가했다.

'아속납태참은 우디거의 구역인데 그 먼 곳까지 뭣 하러 가셨을까? 그리고 우리 여진인들은 전서구를 이용하지 않는데?'

의아심이 머리를 스쳤지만 뒤따르지 않을 수 없게 된 바로한도 말에 채찍을 가했다.

한나절 내내 망망한 바다 같은 벌판을 달리기만 했다.

크고 작은 새파란 풀, 울긋불긋 고개 내민 이름 모를 꽃, 이들만이 소리 없는 환성을 내지르며 뒤로 사라져 갈 뿐 끝없이 펼쳐진 벌판은 조용하기만 했다. 오직 내닫는 말 네 필이 내는 발굽 소리와 거친 숨소리, 그리고 간간이 이것에 놀라 재빨리 피신하는 짐승의 소리만이 웅장한 대지를 조금 울려 줄 뿐이었다. 이렇게 이틀 동안이나 그들은 달렸다.

앞서거니 뒤서거니 신나게 달리던 네 사람의 눈에 여태까지와는 다른 광경이 들어왔다. 조그만 언덕이 있는 저쪽 하늘에서 독수리 몇 마리가 맴돌고 있다가 땅 위로 내려앉고 있었던 것이다.

심상치 않은 광경이었다.

네 사람은 누가 먼저라 할 것 없이 그쪽으로 말머리를 돌렸다.

언덕 아래에는 제법 장식이 잘 된 마차가 처박혀 있었고 그 옆엔 젊은 사내의 시체 두 구가 있었다. 우디거 복색을 한 두 구의 시신은 칼을 꽉 쥐고 있는 한쪽 팔이 끊겨져 저 만큼 쪽에 떨어져 있었으며 몸뚱이는 난 자당해 있었다. 마지막 한숨이 남아 있을 때까지 싸우다 죽은 것 같았다.

아직도 선명한 핏물이 시신에서 흘러 내리고 있는 것으로 보아 당한 지 얼마 안 되는 것 같았다.

'죽이려면 고이 죽여야지. 너무 악랄한 수를 썼군.'

말에서 내려 시체를 살펴보던 바로한의 귀가 쫑긋했다. 미약한 신음 소리가 들려 온 것이다. 마차 안에서 새어 나오는 여인의 신음 소리였다.

마차 쪽으로 급히 다가간 바로한이 휘장을 걷었다. 마차 안에는 40대 중반으로 보여지는 여인이 자빠져 있었다. 하얀 옷은 피에 젖어 빨간색으로 변해 있었다. 오른쪽 가슴께에서 뭉클뭉클 피가 흘러 나오고 있었다. 어디서 본 듯한 얼굴이었다.

"어디서 보았을까?"

고개를 갸우뚱거린 바로한은 여인의 치마를 찢으며 소리 쳤다.

"어이! 우야소, 빨리 약하고 물 좀 줘."

잽싼 손놀림으로 약을 바르고 상처를 동여맨 바로한은 여인의 입을 벌리고 물을 흘려 넣었다.

"푸우 크으윽."

목구멍으로 물이 들어가자 한 모금 핏물을 왈칵 토해 낸 여인이 스르르 눈을 떴다. 희미한 여인의 눈동자에 점점 초점이 모아지기 시작했다.

반짝 놀람과 기쁨의 빛이 그 눈동자에 어렸다.

"아……. 네가…… 네가 바로……그렇지 바로한이로구나."

"누구신데 저를 아시나요?"

누굴까, 기억을 더듬는 바로한의 눈에도 반가운 빛이 번뜩였다.

"얘야! 그것보다 어서 사람을 구해야 한다. 어서 빨리 조금도 지체할 틈이 없다. 건주 사람 복색을 한 두 사내가 임신한 수양 딸을 잡아갔다. 어서 빨리 구해 다오. 그들의 특색은 하얀 가죽신을 신고 있단다. 빨리 가거라."

화급함을 호소하는 애절한 눈동자에 고개를 한 번 끄덕거린 바로한은 마차 밖으로 나왔다.

"우야소! 환자를 부탁하네."

우야소의 손에서 말고삐를 받아 쥔 바로한은 허리를 숙여 주위의 풀들을 살폈다. 뻣뻣이 고개를 쳐든 풀들 속에는 제법 큰 산이 도사리고 있는 쪽으로 고개를 살풋 숙이고 있는 풀들이 있었다.

"흥."

코웃음을 치며 허리를 편 바로한에게 두 사내가 다가왔다.

"바로한님! 누가 이 일을 저질렀는지 말해 줍디까?"

공손하게 말하는 그들의 손은 허리께 칼자루에 얹혀 있었다.

"건주 여진의 복장을 한 사내들이라 합디다. 그리고 그들은……."

여기까지 말한 바로한은 말을 끊고 허리에 달린 칼자루를 잡았다.

범인은 하얀 가죽 신발을 신고 있다는 말을 하려던 바로한의 눈에 두 사내의 발이 들어왔기 때문이었다.

이렇게 갑작스레 경계 자세를 취하는 바로한을 본 그들은 얼른 칼자루에서 손을 떼며 더욱 공손한 언사로 물었다.

"나으리! 그 무자비한 작자들이 어떻다 합디까? 그리고 그 범인을 쫓는 일보다 살아 있는 목숨을 돌보는 것이 더 중요한 일이 아니옵니까?"

"그렇지 않소. 그들은 임신한 젊은 여인을 납치해 갔다 하오. 그러니 그들을 추적하여 두 생명을 살리는 일이 더욱 급한 일이라오."

바로한은 그들에게 가는 일말의 의심은 접어 두고 훌쩍 말 위에 올랐다. 의심할 시간이 없었던 것이다.

"그랬군요. 저희들도 나으리를 뒤따라 그 흉악한 놈을 잡는 데 보탬이 되어 드리겠습니다."

"아니오. 그까짓 두 놈 정도는 나 혼자라도 충분하오. 그러니 여기서 나를 기다리도록 하시오."

바로한은 말 등 이쪽저쪽에 연거푸 채찍을 가했다. 두 다리를 살짝 벌리고 있는 듯한 산골짝 입구까지 온 바로한은 말에서 내렸다.

계속 말을 타고 갈 수도 있었지만 말발굽 소리에 적이 달아날까 해서였다.

늘어진 소나무 가지에 말고삐를 매는 바로한의 귀 속으로 급하게 달려오는 말발굽 소리가 들려 왔다. 다가온 사람은 두 사내 중의 한 명이었다.

"아무래도 바로한님 혼자 보내고는 안심이 안 되어 미력한 힘이나마 보태 드리려고 쫓아왔지요."

사내는 히죽 웃었다.

"고맙소이다. 그럼 앞장을 서도록 하시오."

계곡은 제법 깊었다. 차 한 잔 마실 시간만큼 걷자 앞을 딱 가로막는 절벽이 나타났다. 주위를 두리번거리며 앞서가던 사내가 소리를 꽥 질렀다. 계곡을 웅웅거리게 할 만큼 큰 소리였다.

"바로한님! 바로한님! 빨리 이곳으로 와 보시오. 여기에 송장 한 구가 있습니다."

바로한은 이맛살을 잔뜩 찌푸렸다.

'적을 추격하는 자는 어떤 일을 당한다 해도 결코 큰 소리를 내지르지 않는다. 삼척동자라도 알 수 있는 이런 간단한 이치를 모를 리 없을텐데……. 그렇다면 이 자는 살인자와 어떤 관계일까? 어디 이 자가 어떻게 나오는지 빈틈을 보여 봐야겠군.'

시체는 맑은 물을 졸졸 뿜어 내고 있는 옹달샘 아래쪽 웅덩이에 발가벗긴 몸뚱으로 발딱 누워 있었다. 부풀어 터진 격구공 같은 뱃속은 텅 비어 있었다. 마치 알이 빠진 밤 껍질 같기도 했다.

뱃속에서 끄집어낸 듯한 꾸불꾸불한 창자와 탯줄은 여기저기 흩어져 있었다. 피비린내가 진동하는 그 위엔 어디서 날아왔는지 새까만 파리 떼들이 덕지덕지 붙어 있었다. 구역질이 나는 처참한 광경이었다.

'이놈들은 뱃속에 있는 아기가 목적이었군. 뭣에 쓰려는진 모르지만 어찌 이럴 수가…….'

부르르 몸을 떤 바로한은 덤덤한 얼굴로 삐쭉 서 있는 바위를 탁 찼다. 분노에 찬 바로한의 발길질 한 번에 오륙백 근 정도 되어 보이는 바위가 힘없이 발랑 자빠졌다. 옆에서 바로한의 눈치를 살피고 있던 사내의 입이 떡 벌어졌다.

물 웅덩이 속의 시신을 끄집어낸 바로한은 나뭇가지를 꺾어 잘 덮어 준 다음에야 흉적의 발자취를 찾기 시작했다. 말 두 필의 발자국과 사람 발자국 네 개는 눈에 쉽게 띄었다. 그것들은 완만한 오른쪽 산등성이 위쪽으로 이어져 있었다.

"여보시오! 그대는 말을 끌고 오도록 하시오. 그 동안 나는 산등성이 위에 올라가 그들의 행적을 수탐하겠소."

바로한은 드디어 적일지도 모르는 사내에게 등을 보일 결심을 했다. 앞쪽에 적을 둔 상태에서 뒷등을 열어 놓는 것은 치명상을 입을 수 있는 위험한 일이었다. 그래서 병가(兵家)에서는 이것을 제일의 금기로 하는 것이다.

그러나 바로한은 여기까지 동행해 온 사내들이 자신의 적인가 아닌가, 또 지금의 흉적과는 어떤 관계가 있는 것인가, 하는 의문을 풀기 위해 모험을 해 볼 결심이었다.

느릿느릿 산등성이 위쪽까지 올라간 바로한은 몸뚱이 모두를 아래쪽으로 둔 채 고개만 빼꼼 내밀고 전방을 훑어봤다. 이런 자세는 곧 다가올 사내에게 등 뒤를 모두 맡긴 꼴이었다.

그렇지만 품 속의 거울을 나뭇가지 사이에 세워 놓는 것만은 잊지 않았다. 이쪽에서 부드럽게 물결치며 뻗어 내린 저 아래엔 널찍한 초원이 있었다. 삼면 모두가 산들로 둘러싸였고 한쪽만이 터져 있는 골짝이었다.

초원 한복판의 자그마한 언덕 위에는 깃발 하나가 바람에 나부끼고 있었다. 새파란 초원 색깔과 선명히 대조되는 노란 빛깔의 깃발이었다.

바로한은 눈에 힘을 주고 구석구석을 세심히 살폈다.

짐작대로였다. 얼핏 봐서는 사람 그림자 하나 안 보이는 삼면의 산등성이 구석구석에는 많은 그림자들이 있었다. 말을 달릴 수 있는 완만한 능선 큰 나무 뒤에는 말을 타고 있는 사람들도 있었다. 그들은 모두 숨을 죽이고 있었다.

언제나 쉴새없이 지저귀던 산새들의 소리도, 바스락거리는 산짐승의 소리도 들리지 않았다. 하늘과 땅마저 숨을 죽이고 있는 듯 오직 고요하기만 했다.

'우디거족이 아니고는 이곳으로 들어올 수 없는데…… 정말 떠도는 소문처럼 그 흉악한 범인은 우디거족이란 말인가? 그렇다면 같은 종족을…….'

고개를 갸우뚱거리는 바로한의 귀에 하늘을 찢고 가르는 예리한 소리가 들려왔다.

화살 하나가 날카로운 휘파람을 불며 하늘 한가운데를 날고 있었다. 구멍 뚫린 활촉을 지닌 신호 화살이었다.

그러자 정적만이 가득하던 하늘과 땅이 갑자기 흔들리기 시작했다. 이곳저곳에서 우렁찬 아우성들이 일어난 것이었다. 북소리, 징소리, 사람들의 함성, 창자루로 풀 속을 후리고 나무를 두드리는 소리, 사납게 짖는 개 소리들이 어우러진 아우성이었다.

가까이 보이는 앞쪽 산허리에서 커다란 백색 깃발이 천천히 산 아래쪽으로 전진했다. 마주 보이는 저쪽 산언덕에선 홍색 깃발이 스르르 미끄러져 내리고 있었다. 그렇다면 이쪽은 분명 남색 깃발을 중심으로 한 일단의 사람들이 아래쪽 황기(黃旗) 쪽으로 짐승을 몰아가고 있을 터였다.

하나둘씩 놀란 짐승들이 풀 속 은밀한 곳에서 튀어 나와 아래쪽으로 쫓겨가는 모습들이 나타났다. 토끼, 여우, 오소리도 있었다. 으르렁거리면서도 느릿느릿 쫓겨가는 곰도 있었고 범도 있었다. 그러나 사냥꾼들은 쉽사리 창을 내지르지도, 화살을 날리지도 않았다. 그저 두드리고 소리지르며 아래쪽으로 몰아갈 뿐이었다.

이윽고 먼저 쫓겨간 짐승들의 모습이 황기(黃旗)가 꽂힌 초원 위에 모습을 드러냈다. 그러자 숨어서 기다리고 있던 사냥꾼들이 일제히 화살을 날리기 시작했다.

픽픽 그 자리에서 쓰러지는 짐승도 있었고 절뚝거리며 이리저리 허둥대는 짐승들도 있었다. 입맛을 다시며 아래쪽을 살피던 바로한은 자신에게 보내져 오는 은은한 한 줄기 살기를 느껴. 흠칫 몸을 떨며 거울 쪽으로 시선을 보냈다.

자신의 등 뒤 네댓 걸음쯤 되어 보이는 지점에 사내가 서 있었다. 바로한의 등 뒤를 노려보는 사내의 눈엔 짙은 살기가 어려 있었다. 사내의 손이 칼자루에 얹혀졌다. 사내는 한 걸음 한 걸음 바로한의 등 뒤로 다가섰다.

'역시 저자는 내 목숨을 노리는 적이었구나.'

여차하면 몸을 굴릴 쪽으로 옆눈질을 해 보는 바로한의 눈빛은 자신에 차 있었다.

바로한의 등 바로 뒤까지 소리없이 다가온 사내의 숨결이 거칠어졌다. 바로한은 억눌린 용수철처럼 온몸의 탄력을 바짝 조여 놓은채 기다렸다. 그러나 끝내 칼은 날아오지 않았다.

대신 사내의 헛기침 소리와 더불어 공손한 말소리만 들릴 뿐이었다.

"말은 바로 요 밑에 매어 놓았는데, 어떻게 할깝쇼?"

'빈틈을 보여 주었는데도 습격치 않으니 내가 잘못 짚은 걸까?'

슬그머니 고개를 돌린 바로한은 아무 말 없이 저 아래를 향해 손가락질을 했다.

아래쪽 초원 위에서는 끔찍한 도살판이 벌어지고 있었다.

마침내 산 구석구석에 숨어 있던 짐승들이 황색기가 꽂힌 초원으로 쫓겨오자 뒤따라오던 사냥꾼까지 합세하여 어지러운 사냥이 시작되고 있었다.

그들은 허둥대는 짐승 사이로 말을 달리며 창질을 했고 맥궁을 당겨 화살을 날리기도 했다. 말을 타지 않은 사람들은 말 탄 사람들이 해치운 짐승들을 수습하며 부상당해 발버둥치는 짐승들의 마지막 숨을 끊기에 바빴다.

이렇게 네 개의 깃발을 중심으로 행해지는 사냥법은 아득한 옛날 고조선, 부여, 고구려 때부터 씨족 중심 또는 부족 중심으로 행해져 왔다.

그러기에 여기엔 그들의 밑바탕 사상 철학이 스며 있었다. 즉 하나(一)에서 세 방향으로 갈라져 나갔다가 다시 하나(一)를 향하여 되돌아오는 '하나(一)는 셋이요, 셋(三)은 하나이다.'라는 사상 철학인 것이다.

※ 이 사냥 편제는 후일 청나라 군사 조직 겸 사회 제도로 변했다.

청나라 군제의 8기군(八旗軍)을 보면 황색 깃발인 정황, 정남, 정홍, 정백과 양황, 양홍, 양남, 양백의 8기(八旗)로 되어 있다.

청초에는 황, 홍, 남, 백의 4색기(四色旗)만으로 이뤄진 4기군(四旗軍)이 있었다.

제일 말단 조직을 니루라 했고 3백 명으로 조직되어 있었다. 5개의 니루를 일개 잘란(甲喇), 5개의 잘란을 1개 구사(古師)라 했는데 이 구사가 바로 일기(一旗)인 것이다.

1615년경에 이르러 인구가 증가했다. 이에 따라 황, 남, 홍, 백의 4색기에 각각 선을 둘러 8기로 개편한 것이다. 즉 황, 남, 백색기에는 붉은색의 선을 두르고 홍색기에는 흰색 선을 둘렀다.

선을 두르지 않은 기를 정황 등으로 말했고 여기에 소속된 사람은 정황기(正黃旗) 출신 누구누구, 정황기 소속 누구누구라 말했다. 나중의 일이지만 바로 이 8기는 군단(軍團)인 동시에 사회 편제로 만주인 모두의 호적이 되었다.

바로한과 사내가 내려다 보고 있는 아래 초원에서 금고 소리가 세번 일어났다. 이제 사냥을 마쳤으면 대열을 지으라는 신호였다.

그제야 몸을 일으켜 세운 바로한도 아래쪽으로 내려가기 시작했다. 사내는 말 두 필을 끌고 바로한의 뒤를 따랐다.

넓고 넓은 만주 벌판에선 이때까지 뚜렷한 영토 개념이 없었다. 그래서 어떤 사람이든 어떤 부족이든 자유롭게 여기저기 왕래할 수 있었다. 그러나 이것은 부족의 생존과 생활 영역을 침범하지 않는 경우에만 허용되었고 그렇지 않을 시엔 다툼과 피바람이 일었다.

그만큼 만주 벌판은 넓었고 인구는 땅에 비해 적었기 때문에 생긴 관습이었다.

이런 불문율을 잘 알고 있는 바로한이기에 그들이 사냥을 완전히 끝낼 때까지 몸을 숨기고 있었던 것이다.

'흉적은 하얀 신을 신고 있다고 했지?'

4색기를 중심으로 대열을 갖추고 있는 우디거들에게 다가가는 바로한은 그들의 아랫도리 쪽에 눈의 초점을 맞추었다. 황색 깃발이 있는 쪽 대열에서 하얀 신을 신은 몇 사람의 그림자가 보였다.

'하얀 신을 신은 자가 제법 되니 누가 누군지를 어떻게 분별해 낸담.'

황색 깃발이 나부끼는 쪽으로 다가간 바로한은 머리 위로 손을 번쩍 쳐들었다.

"솜씨 좋은 사냥에 풍성한 수확이 있었겠지요?"

다가오는 바로한을 경계의 눈빛으로 보고 있던 대열 속에서 말 탄 용사 하나가 앞으로 나섰다. 머리에 쓴 벙거지에 공작 깃털을 달았으며 긴 창을 왼손에 들고 있는 30대 중반의 사내였다. 그는 깍듯한 인사말을 보내는 바로한을 향해 마주 손을 쳐들며 소리 쳤다.

"나는 아속납태참의 태중길(太仲吉)이라 하오만, 그대는 어디서 오시는 뉘신지요? 그리고 이곳엔 무슨 일로 왔소이까?"

"아……, 아속납태참의 어른이시군요. 이 몸은 장백산 완안부에 있는 바로한인데 아속납태참으로 가는 길이외다."

두 손을 배꼽 위에서 맞잡으며 읍을 한 바로한의 말이 끝나자 네 개의 대열 속에서 "오……." 하는 탄성이 벌떼처럼 일어났다. 바로한의 내력과 그 이름은 이곳 우디거족에게까지 널리 알려져 있었던 것이다.

마상(馬上)에서 손을 흔들어 함성 같은 탄성을 누른 태중길은 정중한 어조로 말했다.

"압캐님의 아들이신 바로한님을 뵙게 되어 참으로 기쁩니다. 그런데 아속납태참엔 무슨 일로 가시며, 여긴 또 웬일로 들렀습니까?"

바로한은 여기까지 오게 된 전말을 간추려서 말했다.

바로한의 말을 듣고 난 우디거 용사들의 눈들이 크게 떠졌고 고개를 갸우뚱거렸다. 바로한의 말이 도저히 믿어지지 않는다는 태도들이었다.

"바로한님! 무언가 잘못 아신 것 같소. 건주좌위께선 우리 아속납태참에 온 일이 없고 또 온다는 기별을 받은 바도 없소. 그리고 우리 족속을 살해한 그 흉악한 살인자가 여기에 섞여 있다는 말씀 또한 도저히 믿기 어렵소. 바로한님께서 흉적의 특징이라며 말한 하얀 가죽신을 신은 자가 여기에 몇 사람 있긴 하지만 그들은 내 곁에서 한 발자국도 떨어지지 않았소."

태중길의 말은 단호했다. 이들을 둘러싸고 있는 우디거 용사들의 고개도 태중길의 말을 보증하듯 끄덕거렸다.

'좌위가 여기에 온 일이 없다면 내가 속은 것이 분명하군. 도대체 그들은 무엇 때문에 여기까지 나를 끌고 왔단 말인가? 그래, 그건 나중에 따져 보자. 그런데 참장은 왜 하얀 신발을 신은 사람을 그들이라 호칭할까? 마치 자기 족속이 아닌 것처럼 말이다.'

바로한은 말을 끌고 뒤따라온 사내를 한 번 쏘아본 후 참장에게 다시 한 번 정중한 읍을 했다.

"참장의 말씀이 그렇다면 틀림없겠지요. 그런데 하얀 신발을 신고 있는 그 사람들을 이 몸이 만나 볼 수 있도록 허락해 주실는지요?"

"그들은 황기(黃旗) 대열 뒤쪽에 있으니 얼마든지 만나 보시오. 그러나 그들은 내 손님이니 결코 무례해선 아니 될 것이오."

태중길과 같이 대열 뒤쪽으로 걸어 들어간 바로한은 그들을 볼 수 있었다. 명나라 무사 복색을 하고 있는 자들이었다.

그들의 신발은 바로한과 동행하고 있는 사내의 신발과 똑같았다. 색깔뿐만 아니라 모양까지도 똑같았다. 모두 네 명이었는데 두 명은 쪼그리고 앉아 사향노루의 배꼽을 도려 내고 있었고, 나머지 두 명은 명나라 고관(高官) 복색을 한 뚱뚱한 사람의 좌우를 호위하듯 지키고 서 있었다.

'정신없이 복잡한 사냥판에서 사람의 이목을 피하기는 쉬운 일이다. 그러나 뱃속의 핏덩이를 목적으로 한 살인이라면 그것만은 버리지 않고 잘 간수하고 있을 것이다. 그러니 그들에게서 살인의 증거만 찾아 내면 되리라.'

이렇게 생각한 바로한이기에 그들을 한 번 보게 해 달라고 청했던 것이다. 바로한이 그들의 일거일동과 그들의 소지품 등을 세심히 살피고 있는 동안 태중길은 뚱보에게 다가갔다.

"나으리! 이 사람은 여진 제일 용사 바로한입지요. 나으리께 인사를 올린다기에 여기로 데리고 왔습죠."

굽실거리는 태중길에게 뚱보는 띠룩띠룩한 두 겹의 턱을 두어 번 끄덕이는 것으로 대답했다.

아주 거만한 뚱보의 태도에도 불구하고 태중길은 황공한 듯 몸을 숙이며 바로한을 불렀다.

"이보시오, 바로한! 이분은 황제의 특명을 받고 이 거친 땅으로 몸소 납신 흠차관 배준 어른이십니다. 어서 와서 인사 올리시오. 자! 어서 오시오."

못 들은 척 딴전을 피우고 있던 바로한은 태중길의 손길을 뿌리칠 수 없어 겨우 몸만 돌려 까닥 고갯짓만 하곤 외면을 했다.

"이 오랑캐놈이 감히 누구에게……"

뚱보의 그 큰 몸이 부르르 떨렸다. 이때껏 이런 무례함을 당해 본 적 없는 그였다. 그가 이르는 고을이면 누구나 엎드려 빌빌거렸고 굽실대기 바쁘지 않았던가.

그런데 이 새파란 오랑캐놈은 그런 자신을 뉘 집 똥개냐는 듯 대하는 것이 아닌가. 참으로 어이없는 일이 아닐 수 없었다. 뭐라 호령 조차 내뱉지 못하고 시뻘건 얼굴 근육만 실룩거리고 있는 뚱보에게 호위 하나가 다가와 어떤 말 하나를 귓속으로 넣어 주었다.

그제야 뚱보의 입 밖으로 거친 호령 소리가 튀어 나왔다.

"애들아! 저 오랑캐놈에게 호된 맛을 뵈 주어라. 저놈이 감히 겁도 없이 우리를 살인 흉적으로 지목하다니……"

뚱보의 말이 떨어지기도 전에 호위 두 명이 칼을 빼어 들고 앞으로 나섰다. 뒤이어 사향노루 배꼽을 도려 내고 있던 자들도 칼을 뽑아 들고 합세를 했다.

바로한도 서슴없이 칼을 뽑아 들고 대적할 자세를 취했다.

금방이라도 일장의 거센 드잡이판이 벌어지고 누군가가 피를 뿜으며 쓰러질 참이었다. 이때 대열 속에 요란한 함성이 일어났다.

"우, 우, 용사에겐 손 하나에 손 하나다. 두 손이면 두 손이 되어야 한다."

우디거 용사들이 일제히 한 목소리로 내지르는 함성에는 활시위를 퉁기는 소리와 칼로 방패를 두드리는 소리까지 섞여 있었다. 야유조의 함성에는 싸우려면 1대1로 하고 여럿이서 한 사람을 공격하는 용사답지 못한 일을 하면 가만 있지 않겠다는 위협의 뜻이 담겨져 있었다. 이런 분위기에 네 명의 기세는 일단 주춤할 수밖에 없었다. 긴장된 몸짓을 하고 있던 바로한의 입술에 엷은 웃음이 번졌다.

4대1의 싸움이면 그 승패가 어찌 될지 모르나 1대1 같으면 어느 누구라도 자신 있다는 미소였다.

'이 야만인들은 우리들 생각처럼 그렇게 호락호락하지 않군. 이들을 잘 복종시키려면 속깨나 썩겠어.'

더덕더덕 살찐 뚱보의 얼굴이 또 한 번 실룩거렸다.

주위의 분위기를 살핀 태중길이 재빨리 끼어들었다.

"이 태중길의 귀한 손님이신 여러분께선 이 몸의 체면을 보아 이쯤에서 끝내 주시면 참으로 감사하겠소이다."

태중길의 말을 들은 바로한은 즉시 칼집에 칼을 넣었다. 머쓱해진 네 사내도 칼을 거두고 제 주인 옆으로 돌아갔다. 그러나 한 마디씩 빈정거리는 말을 잊지 않았다.

"이 자는 뿔난 사슴을 모두 자기 것이라 우기는 어떤 얼간이와 똑같군."

"누가 아니래. 자기와 같이 온 사람 역시 하얀 신을 신었는데, 왜 그자는 가만 두고 우리한테까지 와서 시비를 걸어.”

“그래! 오늘은 참장의 체면을 보아 참지만 다음 번에 걸리면 단단히 혼찌검을 내 주세.”

주거니 받거니 크게 씨부린 소리는 유창한 여진 말이었다.

여기저기서 나지막한 웃음 소리가 새어 나왔다.

확실한 증거도 없이 단지 하얀 가죽신을 신고 있다는 이유만으로 남을 의심한다는 것은 남에게 핀잔을 들을 만한 경솔한 행동이었다. 이런 사리쯤은 바로한도 알고 있었다. 그러나 너무나도 끔찍한 광경을 보고 피가 끓어오르는 바로한이었기에 이 점을 잠시 깜박했던 것이다.

여하튼 바로한은 크게 무안을 당할 수밖에 없었다.

‘이 망신을 어떻게 씻어야 하나.’

찌푸린 바로한의 눈매가 하늘로 향했다.

하늘에는 지독한 피비린내를 맡고 모여든 독수리 몇 마리가 땅 위 사람들의 눈치를 살피고 있었다.

바로한은 등에 멘 활을 벗어 들고 큰 소리로 외쳤다.

“오늘은 그 흉악한 살인자를 잡지 못했지만 내 반드시 저 독수리처럼 흉적을 잡고 말겠다.”

말소리와 함께 화살은 시윗줄을 벗어나 까마득하게 높이 올라가 있는 한 마리 독수리를 향해 날아갔다.

4기(四旗)의 대열 속에서 ‘와⋯⋯’ 하는 함성과 어지러운 갈채 소리가 터져 나왔다. 바로한이 쏜 화살은 어김없이 독수리의 몸통을 꿰뚫었던 것이다.

참으로 놀라운 궁술이었다.

뚱보와 명나라 무사들의 입들도 헤하니 벌어졌다. 남색기 대열 속에서 젊은 용사 하나가 말을 달려 떨어진 독수리를 주워 들고 왔다.

그는 화살에 꿰인 독수리를 높이 쳐들며 소리 쳤다.

"압캐님의 아들 바로한! 참된 용사 바로한"

젊은 용사의 선창(先唱)이 있자 곧바로 커다란 호응이 일었다.

"압캐님의 아들 바로한! 여진 제일 용사 바로한"

4기마다 터져 나온 함성은 온 초원을 가득 메우고 세 곳 산봉우리마저 웅웅거리게 했다. 수천 개의 북이 동시에 올리는 듯한 이들의 환호성은 바로한의 신기(神技)에 가까운 궁술을 직접 목격한 흥분 때문이라 할 수도 있지만 또 하나의 숨은 의미를 지니고 있었다.

세상 어느 곳이나 거친 산야(山野)를 누비며 자신의 힘만으로 생활하는 사나이들에겐 하나의 법 아닌 법이 존재했다. 즉 네가 옳으냐, 내가 옳으냐 하는 명확한 가름을 할 수 없을 때는 자신의 모든 것을 걸고 상대와 한 판 결투를 하거나 보통 사람들이 감히 할 수 없는 이런 어려운 일로 옳고 그름에 대한 가름을 구하는 것이었다. 어찌 보면 이것은 하나의 도박이기도 했다. 그렇지만 여기에는 '하느님은 진실의 편이다.' 는 소박한 믿음이 내재되어 있으며, 힘만이 진실이라는 생활 철학이 들어 있는 것이었다.

함성이 수그러들자 젊은 용사는 바로한 앞으로 다가와 손에 든 독수리를 내밀었다. 그 뜻을 짐작한 바로한이 고개를 끄덕이자 젊은 용사는 뚱보 앞으로 다가가 그 독수리를 훌쩍 내던졌다.

"이것 보시오, 그대들과의 다툼에서 바로한이 이겼소."

말없는 한 마디였다.

독수리를 쳐다보던 뚱보의 얼굴이 심하게 일그러졌다. 그도 땅바닥에 던져진 한 마리 독수리가 지니고 있는 의미를 알아챘던 모양이었다.

뚱보는 참장에게 손짓을 했다. 참장이 강아지처럼 쪼르르 달려가 허리를 숙이자 뚱보의 격한 목소리가 터져 나왔다.

"감히 대명(大明) 황제의 대리인에게 어찌 이런 모욕을 줄 수 있느냐? 그러고도 무사하기를 바라느냐?"

뚱보의 호령에 참장은 그저 쩔쩔매기만 했다. 그런 태중길을 흘겨보는 우디거 용사들의 입술에 얄팍한 비웃음이 서렸다.

사라진 신화 (1) - 바로한의 실종

바로한이 우디거들에게 작별 인사를 하고 돌아선 지 얼마쯤 후에 그 젊은 용사를 비롯한 여남은 명의 우디거 용사들이 뒤따라왔다. 죽은 동족의 시체를 수습하고 자세한 피습 경위를 조사하겠다는 것이었다.

마차 안에 자는 듯이 누워 있던 여인은 바로한이 돌아온 기척이 느껴지자 번쩍 눈을 떴다. 여인의 눈빛엔 불안과 기대의 빛이 번갈아 나타났다. 여인의 의도를 알아 챈 우야소가 여인을 부축해 일으킨 후 마차 휘장을 걷었다.

수양 딸과 사위의 처참한 시신을 본 여인은 곧바로 피 한 모금을 토하며 픽 허물어지고 말았다.

"아니! 이 분은 정구런님이 아닌가! 여보게들, 어서 시신을 묻고 정구런님을 하나 마을로 모시고 가세."

혼절한 여인을 살펴본 젊은 용사의 입에서 '정구런' 이란 이름이 나오자 바로한의 머리 속에서도 한 가닥 아련한 기억의 그림자가 실낱처럼 삐쳐 나왔다.

드디어 바로한의 입에서 한 마디 나지막한 소리가 새어 나왔다.

"그래 맞다. 이 얼굴은 어느 날 갑자기 봄바람처럼 슬그머니 사라져버린 우리 이모님 얼굴이야."

이모가 살던 집은 하나 마을 입구 자그마한 언덕 위에 있었다. 신(神)님을 모신 당집이었다.

정신을 차린 이모 정구련은 바로한부터 찾았다. 바로한의 손을 꼬옥 감싸쥔 이모는 그의 얼굴만 뚫어지게 쳐다봤다. 가슴 저미는 슬픔도 잠시 잊어버린 듯했다. 이모의 눈빛에는 아끼던 수양 딸을 잃은 슬픔보다 더 진한 그리움이 담겨져 있었다.

'그래! 이모가 떠나던 날, 그때 내 나이가 다섯 살인가 여섯 살이었지. 그때 나를 쳐다보던 이모의 눈빛도 이랬어. 20여 년의 세월이 흐른 지금까지도 이모는 나를 잊지 않고 있었나 봐.'

가슴이 뭉클해진 바로한은 누워 있는 이모의 흐트러진 머리칼을 쓰다듬었다.

"이모! 어째서 그렇게 훌쩍 떠나셨어요? 그때 난 몇 날 며칠 동안 밥도 먹지 않고 이모만 찾았답니다. 그런데 이렇게 만나게 되다니요."

바로한이 입을 열자 이모의 입에선 잠시 잊었던 슬픔이 왈칵 쏟아져 나왔다. 한참 동안 창자를 토해 내는 듯한 흐느낌을 쏟아 낸 이모는 울음을 멈추었다. 얼마 동안 눈을 감고 정신을 가다듬은 이모는 아직도 방 한 구석에 남아 있던 우야소를 아래채로 내려가 쉬도록 했다. 그런 후 잔잔한 목소리로 입을 열었다.

"얘야! 네 엄마는 잘 있겠지……? 그리고 얘야……, 네 아버지는?"

이모의 음성은 약간 떨리고 있었다.

바로한의 눈시울이 뜨거워졌고 말문이 닫혔다. 태어나서 단 한 번도 아버지의 그림자를 본 일이 없는 바로한이었다. 그렇기 때문에 더욱 보고 싶은 아버지의 모습이었다. 그래서 아비에 대한 말만 들으면 가슴 속에서 뜨거운 것이 뭉클 치솟아 올라 그의 말문을 닫게 하는 것이었다.

"얘야! 무슨 일이 있었느냐? 왜 대답하지 않느냐?"

바로한의 그런 모습에 궁금증이 솟은 이모의 재촉이 있고 나서야 겨우 바로한의 입이 열렸다.

"예! 에메는…… 심한 병이 들어 있지만 아직도…… 그리고 아바는…… 여태껏 한 번도 본 일이 없습니다."

"무정한 사람……."

이모의 가슴 깊숙한 곳에서 이 한 마디가 띄엄띄엄 흘러 나왔다.

그리움과 야속함이 잔뜩 묻어 있는 말이었다. 바로한은 이모에게 바짝 다가앉았다.

"이모! 저는 아바에 대해 아무것도 모르고 있습니다. 제발 아바에 대해 아시는 대로 말씀해 주십시오."

"으음, 그럼 아직까지도…… 그럴 거야. 네 에메의 성질로 보아 결코 쉽사리 입을 열지 않았을 거야. 아마도 오늘 이렇게 우리가 만나게 된 것도 아바에 대한 너의 효심을 갸륵하게 여긴 한님의 뜻인 것 같구나. 그래! 내 오늘 네 에메가 그토록 입을 열기 어려웠던 옛 일을 모두 말해 주마."

한숨을 길게 토해 낸 정구런의 입에서 옛 얘기가 흘러 나오기 시작했다.

"막내인 네 에메와 나, 그리고 큰 언니인 언구런은 모두 살만인 네 외할바와 외할마 사이에서 태어난 친자매였다. 언니가 태어난 3년 후에 내가 태어났고, 2년 후에 막내가 태어났지. 우리들이 태어날 때마다 부모님은 생시처럼 느껴지는 이상한 꿈을 꾸셨단다.

하늘에서 큰 새 한 마리가 날아와 금빛 나는 커다란 알을 우리들의 기저귀 위에 낳아 놓는 꿈이었다고 하더구나. 한 번도 아니고 연달아 똑같은 꿈을 꾸게 되신 부모님께선 이렇게 해몽하셨지.

'이 아이들은 한님의 뜻을 이어받을 천녀(天女)의 운명을 타고난 것이야.'

그래서 내 나이 열 살이 되던 해에 부모님께선 장백산(백두산) 용왕담(天池) 아래로 우리들을 데리고 가셨단다. 사람이라곤 어쩌다 기웃거리는 사냥꾼이나 약초를 캐러 오는 사람들 뿐이었고 밤낮으로 산짐승의 울부짖음이 가득 차 있는 곳이었지.

처음에는 외롭기도 하고 무섭기도 하더구나. 그러나 부모님의 가르침대로 오직 한 마음으로 한님에게 정성을 드리기 시작했지. 그러자 차츰 외로움도 없어지고 울부짖는 산짐승도 무섭지 않을 뿐더러 나중에는 산짐승들도 친구처럼 느껴지더라.

우리 자매의 그런 마음이 그들에게 전해졌는지 그들도 우리들을 경계하지 않고 가까이에서 어슬렁거리기까지 하더구나. 심지어 왕대(王大) 같은 사나운 짐승조차 우리들의 치성을 지켜 주려는 듯 가까운 곳에서 지켜보고 있기도 하더라.

8년 동안 우리들은 아무런 욕심 없이 그냥 그대로 지냈지. 지금 생각해 보면 꿈결처럼 흘러가 버린 그때 그 시절이 내 인생에 있어서 가장 행복했던 기간이었던 것 같애.

그렇게 지내고 있는 어느 여름이었어. 네 에메가 열여섯 살, 내가 열여덟 살이던 해였어.

어느 날처럼 용왕담에서 목욕을 하구 내려오던 우리 자매는 숲 덤불 사이에 엎어져 있는 사람 하나를 발견했단다. 온몸이 피범벅이었고 다리를 심하게 저는 젊은 사내였어.

우리 자매들은 그 젊은이를 집으로 데리고 갔지. 그런데 뜻밖에도 부모님께선 웃는 얼굴로 외면을 하시는 것이 아니겠어. 너희들이 구해 왔으니 죽이든 살리든 너희들이 알아서 할 일이지 당신들은 알 바 없다는 투였어. 할 수 없이 우리들은 그를 우리들이 기거하는 방으로 들여 놓고 치료를 해 주었지. 피를 닦아 내고 씻길 것은 씻기고 보니 정말 잘생긴 사내더군. 이틀 밤낮 동안 우리들은 눈 한 번 붙이지 않고 그를 보살폈지. 매일 어김없이 행하던 치성도 잊어버리고 말이야.

그런데도 부모님께선 전혀 아랑곳하지 않으시더군. 평소 치성 드리는 일에 조금만 늦장을 부려도 심하게 야단치시던 부모님께서 말이야. 사흘째가 되자 나한테 이상한 변화가 왔어. 그의 몸에 약을 바르던 내 손끝이 자꾸 떨리며 가슴 또한 두근거리는 것이 아니겠어.

나만 그런가 하여 언니와 막내를 슬쩍 훔쳐 보았지.

막내와 언니 역시 얼굴을 붉히며 손끝을 바르르 떠는 것이었어.

젊고 잘난 사내를 처음으로 가까이에서 접해 본 우리들의 가슴 속에 비로소 사랑이 꿈틀 일어난 것이었어. 그런데…. 휴우, 이것이 바로 번민과 불행의 씨앗일 줄이야……."

탄식 소리와 함께 입을 다문 정구런은 시렁에 놓인 상자를 손가락으로 가리켰다.

눈치를 챈 바로한은 얼른 일어나 상자를 내려 놓았다. 오동나무로 만든 고리짝만한 상자였다.

'저 안에 무엇이 들었기에 말을 하다 말고 이러시지?'

정구런을 쳐다보는 바로한의 눈에 조급한 빛이 나타났다. 그렇게도 듣고 싶었던 아바에 대한 얘기가 아닌가. 그런데도 이모는 바로한의 그러한 심정을 모르는 듯 말문을 닫고 상자만 물끄러미 쳐다보고 있는 것이었다.

한참 동안 그러고 있던 정구런이 상자 뚜껑을 열었다.

바르르 떨리는 정구런의 손에 한 자루 옥으로 만든 퉁소와 쇠심줄에 꿰어진 한 쌍의 옥반지가 들려 있었다.

한동안 그것을 쳐다보고 있는 정구런의 눈빛엔 그리움과 회한, 그리고 고통의 빛이 뒤범벅되어 있었다. 마치 넋나간 사람의 눈빛 같기도 했다.

'저 물건에 어떤 사연이 있기에 이모의 눈빛이 저렇지? 뭣이든 간에 빨리 털어놓지 않고 왜 저러고만 계시지?'

정구런의 입만 쳐다보고 있던 바로한의 입에서 나지막한 헛기침 소리가 나왔다. 망연한 회상에 빠져 있던 정구런은 바로한의 헛기침 소리에 화들짝 깨어났다. 이모는 가슴에다 그 물건들을 꼭 껴안으며 말을 이었다.

그날 저녁이었다. 막 잠자리에 들려는 우리들 방문 앞에 횃불이 왔다 갔다하더니 이어서 큰 호령 소리가 들렸다.

"여기 누구 있으면 나오시오!"

"이 늙은이가 주인이오만 무슨 일로 찾으시오?"

옆방에서 아버님이 밖으로 나오면서 소리 쳤다. 그들은 큰 죄를 짓고 이쪽으로 도망 친 부상당한 젊은이를 추적해 왔는데 못보았느냐고 물었다.

아버님께선, 부상당한 젊은이는커녕 길 잃은 토끼 한 마리도 본 일이 없다며 딱 잡아뗐다. 그러자 그들은 여기 아니면 몸을 숨길 데가 없다며 방 안을 뒤져 보겠다고 했다. 아버지께선 '우리 늙은이가 거처하는 방은 아무리 뒤져도 좋지만 과년한 딸들이 셋이나 있는 저쪽 방만은 허락할 수 없다.'고 했다. 그러나 그들은 양쪽 방 모두를 살펴봐야겠다며 우겼다.

된다, 안 된다 실랑이는 잠시 동안 계속되었다.

그들이 찾아온 목적을 알게 된 내 가슴은 쿵쾅거리기 시작했다.

'어떡하지. 저들에게 발각되면 저 젊은이는 속절없이 죽고 말 것인데.'

조마조마해진 내 가슴은 터질 것만 같았다. 그러나 별 뾰족한 수가 생각나지 않았다. 어쩔 줄 모르고 가슴만 태우고 있을 때 막내의 소곤거리는 목소리가 들려왔다.

"언니! 어서 옷을 홀딱 벗고 누워 자는 척하자."

언니와 내게 그렇게 귀띔한 막내는 얼른 옷을 벗고는 그 젊은 사내 옆에 딱 들러붙었다. 나와 언니는 차마 옷을 다 벗지는 못하고 겉옷만을 벗었다. 우리 둘이 막내를 가로막고 드러눕는 순간 방문이 활짝 열렸다.

그들은 우격다짐으로 밀고 들어오려 했고, 먼저 방 안으로 횃불 두 개가 머리를 들이밀었다.

"에구머니!"

맨 앞쪽에 누워 있던 언니가 몸을 웅크리며 앙칼진 비명을 질렀다.

고개를 내민 횃불이 멈칫했다. 그 틈에 누워 있던 막내의 입에서 준열한 꾸짖음이 터져 나왔다.

"그대들은 당당한 여진 사내가 분명한데 어찌 막돼먹은 똥되놈처럼 함부로 처녀의 규방을 범하나요. 더군다나 우리들은 압캐님(하느님)을 모시는 천녀들인데 이런 행동을 하다니 압캐님의 징벌이 겁나지도 않나요."

도저히 열여섯 살 계집애가 하는 말이라고는 느껴지지 않을 소리였다.

이렇게 위기를 넘긴 우리들은 더욱 정성스레 그를 보살폈다.

그러나 우리들의 지극한 간호에도 불구하고 그의 상처는 좀처럼 호전되지 않았다. 뿐만 아니라 한 번씩 혼수 상태에 빠지기도 하여 우리 자매의 애간장을 졸아 들게 했다.

그러던 어느 날, 정확히 말해 그 젊은 사내가 우리들과 같이 한 방에서 지낸 지 7일이 지난 후였다. 10여 명의 고려 사람들이 우리 거처에 들렸다.

약초를 캐러 온 사람들이었다. 우리 거처를 지나친 그들은 멀지 않은 산언덕 아래에 움집으로 들어갔다. 며칠 동안 기거하며 약초를 캘 모양이었다.

젊은이가 또 혼수 상태에 빠지자 우리 자매와 상의를 한 아바께서 그들 중의 한 명을 모시고 왔다. 자칭 송도에 사는 의원이라는 사내는 40대

중반으로 보였다. 혼수 상태에 빠진 젊은이를 진찰하던 그의 손이 유달리 불룩한 젊은이의 아랫배 쪽에 닿았다. 고개를 한 번 갸우뚱한 그는 이내 젊은이의 옷을 헤쳤다.

하얀 명주 수건이 젊은이의 배를 넓게 감고 무엇을 감추고 있었다. 40대 사내는 서슴없이 명주 수건을 풀었다. 그러자 갑자기 눈 앞이 환하게 밝아졌다. 명주 수건 속에서 금(金)으로 만든 인형 하나가 그 모습을 드러낸 것이다. 금인을 멍하니 쳐다보던 사내의 눈길에 탐욕의 불길이 이글거리는 듯했다. 아바의 눈 또한 그 금인이 내는 황홀한 황금빛에 사로잡힌 듯했다.

사내는 덜덜 떨리는 손길로 금인을 움켜잡으려 했다. 그러자 막내가 잽싸게 금인을 잡아채며 소리 쳤다.

'의원께선 어서 환자나 치료해 주세요.'

민망해진 의원이 고개를 숙이고 줌치에서 침통을 끄집어냈다. 꾀죄죄하게 생긴 그 모습과는 달리 의원의 침술은 제법 쓸 만했다. 침을 맞은 젊은이의 얼굴에 혈색이 돌았고 이어서 '물, 물.' 하며 미약한 소리나마 말을 했던 것이다. 몇 번이나 뒤를 흘낏거리며 의원이 가고 난 얼마 후 젊은이는 정신을 차렸다.

허전해진 자신의 아랫배 쪽을 만져 본 젊은이는 소스라치게 놀라며 소리 쳤다.

'금인! 금인! 내 생명보다 더 소중한 할바님의 유산 어디 있어, 어디 있어!'

이렇게 외친 그는 중상 입은 몸임에도 불구하고 오뚝이처럼 발딱 일어나 앉았다. 마치 미친 사람 같았다. 그러는 그의 눈 앞으로 손을 내밀며 막내가 말했다.

"이것 말인가요? 여기 이대로 온전히 있으니 진정하세요."

막내의 손에서 금인을 덥석 잡아챈 사내는 '휴……' 하는 한숨과 함께 털썩 무너졌다. 그날 이후로 젊은이의 상처는 조금씩 호전되기 시작했다. 제법 걸을 수 있을 만큼 회복된 그는 우리 자매와 주변을 거닐기도 했고 싱그러운 냄새 가득한 풀밭 위에 앉아 퉁소를 불어 주기도 했다. 그렇게 하루하루 시간이 흘러갔고 그에 비례해서 내 마음은 점점 걷잡을 수 없이 되었다.

잠시 동안이라도 그를 못보면 온 가슴이 휑하니 뚫린 듯했고 싱숭생숭한 마음이 들어 안절부절못했다. 뿐만 아니었다. 언니와 같이 있는 그를 보면, 또 그를 쳐다보는 막내의 뜨거운 눈길을 보면 괜히 울화가 치밀었고 그들이 미워졌다.

언니와 막내 역시 나처럼 변한 것 같았다. 그와 나란히 앉아 있는 나를 흘겨보는 그들의 눈길이 예사롭지 않았고 그와 한시도 떨어지지 않으려 했던 것이다. 네 것 내 것 따지지 않던 우리 자매 사이에 서먹서먹함이 담벼락처럼 자리 잡기 시작했다. 그리고 네 것 내 것을 따지게 되었다.

그러던 어느 날 단둘만의 시간이 있었다. 둥근 달이 잔잔한 용왕담 속에 내려앉아 은은히 웃어 주고 있는 여름밤이었다.

우리는 검은 자갈이 깔린 용왕담가에 나란히 앉았다. 오랫동안 발끝 아래까지 넘나들며 하얀 포말을 토해 내는 용왕담 물만을 쳐다보고 있던 그의 시선이 내게로 옮겨졌다. 그는 뜨거운 손으로 내 손을 살며시 잡으며 더듬거렸다.

'그대에게… 내 마음의 신표를 드리겠소. 십수 년간 한시도 내 품을 떠

나 본 적 없는 것이라오.'

그가 내민 것은 달빛을 받아 더욱 고운 빛을 흘리고 있는 옥가락지 한 쌍이었다.

정구런은 잠시 말을 끊고 옥반지와 옥퉁소를 어루만지며 스르르 눈을 감았다.

'이모가 사랑했고, 또 이모를 사랑했던 그 사람이 내 아바인 것 같은데 어째서 이모와 맺어지질 못하고 에메와 맺어졌을까? 여기엔 가슴 아픈 어떤 곡절이 있었겠구나.'

회상에 잠긴 이모를 연민의 눈길로 쳐다보며 바로한은 기다렸다. 잠시 동안의 침묵 끝에 정구런은 눈을 떴다.

그의 마음이 내게 있다는 것을 알게 된 내 마음은 환한 달빛을 타고 아득한 하늘 위로 둥실 떠오르는 듯했고 모든 것이 아름답게만 보였다.

그날 이후 우리들은 언니와 막내의 눈을 피해 단둘이 만날 기회를 만들곤 했다. 그렇게 우리들의 만남이 잦아질수록 언니와 막내의 눈 빛에 질투심이 짙게 어리는 것을 느꼈지만 어쩔 수 없었다.

싸늘한 표정으로 나를 대하는 그들은 예전의 언니와 아우가 아닌 것 같았다. 그래도 언니는 억지로라도 굳은 표정을 부드럽게 하려고 애쓰는 것 같았으나 막내는 그렇지 않았다. 그런 막내에게 우리 주위를 할 일 없이 기웃거리던 송도 의원이 접근하는 것 같았다. 몇 번인가 의원과 은밀히 수군거리던 막내가 기어코 일을 벌이고 말았다. 반 조각으로 사그라든 달이 허공에 초라하게 걸려 있는 저녁 무렵이었다.

오랜만에 얼굴을 활짝 편 막내가 밥을 지어 왔다. 언니와 나, 그리고 그이는 먼저 먹었다며 숟갈을 들지 않는 막내에게 고맙다는 인사말을 한 후 숟갈을 들었다. 그런데 밥숟갈을 놓기도 전에 입 안이 바짝 마르고 잠이 꾸역꾸역 밀려오는 것을 느낀 나는 정신을 가다듬으려고 애를 썼다. 그러나 소용이 없었다. 의지와는 관계없이 몸은 자꾸 깊은 수렁으로 빠져들듯 잠 속으로 미끄러져 들어갔다. 잠결에 그이가 목마르다고 말하는 목소리가 들렸고 그 소리를 기다렸다는 듯 그이에게 물 대접을 건네 주는 막내의 기척을 어렴풋이 느꼈을 뿐이었다.

이튿날 해가 중천에 떴을 때에야 우리들은 간신히 잠에서 깨어날 수 있었다.

그러나 아……, 환한 햇빛 속에 웅장한 모습을 내보이고 있는 산 상봉은 예전과 다름없었으나 우리들은 이미 비극의 시커먼 입 속에 들어앉아 있었다. 막내는 의원에게서 구한 몽혼약을 우리들에게 먹인 다음 그이에겐 미약(최음제)을 먹여 몸을 섞은 것이었다. 물론 약의 대가는 의원이 잔뜩 눈독을 들이고 있던 금인이었다.

일의 전말을 알게 된 그이는 하늘만 쳐다보며 처량한 한숨만을 연방 내쉴 뿐이었다. 사흘 동안이나 끼니 때가 되어도 먹지 않고 한숨만 내쉬던 그는 끝내 아무런 말없이 우리들에게서 떠나갔다. 산 아래에까지 뒤따라간 내게 그가 마지막으로 남긴 것이라곤 내게 보내준 쓸쓸한 미소 하나와 이 옥퉁소 하나였다. 그가 떠나자 막내는 하루 내내 땅을 치며 울었고, 그 뒤론 나와 언니를 향해 얼굴을 들지 않았다.

한 달이 지난 어느 날 언니가 훌쩍 자취를 감추고 말았고, 어느 날 부모님께서 말씀하셨다.

너희들은 여기서 기다리고 있거라. 언구런을 찾고 금인을 찾게 되면 돌아오마. 그리 되면 떠났던 그 젊은이도 돌아올 거야. 그런데 부그런아! 네 뱃속엔 한님의 뜻이 실린 씨앗 하나가 자라고 있으니 몸 간수 잘 하거라.

나와 부그런을 허주(虛州, 甲山) 옛집에 데려다 주고 난 부모님께선 이 말을 남기고 집을 떠나셨다.

부모님의 예언대로 너는 태어났으나 한 번 간 그들은 좀체 돌아오지 않았다. 나는 무럭무럭 자랄수록 그이를 닮아 가는 너의 얼굴에서 그이의 체취를 느끼며 5년이란 세월을 기다릴 수 있었다. 그러나 부모님이 고려 땅 어디에선가 뜻을 이루지 못하고 돌아가셨다는 소식을 들은 뒤부터 나는 더 이상 그곳에 머물고 싶지 않았다. 그래서 나는 말없이 떠났던 것이다.

얘야! 이젠 네 에메가 왜 너에게 아무 말도 못해 주었는지 그 까닭을 짐작하겠지?"

말을 마친 이모는 퉁소를 입에 대고 숨을 가다듬었다.

'아……, 내 출생에는 그런 말 못할 사연이 있었구나. 이것이 25년 동안이나 에메의 가슴을 파먹어 결국 피를 토하게끔 했구나.'

바로한이 에메의 회한에 찬 고통의 세월을 이해하고 눈시울을 적시고 있을 때 정구런의 퉁소에서 한 가닥 맑은 가락이 흘러 나왔다.

상큼한 풀 냄새 가득 찬 넓은 초원에 누워 파아란 하늘 유유히 거니는 하얀 구름을 보았다. '아……, 세상은 이토록 편하고 아름다운데 백 년도 못사는 우리 인생은 어찌하여 만 가지 번뇌 속에서 벗어나지 못하는고.'

고요한 방 안에서 너울너울 춤을 추는 퉁소 가락은 이런 뜻을 담고 있는 듯했다.

많이 들어 본 가락이었다.

'어디서 들었을까?'

기억을 더듬는 바로한의 뇌리에 그림 한 폭이 펼쳐졌다. 품 속에 네댓 살 된 아이를 안은 채 먼 하늘을 쳐다보며 퉁소를 부는 젊은 여인의 그림이었다.

"애야! 이것을 받아라."

회상에 잠겨 있는 바로한에게 정구런은 옥반지와 퉁소를 내밀었다.

'아니! 이것을 왜 저에게 주십니까? 이것은 이모님의 마음 속에 그토록 자리 잡고 있던…….'

바로한은 놀란 눈으로 손을 내저었다.

"바로한아! 내 오늘 비로소 네 아바가 들려주던 이 가락의 뜻을 깨달았구나. 모든 번뇌는 집착에서 비롯되고, 사랑은 집착을 부른다는 것을. 그러니 이 옥반지와 퉁소는 이제 나에겐 거추장스런 물건일 뿐이야. 그렇지만 너에겐 꼭 필요한 아바의 유품이 아니겠느냐. 자, 아무 말 말고 받아라."

억지로 쥐여 주는 반지와 퉁소를 받아 쥔 바로한의 가슴 한 끝이 찡하게 울렸다. 이모의 애달픈 사랑에 대한 연민의 정과 그토록 보고 싶었던 아바의 체취를 처음으로 느껴 본 듯한 감정 때문이었다.

"이모님! 아바의 성(姓)과 이름은……, 그리고 지금은……?"

바로한은 품 속에 옥반지와 퉁소를 넣으며 물었다.

"네 아바의 성은 애신(愛新, 만주말로 金을 뜻함), 이름은 알(珠)이라 들었다. 그러나 그의 생사(生死)는 나도 아직까지 모르고 있다."

하녀가 안내해 준 방 침상 위에는 우야소가 네 활개를 쭉 뻗고 곯아떨어져 있었다.

'아바는 어떤 분일까? 나와 똑같이 생겼다는데 살아 계실까? 살아 계
시다면 어디에 계실까? 혹시 돌아가신 것은 아닐까?'

머리맡의 퉁소를 어루만지며 잠 못이루던 바로한은 이상한 기척에 감
았던 눈을 번쩍 떴다. 난데없이 고요한 밤의 정적을 찢는 소리가 들렸다.
휘파람새가 우는 소리가 세 번 연이어 났고, 자세히 들으니 그것은 기왓
장에 작은 돌이 떨어져 구르는 소리였다.

'이 한밤중에 누가 뭣 땜에 지붕 위에 돌을 던지는 걸까?'

의아하게 생각하고 있는 바로한의 귀에 이번에는 방문을 여닫는 소리
가 미약하게 들려 왔다. 두만강 저쪽에서부터 동행해 온 사내들이 묵고
있는 방에서였다.

'아하! 무언가 있긴 있었구나.'

벌떡 일어난 바로한은 방문 쪽에 귀를 갖다 댔다. 예측대로 살금살금
다가오는 인기척이 느껴졌다. 곧이어 으스름한 그림자 하나가 방문 앞에
서 어른거렸다. 그림자는 바로한의 방문에 귀를 붙인 후 방 안의 동정을
살피더니 우야소가 코를 고는 소리에 안심을 한 듯 언덕 아래로 사라져
갔다.

'저들의 정체가 무엇일까? 이렇게 은밀한 신호로 연락하는 것을 보면
어떤 조직이 있는 것 같군.'

바로한도 살며시 방문을 열고 밖으로 나갔다. 언덕 아래 소나무 밑에
사람 그림자 셋이 희미한 달빛 속에 어른거리고 있었다. 숲 덤불 사이로
소리없이 움직이는 표범처럼 바로한은 그들 쪽으로 다가갔다. 그들이 수
군거리는 소리가 들려왔다.

변명조로 말하는 목소리는 송학촌에서 만난 사내의 것이었다.

"따거! 전서구를 받아 본 우리 둘은 명령대로 놈에게 손을 썼습니다. 그러나 그놈의 힘과 칼 솜씨가 워낙 뛰어나 할 수 없이 이쪽으로 유인하는 술책을 쓰게 된 것입니다."

"그래, 알겠네. 총령께서 기다리고 계시니 그 얘기는 나중에 하기로 하고 어서 가기나 하세."

그들은 날렵한 걸음걸이로 어스름한 밤길 저쪽으로 달려갔다.

'음! 무산에서 불을 지른 것도, 활을 쏘아 댄 것도 이들이었구나! 무슨 까닭으로 내 목숨을 노리는 걸까?'

먹이를 쫓는 살쾡이처럼 바로한도 그들의 뒤를 따랐다.

옹기종기 모여 앉은 인가를 지나자 끝없이 펼쳐진 저쪽 초원을 묵묵히 지켜보고 있는 커다란 집이 나타났다. 대문 앞에까지 다다른 그들 중의 한 명이 딱딱 손뼉을 다섯 번 쳤다. 그러자 높은 담을 끼고 입을 굳게 다물고 있던 육중한 대문 안에서 나직한 한 마디가 흘러 나왔다.

멀리 떨어져 있는 바로한으로서는 알아들을 수 없는 말이었다. 역시 나직한 소리로 대문 밖에서 응답을 보내자 대문에 달린 쪽문이 입을 벌렸고 사내들은 그 속으로 사라졌다.

'저렇게 철저하게 확인하는 것을 보니 경계가 삼엄하겠군.'

경각심을 느낀 바로한은 담장 주위를 돌며 틈을 찾기 시작했다. 집 뒤쪽에 틈이 있었다. 두 길이나 되는 담장 바깥쪽에는 아름드리 고목이 무성한 가지를 펼치고 있었다. 높게 뻗은 고목의 가지를 타고 가면 저쪽 지붕 위로 쉽게 오를 수 있을 듯했다. 손바닥에 침을 한 번 뱉은 바로한은 나무 아래로 다가섰다.

담장 안쪽에는 예상대로 경계의 눈빛이 번쩍이고 있었다. 칼을 빼어 든 사내 두 명이 담장 주위를 왔다갔다하고 있었던 것이다.

그들의 눈을 피해 지붕 위에 오르기는 날다람쥐가 아닌 다음에야 불가능할 것 같았다.

'어떻게 하지?'

두리번거리던 바로한의 눈에 저쪽 담장 쪽에 붙어 있는 마구간이 들어왔다.

'그래, 그렇게 해 보자.'

나무에서 내려오는 바로한의 입가에 살풋한 웃음이 맺혔다. 잠시 후 마구간이 있는 담장 가까이에서 굶주린 늑대의 울부짖음이 들려왔다. 모골이 송연해지는 살기 서린 소리였다. 두려움에 사로잡힌 말들이 날뛰기 시작했고, 번을 돌던 사내들의 시선과 발걸음이 마구간 쪽으로 향했다.

바로한의 계략은 성공했다. 서너 개의 기왓장을 조심조심 벗겨 낸 바로한은 송판 틈 사이에 눈을 갖다 댔다. 넓은 대청에는 20여 명의 사내들과 여자 두 명이 앉아 있었는데 그들은 사냥꾼, 의원, 유생(儒生), 여진 용사, 명나라 장사꾼 차림 등을 하고 있었다. 비록 그들의 차림새는 가지각색이었으나 모두들 한결같이 하얀 가죽 장화를 신고 있다는 점이 특이했다.

삼삼오오 모여 앉아 히히덕거리던 그들 중 한 명이 벌떡 일어났다.

"총령께서 납시었소!"

사내의 외침에 따라 비단옷을 입은 자가 대청 안으로 들어섰다. 매부리코에 표범의 눈을 가진 체격이 장대한 자였다.

"총령을 뵙습니다."

여기저기서 인사말이 터져 나왔다. 황망히 일어나며 포권(한 주먹 위에 한 손을 덮는 인사법)을 하는 중인(衆人)에게 마주 포권을 한 그는 상석(上席)에 앉았다.

"여러 금의위(錦衣衛) 형제들! 이곳 만지(蠻地)에서 노고(勞苦)가 많으리라 믿소. 그러나 그만한 노고도 못견딘다면 어찌 하얀 가죽 장화를 신을 자격이 있으며 황제(黃帝)의 적손이라 할 수 있겠소. 여러분, 그렇지 않소?"

상석에 앉은 총령의 말이 여기에 이르자 좌중에선 우렁찬 외침들이 터져 나왔다.

"황제적손(黃帝嫡孫) 위진만방(威振萬邦)."

"좋소이다, 좋소이다. 여러 형제들의 의기(義氣)가 이처럼 하늘을 찌를 듯하니 내 무엇을 근심하겠소. 그럼 먼저 심 장주(沈壯主)부터 해 보시오."

흐뭇한 표정을 지은 총령의 지목을 받은 심 장주란 자가 일어났다. 장사꾼 복색을 하고 있는 자였다.

"속하는 이곳엔 온 5년 동안 다섯 개의 목장을 입수하여 훌륭한 종마(種馬)는 모두 중원(中原)으로 보내는 한편 열종(劣種)은 이곳 여진인들에게 팔았습죠. 지난 달까지 속하가 중원으로 보낸 종마만 해도 벌써 2만 두(頭)가 훨씬 넘습니다. 그리고 주 학사(朱學士)와 함께 이곳에 학당(學堂)을 개설하여 인근 마을의 신임까지 받고 있습니다."

"어허! 참으로 잘 하셨소이다. 그럼, 주 학사의 노고를 들어 볼까."

유생 차림의 청수하게 생긴 뚱뚱보 사내가 일어섰다.

"그러고 보니 속하가 심 장주와 학당을 개설한 지도 벌써 3년이 넘었 군요. 우리는 처음부터 학비는커녕 촌지(寸志)조차 받지 않았으며 본국에서 가져온 서책까지 그냥 주었지요. 그러니 인근 마을뿐만 아니라 화둔길위(吉屯吉威) 쪽에서도 학동들이 꾸역꾸역 모여들었습니다. 그래서 우리 명화(名華) 학숙은 이 만지(蠻地)에서 제일 이름난 학숙이 되었지요.

지금 있는 학동들만 해도 2백 명이 넘어 새로 건물 하나를 더 지어야 할 처지에 있습니다……"

"참으로 수고가 많았소이다. 그런데…… 어김없이 잘 가르쳤겠지요?"

자랑조로 늘어놓은 주 학사의 말을 듣고 있던 총령이 불쑥 물었다.

"여부가 있겠습니까. 내일이라도, 아니 지금 당장이라도 이 마을에 있는 학동 중 어느 놈이라도 하나 불러서 물어 보시면 잘 아시겠지만…… 그들은 제 나라 제 할아비의 이름은 몰라도 우리 중화(中華)의 역사 하나만은 달달 외우고 있습니다."

"그래, 됐소. 이번에는 제갈 약사(諸葛藥士)가 보고하시오. 왕진 어른의 기대가 대단하오."

주 학사가 또 무엇인가를 자랑할 듯하자 재빨리 말을 막은 총령은 다음 사람을 지목했다.

등허리에 오동나무로 만든 약상자를 짊어지고 있던 의원 차림의 말라깽이가 일어났다. 그는 약상자 속에서 하얀 약병 하나를 끄집어내며 입을 열었다.

"여러 형제들이 이때까지 구해 준 자하거(출산되지 않은 뱃속 영아)와 장백산 산삼을 섞어 불로회춘단(不老回春丹) 한 병을 이렇게 만들었습니다. 총령께서 거두어 주십시오."

제갈 약사의 보고는 그 몸집만큼이나 군더더기가 없었다.

"제갈 약사가 여기로 파견된 지 벌써 반 년도 넘었는데 겨우 이 한 병밖에 못 만들었단 말이오? 황상(皇上)께 바치고 나면 왕진 어른께 돌아갈

몫이 없으니 정말 낭패로군, 쯧쯧…. 제갈 약사! 겨우 이것밖에 만들지 못한 까닭을 말해 보시오."

부드러웠던 총령의 어조는 갑자기 차고 음산하게 바뀌었다.

"총령께 아룁니다. 그것은 결코 이 몸의 탓이 아닙니다."

말라깽이의 말은 여전히 짧고 담담했다.

"뭐라고! 그럼 여러 형제들이 전서구로 보낸 내 명령을 소홀히 했단 말이구려."

음산한 살기를 띤 총령의 눈길이 말라깽이에게서 좌중 여러 사람들에게 돌려지자 한 사내가 벌떡 일어났다. 구레나룻이 검은 얼굴을 무성하게 뒤덮어 마치 원숭이처럼 보이는 사내였다.

사내는 좌중에 앉은 사냥꾼 차림의 여러 사람을 손가락질하며 입을 열었다.

"속하들은 이 우디거 지역뿐 아니라 토문강 건너까지 가서 약을 구해 어김없이 제갈 형제에게 전달했소이다. 석 달 동안 자그마치 30여 개나 보내 주었는데도 불구하고 재료가 딸린다니 도저히 이해 못 하겠소. 제갈 형제! 그렇지 않소이까?"

털보 사내의 부라린 눈동자를 본 말라깽이가 여전히 담담한 어조로 말을 했다.

"원 따거의 말씀은 사실이외다. 그러나 그 30여 개 중에서 쓸 만한 것은 고작 10여 개밖에 되지 않더이다. 썩어서 냄새가 나는 것이 열 다섯 개였고, 달수가 차지 않아 쓸모 없는 것이 다섯이었소이다."

털보와 말라깽이의 말이 끝나자 싸늘하게 굳어져 있던 총령의 얼굴도 말랑하게 풀어졌다.

"음……, 그렇게 된 것이었군. 이후부터 여러 형제들은 부패되지 않도록 더욱 신경을 쓰도록 하시오. 그리고 요동 총관이 보내 온 전서구 건은 어떻게 처리했소?"

바로한과 동행했던 두 사내 중의 하나가 일어났다. 등에 가죽 자루를 메고 있던 자였다. 그는 등에 진 가죽 자루를 벗어 먼저 제갈 약사에게 건네 주며 입을 열었다.

"제갈 형제! 이 안에 자하거 세 개가 들어 있소이다. 소금을 잔뜩 뿌린 후 아가리를 꼭 매어 놓았으니 상하진 않았을 게요."

일단 말을 끊은 사내는 새삼 총령에게 포권을 하며 말을 이었다.

"총령께 복명합니다. 전서구로 명령을 받은 저희 형제는 무산 길목에서 그를 기다렸다가 손을 썼습니다. 그런데 그자의 용력(勇力)과 칼 솜씨가 워낙 뛰어나 실패하고 말았습죠. 그래서 그를 여기까지 유인하여 왔으니 총령께서 명령만 내리신다면 즉시 형제들과 함께 가서 그자를 요절내겠습니다."

"아니! 당당한 금의위 위사 두 명이 그까짓 오랑캐 한 놈을 처리 못하다니."

짐짓 눈을 부릅뜬 총령이 발을 땅 굴렀다. 그러자 한 사내가 일어나며 동료를 거들어 주었다. 바로 우디거의 사냥터에서 바로한의 활 솜씨를 본 명나라 무사 복장을 했던 네 사내 중의 한 명이었다.

"바이(白) 형의 말씀은 사실입니다. 그의 활 솜씨는 이광(당나라 때 명궁으로 이름난 장수)과 필적할 만합디다."

"그 오랑캐 종자의 솜씨가 그리도 대단하다니, 내 꼭 그자의 꼬락서니를 한 번 봐야겠군."

총령의 얼굴이 또 한 번 말랑하게 풀어졌다.

'그랬었구나. 우리들을 이간시키면서 한 인간의 음욕을 위해 그 많은 생명들을 개, 돼지 잡듯 했구나. 내 이 금수만도 못한 자들에게 꼭 피의 대가를 받아 내고야 말리라.'

바로한은 호랑이 굴 속에 있는 것도 모르고 부르르 몸을 떨었다. 이빨마저 뿌드득 갈아붙인 그 서슬에 기왓장 하나가 아래로 미끄러져 내렸다.

'아차.'

재빨리 손을 내밀어 미끄러지는 기왓장을 잡았으나 그르륵거리는 소리까지 붙들 수는 없었다.

'저들이 눈치를 채진 않았을까?'

바로한은 지붕 구멍에 눈을 대고 아래쪽의 동정을 살폈다. 총령이 갑자기 큰 소리를 내지르고 있었다.

"이봐 바이(白) 형제! 그 오랑캐놈은 지금 어디 있는가?"

"지금쯤 그자는 이 하나 마을 저쪽 무당 집에서 자고 있을 겝니다."

"그래! 그렇다면 날이 밝는 대로 내 몸소 찾아가 한 번 맞닥뜨려 보리라."

이런 문답을 하고 난 총령이 손짓으로 심 장주를 불렀다.

가까이 다가온 심 장주의 귀에 뭐라고 소곤거린 총령은 대청 밖으로 발을 내디디고 있는 심 장주의 등에 큰 목소리로 또 한 마디를 덧붙이며 좌중으로 눈길을 주었다.

"심 장주! 돼지고기는 삶아야 하고 술은 빼주(白酒)가 좋네. 그런데, 여러 형제들! 내 지금 아주 중대한 비밀을 말할까 하네. 이것은 이 만지(蠻

地) 오랑캐들의 운명에 관계되는 엄청난 일이니만큼 절대 누설되어서는 안 되네. 알아듣겠는가?"

여러 사람들의 눈동자들이 모두 호기심으로 반짝 빛났다.

'이 땅 우리 여진인의 운명에 관계된 크나큰 비밀이라?'

바로한도 바짝 귀를 세웠다. 그러나 총령은 좌중에 있는 사람들의 얼굴만 물끄러미 쳐다볼 뿐 좀체 입을 열지 않았다.

'빨리 입을 열지 않고 왜 저러고 있지?'

조급증이 난 바로한이 침을 한 번 삼켰을 때 총령이 입을 열었다.

"여러 형제들, 이리 바짝 내 옆으로 가까이 오게. 낮 말은 새가 듣고 밤 말은 쥐가 듣는다 했으니 조심하는 것이 상책이 아니겠는가."

무슨 일이기에 총령이 저리도 조심을 하지. 여러 사람들이 총령 가까이로 바짝 다가앉자 총령의 입이 열렸다. 그러나 그 소리는 아주 낮아 지붕 위 바로한에게는 들리지 않았다. 곧 이어 하나, 둘 대청에 있던 사람들이 밖으로 빠져 나갔다.

더 들을 것이 없어진 바로한도 몸을 일으켰다. 그때였다. 어둠에 싸인 사방이 갑자기 확 밝아졌다. 수십 개의 횃불이 동시에 바로한을 향해 혓바닥을 길게 내뻗은 것이었다.

'아차! 음흉한 총령이 지붕 위에 있는 내 존재를 알아채고 포위망을 칠 시간을 벌었구나. 횃불이 안 켜진 저쪽 담장 쪽으로 해서 달아 나야겠군.'

바로한은 몸을 날렸다. 그러나 그쪽엔 이미 음흉한 독거미가 쳐놓은 거미줄이 기다리고 있었다. 훌쩍 몸을 날린 바로한의 발이 담장에 닿는 순간 어둠 속 여기저기에서 내뿜어진 여러 개의 줄이 바로한의 팔다리를 칭칭 감았다. 털썩 담장 아래로 굴러 떨어진 바로한의 눈 앞으로 횃불을 든 총령이 나타났다.

"하하하, 얼마나 대단한가 했더니 겨우 이 정도밖에 안 되는군. 여보게들! 지붕 위의 생쥐를 잡는 내 솜씨가 어떤가?"

"히히히, 정말 제갈량 뺨치는 계략입니다."

"호호호."

"우하하."

"껄껄껄."

"호호호."

여기저기서 손뼉 소리와 함께 웃음 소리가 터져 나왔다.

'아아……. 이런 수모를 저 짐승 같은 자들에게 받게 될 줄이야.'

피가 거꾸로 흐르는 듯한 분노와 모멸감을 느꼈지만 당장은 어찌할 수 없었다.

"자, 저 오랑캐놈을 꽁꽁 묶어 창고에 가둬 놓고 두 사람이 지키도록 하게. 이젠 참말로 한 잔 해야겠네."

이튿날 저녁 무렵이었다.

"이것 봐, 마 형제! 우리 내기 한 번 할까?"

기둥에 묶여 있는 바로한을 힐끗 쳐다본 원숭이를 닮은 털보가 옆에서 고기를 씹고 있는 동료에게 수작을 걸었다.

"쳇! 어제 낮에 진 내기 빚도 갚지 않은 처지에 또 무슨 내기를 하잔 말이오?"

성(姓)처럼 말상(馬相)을 지닌 사내가 핀잔을 주었다.

"아니! 우리가 언제 무슨 내기를 했단 말인가?"

"원 형! 능청 좀 그만 떠시오. 어제 낮 그 우디거 계집년의 뱃속에 있는 태아가 계집인지 사내인지 내기를 하지 않았소?"

"옳아! 이제야 생각이 나는군. 그렇지! 그때 그 계집의 뱃속에서 나온 것은 분명 사내애였지. 미안하네. 그건 그렇고, 저자의 목숨이 어찌 될까. 우리 또 한 번 내기해 보지 않겠는가?"

"뻔한 걸 가지고 내기는 무슨 내기란 말이오?"

"그렇지 않네. 총령께선 이 땅 오랑캐들에게 미치는 저자의 영향력을 생각해서 저자를 살려 줄까 생각하고 있다네. 단 저자가 우리 일에 협력하겠다는 맹세를 해야만 하겠지만. 어떤가? 이래도 내기가 안 되겠는가?"

"원 형 말씀대로라면 내기 거리가 되긴 되겠군요. 좋습니다. 나는 저자가 죽는 쪽에 걸겠소."

그렇다면 내 몫은 살아 남는다는 쪽이 될 수밖에 없군. 그래 몇 냥으로 할까?"

"은자 다섯 냥으로 합시다. 요번에도 지면 어제 진 빚 다섯 냥까지 모두 열 냥을 내야만 하오."

"그래, 알겠네. 총령께서 배준 나리께 갔으니 내일모레쯤이면 결판이 나겠지. 자, 서로 약속하세."

하나뿐인 목숨을 놓고 내기를 건 그들은 서로 손을 들어올려 딱 손바닥을 마주쳤다.

'이놈들이 이모의 수양 딸과 그 남편을 해친 장본인이로군. 그런데 이 찢어 죽일 놈들이 내 모가지를 놓고 내기를 걸다니, 어디 두고 보자. 내 살아나기만 하면 네놈들의 심장이 사람의 것인지 짐승의 것인지 꼭 살펴

보리라.'

한어(漢語)로 주고받는 이들의 수작을 듣고 난 바로한은 어금니를 꽉 깨물었다.

"도대체 어딜 가셨을까? 그들과 같이 사라진 것을 보면 맹가테무르님을 찾아간 것 같은데…….

그렇다면 왜 말은 마구간에 그대로 있을까? 나에겐 아무 말씀도 없으시고……. 두 분은 밤늦게까지 함께 계셨으니 살만님께선 아실지도 몰라."

아침 늦게까지 나타나지 않는 바로한을 기다리던 우야소는 정구런을 찾아갔다. 그러나 정구런 역시 모르기는 마찬가지였다. 성치 않은 몸을 일으켜 세운 정구런은 마을 젊은이 몇을 불러 수소문하게 했다. 한 나절 후에야 되돌아온 그들의 대답은 한결같았다. 어느 마을에서도 바로한과 두 사내의 모습은 못 봤으며 맹가테무르뿐만 아니라 그의 심부름꾼조차도 지나치지 않았다는 것이었다.

땅거미가 덮일 때까지 언덕 아래 저쪽으로만 눈길을 주고 있던 정구런은 마침내 몸을 돌려 신당 안으로 들어갔다. 정구런의 눈치를 살피던 우야소도 뒤를 따랐다.

신탁 위에 향을 피우고 불을 밝힌 정구런은 두 손을 가슴 앞에 모았다. 한참 동안 알아듣지 못할 말을 입 속으로 중얼거린 정구런은 신탁 위의 조그만 단지 안에서 쌀 한 줌을 움켜쥔 후 칠을 한 소반 위에 흩어 놓았다. 뚫어져라 소반 위를 쳐다보는 정구런의 얼굴에 당황한 빛이 얼핏 스쳤다.

'어쩐 일일까? 언제나 명확하게 나타나는 점괘가 오늘은 왜 이리 흐릿하지.'

잠시 동안 눈을 감고 묵념을 올린 정구런의 손이 또다시 쌀 단지 안으로 들어갔다 나왔다. 그러나 정구런의 입에선 '휴…….' 하는 한숨만이 나왔을 뿐이었다.

쌀을 거둬들이는 정구런의 떨리는 손길을 보고 있던 우야소의 얼굴에 짙은 그림자가 어렸다.

"여보게! 심란한 마음 탓으로 점괘가 바로 나타나지 않는 것 같네. 그러니 그저 무사하기만을 빌며 기다려 보기나 하세."

별수 없었다. 평생 신님을 믿어 본 일 없는 우아소도 정구런과 함께 신님의 초상 앞에 넙죽 엎드렸다.

14

사라진 신화 (2) - 바로한의 몰락

바로한이 실종된 지 사흘째 되는 점심 무렵이었다. 한 떼의 인마(人馬)가 언덕으로 바쁘게 올라왔다.

고려 사내에게서 바로한의 위험을 귀띔받은 모도리가 치하르 노인과 그 부락 장정 30여 명과 함께 뒤쫓아온 것이다.

"아니! 모도리님께서 어떻게 여기까지?"

의아한 표정으로 맞이하는 우야소에게 모도리는 바로한의 안부부터 급하게 물었다. 우야소는 여기까지 오게 된 사연과 바로한의 실종을 빠른 말투로 설명했다.

"무산 주막에서 누가 바로한의 목숨을 노리고 있다는 얘길 들었어. 큰일이 났다는 소문이 파다해서 예까지 급하게 뒤쫓아왔건만 결국 한 발 늦고 말았구나. 이제 이 일을 어떡하지?"

장탄식을 토해 내며 맥없이 주저앉는 모도리에게 치하르 노인이 말했다.

"여보게! 그렇게 탄식만 하고 있으면 어떡하는가. 어서 찾아볼 요량을 해야지. 내 생각 같아서는 이 하나 마을 안에 무슨 단서가 있을 것 같네. 말 세 필이 여기 남아 있는 것이 그 증거일세. 그러니 이 마을 큰 어른의 협조를 얻어 마을을 세심히 수색해 보세."

역시 나이 많은 치하르 노인의 안목은 중인(衆人)보다 뛰어났다.

정구런과 치하르 노인 등은 촌장을 찾아갔다. 자기 일처럼 몸소 나선 촌장은 일행을 마을 구석구석으로 안내했다.

"촌장 어른! 이젠 저 집만 남았군요. 이때까지 수고해 주신 것처럼 다시 한 번 부탁드립니다."

마을 끝 외딴 곳에서 당당한 모습으로 버티고 서 있는 장원을 손가락질하는 치하르 노인의 눈이 번쩍거리고 있었다. 이때까지와는 다른 눈빛이었다.

그러나 어느 집에서건 스스럼없이 앞으로 나서던 촌장은 난처한 표정을 지으며 머뭇거리기만 했다.

"촌장 어른! 저 큰 집은 도대체 누구의 집이기에 그렇게 어려워하는 게요?"

의아한 빛을 띤 모두의 눈길이 촌장에게 향했다.

"그것이……, 저 집은 우리 여진인의 집이 아니라 대국(大國) 심 아무개의 장원이라 이 늙은이 뿐만 아니라 여진인 누구도 함부로 범하지 못하는 집이지요."

"흥! 아무리 기세등등한 명나라 사람일지라도 이 땅에 발붙이고 있는 바에야 마땅히 이 땅의 법에 따라야 하는 것. 그러니 망설이지 말고 대문을 두드려 봅시다."

머뭇거리는 촌장을 흘겨본 모도리가 소매를 걷었다.

"이보게 잠깐! 촌장 어른의 말씀이 지당하네. 저 집은 우리가 함부로 할 수 없는 집이니 이만 물러가세."

재빨리 모도리의 팔소매를 잡아챈 치하르 노인은 모도리의 성난 눈빛 속으로 은근한 눈짓을 살짝 던졌다.

정구런의 집으로 돌아오자 모도리는 치하르 노인을 못마땅한 듯 쳐다봤다.

"치하르 사극달께선 어째서 소인을 말리셨습니까? 바로한님이 이 마을에서 일을 당했다면 그 집이 제일 수상쩍은데 말입니다."

"자네 말이 옳네. 그 집이야 말로 제일 수상쩍은 곳이지. 나 역시 그렇게 생각했기에 아무 말없이 물러서자고 한 걸세. 생각해 보게. 바로한님을 예까지 유인해 온 그 두 놈의 실력으론 결코 바로한님의 손끝 하나 어쩌지 못할 걸세. 그런데도 바로한님이 실종되었다면 그 두 놈을 도운 많은 방수들이 있었다는 얘기지. 아마도 놈들은 모두 그 장원에 엎드리고 있다는 결론이 아닌가.

그 고려인(이조학)이 자네에게 한 말과 이때까지의 자초지종을 묶어서 생각해 보면 그곳은 우리 여진인들을 꼼짝 못하게 지배하기 위한 비밀 공작을 하는 명(明)의 소굴이 틀림없을 걸세. 그런 곳을 어설프게 두드려 봤자 문도 열어 주지 않을 것이고 억지로 밀고 들어간다 해도 승패는 미지수이지 않겠는가. 만일 힘으로 그들을 누르고 장원을 수색한다 해도 아무런 물증을 못찾아 낸다면 그들은 이것을 빌미로 병마(兵馬)를 동원해 우리 여진인들을 더욱 억누를 걸세."

치하르 노인은 빙긋 웃으며 탐스런 수염을 쓰다듬었다.

"옳습니다. 괜히 풀을 건드려 뱀을 놀라게 할 필요는 없지요. 그러나 대책이 있어야 하지 않겠어요?"

치하르 노인에게 물 대접을 건네 준 정구런이 입을 열었다.

"그렇습니다. 이대로 수수방관할 수는 없지요. 우리들이 그 장원 안으로 감히 들어갈 순 없지만 밖에서도 얼마든지 그 장원의 움직임을 살필 수는 있을 겁니다. 그 장원이 바로한의 실종과 관계가 있다면 틀림없이 무슨 흔적이 나타날 것이니 그때 가서 손을 써도 늦진 않을 겁니다. 그런데 아직까지 바로한이……?"

대처 방법을 말한 치하르 노인이 근심스런 얼굴로 말끝을 흐리자 정구런이 말을 받았다.

"인명(人命)은 재천(在天)이니 우리로서는 최선을 다하는 수밖에요. 자, 밤낮으로 교대해 가며 감시하고, 낌새가 있으면 즉시 연락을 할 사람들을 선발합시다."

이튿날 아침이었다.

"아니! 저자는 그 고려인이 아닙니까?"

장원 앞 멀찍한 풀숲에 몸을 감춘 우야소가 옆에 누워 있는 모도리를 흔들었다. 후다닥 고개를 빼 들고 장원 앞을 쳐다보는 모도리의 눈에 핏발이 섰다.

'그자가 틀림없어. 내게 개심한 듯 꿇어 엎드렸던 그자가 며칠 사이에 마음을 돌려 먹고 또 똥되놈 편에 서다니. 참으로 믿을 수 없는 것이 인간의 마음이구나. 어디 내 손에 걸리기만 해 봐라. 내 기필코 네놈의 머

리를 잘라 놓고 말리라.'

빠드득 모도리의 입에서 이빨 가는 소리가 들렸다.

그렇지만 아침 햇살을 등 뒤에서 받으며 뚜벅뚜벅 말을 모는 이조학의 모습은 늠름하기만 했다.

"총령께선 그자를 어떻게 처리할 작정이오?"

한 걸음 앞에서 말을 모는 사내에게 다가선 이조학이 말을 건넸다.

"써먹을 데가 많은 녀석이나 흠차관께서 즉시 어육(魚肉)으로 만들라 하셨으니 어쩔 수 없이 목을 잘라야겠지요."

"그렇습니다. 하지만 그자는 이 땅 만인(蠻人)의 신망과 존경을 받고 있는 자로서 잘 구슬리기만 하면 틀림없이 총령을 도와 큰 공을 세울 수 있을 게요. 그러니 살려서 부려먹을 방도를 찾는 것이 현명한 일이 아니겠소!"

"아니, 이 형! 요동 총관께선 내게 비둘기를 통해 전언하기를 그자 뿐만 아니라 그자의 에미까지도 없앨 방도를 강구하라 했소. 그런데 어찌 이 형은 그자를 살려 주라는 듯 말하시오? 혹시 그자에게 빚진 것이라도 있소이까?"

비록 상관 격인 흠차관 배준으로부터 그자를 없애라는 명령을 받았지만 바로한이 지닌 영향력을 이용하기 위해 딴 궁리를 하고 있는 총령은 능청스럽게 말했다.

"빚이라니, 원 당치도 않소이다. 생각해 보시오. 배준 나으리야 자기 일만 끝나면 훌쩍 이 땅을 떠날 몸이지만 우리들이야 어디 그렇소이까. 그리고 우리가 그자를 없애려는 것은 이 땅의 야만인들이 단결하여 큰 세력으로 변할까 그것이 두려워서가 아니오? 그러나 그자를 우리 편으로 끌어들이면 그야말로 돌멩이 하나로 새 두 마리를 잡는 격이 아니오?"

'흥! 이 초(焦) 아무개가 어찌 그 정도도 생각하지 못할까?

그런데 이 자는 왜 빚진 것이 없다면서도 그자를 살려 줄 수 있는 방법을 강구하라고 하지? 정녕 나를 위한 도움말일까? 아니면 어떤 딴 속셈이 있는 것일까? 여조동근(如朝同根, 여진과 조선은 한 뿌리다)이라더니 혹시 어설픈 동포애 때문일까? 어쨌든 이 자의 뜻에 따르는 척하자. 이 자는 머지않아 금의위 수령이신 왕진 어른의 조카 사위가 될 몸이 아닌가?'

요리조리 머리를 굴려 보던 총령은 굳게 닫힌 장원의 대문을 두드리며 이조학을 향해 고개를 끄덕였다.

"이 형! 참으로 그렇군요. 이 초(焦) 아무개를 깨우쳐 주셔서 정말 고맙소이다. 우리 형제들과 함께 그자를 회유할 방법을 의논해 봅시다. 그런데 이 형! 만일 그자가 고분고분하지 않을 땐 어떡하면 되겠소? 이미 그자는 너무나도 많은 우리의 비밀을 알고 있는 자가 아니오? 그러니 그때엔 이 형께 그 처리를 맡기겠소. 어떻소이까? 설마 못한다곤 않으시겠지요?"

일이 잘 되면 자기가 이익을 보고 일이 틀어지면 그 책임을 남에게 전가하려는 총령의 심기는 너무나 악랄하고 음험했다.

'짐승 같은 놈들에게 이렇게 허무하게 개죽음당할 순 없다.'

사로잡혀 있는 이틀 밤낮 동안 바로한은 그들의 손아귀에서 벗어날 궁리를 하며 틈을 노렸다. 자는 등 마는 등 오직 탈출할 생각으로 해 볼 수 있는 모든 몸짓을 해 보았다. 그렇지만 어찌나 튼튼하게 결박을 했는지 묶인 밧줄은 조금도 느슨해지지 않았다.

그들의 감시 또한 빈틈이 없었다. 그들은 한 시진마다 교대를 했으며 교대할 때마다 묶여진 바로한의 몸 상태를 점검했다.

이 상태로는 도저히 가망이 없었다. 바로한은 나흘째 되는 날부터는 체념을 하고 어떤 변화를 기다렸다.

'변화가 있으면 반드시 어떤 틈이 생기겠지.'

막연한 기대를 가지고 조용히 눈을 감고 기다렸다.

변화는 그날 저녁 무렵에 찾아왔다. 마(馬), 원(袁) 두 사람이 동시에 들어와 바로한을 곳간에서 끌어 냈다.

'이젠 으슥한 곳으로 끌고 가 목을 치겠지?'

바로한은 잔뜩 긴장했다. 그러나 두 사람의 표정이 이상했다. 원가(袁哥)는 뭐가 그리 좋은지 연방 헤죽거렸고 마가(馬哥)는 굳은 얼굴로 잔뜩 찌푸리고 있었다. 그런 얼굴로 바로한을 노려보던 마가는 혼잣말처럼 중얼거렸다.

바로한에게도 똑똑히 들리는 여진 말이었다.

"이 자는 이 여진 땅에서 소문난 호걸이라던데 과연 그럴지 모르겠군. 그러나 소문이란 믿을 수 없는 것, 혹시 이 자도 죽음을 겁내 절조를 꺾는 그런 소인배가 아닌지 누가 알겠나. 어디 지켜봐야지."

말(馬)이 우는 듯 유난히 길쭉한 앞니를 몽땅 드러내 보이며 마가가 중얼거리자 원가도 마가처럼 중얼거렸다.

"자고(自古)로 참된 영웅이란 시류(時流)를 알아 그 상황에 따라 처신하는 법, 하나뿐인 목숨, 죽고 난 다음에야 무슨 소용 있나, 암 그렇고 말고, 어떻게 하든지 살아야지."

대조적인 두 사람의 중얼거림을 들은 바로한은 긴장을 풀고 쓴웃음을 지었다. 상반된 중얼거림 속에서 자신이 살 수 있는 어떤 타협이 있음을 알았고, 은자 다섯 냥을 염두에 둔 그들의 속셈을 알았기 때문이다. 바로한이 끌려간 곳은 넓고 호화로운 방이었다.

　방 중앙엔 흑단(黑檀)으로 만든 탁자 하나가 청동 향로 하나와 빨간 초 두 개를 이고 묵직하게 앉아 있었다. 왼쪽 벽에는 발가벗은 세 쌍의 남녀가 이리저리 여러 모습으로 뒤엉켜 있는 커다란 그림이 그려져 있었다. 오른쪽엔 하얀 말을 탄 30대 여인의 풍염한 알몸이 그려진 그림이 붙어 있었다.

　희미한 방 안이지만 그림 속의 사람들이 툭 튀어 나올 것 같았다.

　마주 보이는 벽 쪽엔 서너 명이 동시에 누울 수 있는 커다란 침상이 분홍빛 비단 휘장으로 몸 한쪽을 가린 채 편안히 누워 있었으며 그 머리 맡엔 하얀 대리석으로 만든 욕조가 입을 벌리고 있었다. 무르익은 봄의 색깔과 복숭아꽃 향기가 물씬물씬 풍겨 나오는 방 안 분위기였다.

　'무엇 때문에 이런 곳으로 나를 끌고 왔을까?'

　그들의 의도를 몰라 잠시 어리둥절해 있는 바로한에게 마·원 두 사람은 또다시 아까와 비슷한 소리들을 한 마디씩 중얼거린 후 자단으로 만든 방문을 닫고 나갔다.

　그들의 발자국 소리가 멀어지자 바로한은 불편한 몸을 움직여 먼저 창문 쪽으로 다가갔다. 그러나 희미한 빛을 투과해 내고 있는 하얀 휘장 저쪽은 굵은 쇠창살로 막혀 있었다.

　"휴……."

　긴 한숨을 내쉰 바로한의 눈길은 쇠창살 저쪽으로 향했다. 그곳에는 황금빛 노을에 젖은 구름덩이 하나가 하늘 저쪽으로 유유히 흐르고 있었다. 구름 속에서 여러 가지 상념들이 뭉실뭉실 피어올랐다.

얼굴도 모르는 아버지의 흐릿한 그림자, 콜록거리며 남쪽 하늘만 바라보고 있는 어머니의 연약한 모습, 그리고 자신의 갑작스런 실종에 어쩔 줄 모르고 허둥대고 있을 정구런 이모와 우야소의 얼굴이었다. 새삼 그들이 보고 싶어졌다.

그림은 또다른 그림을 자아내고 있었다. 우리 속에서 으르렁거리는 새끼 늑대와 자기 집 새장 속에서 끄르륵거리는 어린 보라매의 그림이었다.

'그래, 내 살아서 이곳을 빠져 나간다면 너희들을 자유롭게 풀어주마.'

바로한의 이런 상념들은 숲 속에서 지저귀는 휘파람새 소리 같은 맑고 영롱한 소리에 의해 산산이 깨어졌다.

"오라버니! 무얼 그리도 넋나간 듯 보고 계시나요?"

휙 고개를 돌려 본 그곳에는 소리만큼이나 아름답게 보이는 두 여인이 서 있었다.

방문을 등지고 자신을 향해 생긋 웃음을 보내고 있는 두 여인은 너무나도 대조적인 색깔의 옷을 입고 있었다. 훨훨 타오르는 불꽃 같은 빨간색과 눈처럼 하얀 옷이었다. 20여 세가 갓 지났을 것 같은 두 여인은 바로 나흘 전 저녁 금의위 위사들과 함께 앉아 있던 여인들이었다. 그때는 별로 잘나 보이지 않았는데, 잠자리 날개처럼 얇고 깃털처럼 보드라운 옷을 살짝 걸치고 있는 지금의 모습은 너무도 달라 보였다.

한쪽은 초록의 잎새들 속에서 살짝 고개를 내민 한 송이 부용꽃 같았고 한쪽은 연못 속에서 가만히 고개 숙이고 있는 한 떨기 수선화 같았다.

눈부신 듯 멍하니 쳐다보는 바로한에게 술병 하나와 안주 몇 가지가 놓인 소반을 들고 있는 여인이 생긋 눈웃음을 치며 하얀 치아를 드려냈다.

"오라버니! 이리 오셔서 저희 자매와 함께 향기로운 소홍주 한 잔을 나누기로 해요."

홍의(紅衣) 여인이 추파를 던지는 사이에 백의(白衣) 여인은 탁자 쪽으로 가 탁자 위의 초에 불을 밝혔다.

'아하! 이것들이 미인계로 나를 회유하려는 수작이로군. 흥, 어림없지.'

비로소 그들의 속셈을 깨달은 바로한은 이빨을 꼭 깨물며 침상 쪽으로 다가갔다. 침상 위에 돌부처럼 앉아 눈까지 감아 버린 바로한을 쳐다보던 두 여인은 서로 눈을 맞추며 빙긋 웃었다. 이렇게 쉽사리 허물어지지 않는 상대라야 한 번 해 볼 만하다고 생각한 듯했다. 그리고 아무리 강철 같은 사내라도 충분히 녹여 낼 수 있다는 자신감 서린 미소였다.

소반을 탁자 위에 놓은 여인이 품 속에서 어린애 손가락 굵기만한 향세 개피를 끄집어냈다. 그러자 백의 여인도 재빨리 품 속을 더듬어 검은색 환약 두 알을 꺼내 한 알은 홍의 여인에게 주고 나머지 한 알을 자신의 입 속으로 넣었다.

향 끝에 빨간 점 하나가 빛을 내자 이내 푸르스름한 실연기가 피어올랐다. 방 안은 점점 향긋하고 그윽한 향기로 뒤덮이기 시작했다.

'너희들의 미색에 혹할 내가 아니다. 어디 너희들이 지닌 온갖 교태를 다 보여 봐라. 내 눈썹 하나 까딱한다면 여진 사내가 아니다.'

마음을 다잡아먹고 기다리고 있는 바로한이었지만 콧속으로 파고드는 향 내음은 어쩔 수 없었다.

'참으로 그윽한 난초향이로군.'

그러나 점점 시간이 지날수록 이상한 느낌이 들었다. 온몸이 나른해지며 축 늘어지는 것이었다. 그리고 마음 또한 폭신폭신한 구름덩이를 타고 구천(九天)을 훨훨 날아다니는 것처럼 황홀해졌다.

'아차! 이 향내음 속에 어떤…… 안 돼, 정신을 차려야지.'

문득 깨달은 바로한이 몸을 일으켜 세우려고 했으나 이미 늦고 말았다. 바로한의 몸은 한 가닥 남아 있던 의지와는 관계없이 침상 위로 스르르 허물어지고 말았다.

바로한을 지켜보던 두 여인의 입술에 웃음꽃이 살짝 피어났다. 침상 쪽으로 사뿐사뿐 다가간 두 여인은 먼저 바로한을 묶고 있던 족쇄와 결박을 풀어 준 다음 하나씩 하나씩 옷을 벗기기 시작했다.

쓰러진 바로한은 나긋나긋한 여인의 손끝이 자신의 몸을 더듬어가며 옷을 벗기고 있음을 느꼈다.

'안 돼! 어디다 감히 그 더러운 손을 대느냐. 저리 치우지 못해!'

안개 속을 헤매는 듯 몽롱한 정신 속에서도 그렇게 외치며 손을 쳐들었지만 마음 뿐이었다. 도대체가 몸이 따라 주지 않았다.

향 내음을 맡은 바로한이 이럴 수밖에 없는 것은 당연했다.

여인들이 피운 향은 그들의 동료인 제갈 의원이 양귀비즙과 대마잎, 그리고 사향을 같이 섞어 만든 것으로, 아무리 건장한 사람이라도 이 향의 향기를 반 시진 정도만 맡게 되면 온몸의 맥이 풀려 두 시진 동안 힘을 전연 쓸 수 없게 되는 것이었다.

그러나 마음만은 새장을 벗어난 새처럼 자유스러워지고 구름을 타고 창공을 달리는 것같이 황홀해지는 것이었다. 이 향을 한두 번 맡아 보는 것은 큰 영향이 없었지만, 며칠 동안 계속 맡게 되면 제대로 걷지도 못하고 말도 못하는 폐인이 되는 무서운 독향(毒香)이었다.

바로한의 아랫도리마저 벗겨 낸 두 여인의 눈동자가 크게 벌어졌고 입에선 꼴깍 침 넘어가는 소리가 났다. 이제껏 균형 잡힌 사내의 멋진 알몸을 숱하게 보아 온 여인들이었지만 바로한의 그것은 그들과는 비교도 안 될 만큼 우람했다.

한참 동안 죽은 듯이 늘어져 있는 바로한의 몸 구석구석을 핥듯이 살핀 여인들은 야릇한 미소를 지으며 바로한을 욕조 속으로 밀어 넣었다. 홍의 여인은 욕조 위에 붙어 있는 용두(龍頭)의 눈알을 손끝으로 살짝 건드렸다. 그러자 용 입에서 맑은 물이 콸콸 쏟아져 나왔다.

차디찬 물이 온몸을 감싸자 정신이 번쩍 든 바로한은 무겁게 감겨졌던 눈꺼풀을 간신히 벌릴 수 있었다. 그러나 몸뚱이는 아직도 깊은 진흙 수렁에 빠진 듯 꼼짝할 수 없었고 목소리조차 나오지 않았다. 겨우 벌어진 바로한의 눈동자 속으로 눈부신 그림이 들어왔다. 바로한의 눈길 속으로 타오르는 불꽃 같은 눈빛을 던지던 두 여인이 스스럼없이 옷을 벗기 시작한 것이었다. 사르륵사르륵 매미가 허물을 벗듯 빨갛고 하얀 겉옷 두 개가 흘러 내렸다.

잠시 뜸을 들이던 여인들의 손끝이 젖가리개를 풀어 냈고 속바지마저 벗어 던졌다. 뽀얀 우윳빛 살결, 그 속에 몽실하게 맺힌 수밀도 같은 젖가슴들, 팡파짐하게 벌어진 엉덩이와 그 위에서 비비 꼬이고 있는 잘록한 허리, 여인들의 몸은 아름답고 눈부셨다. 난생 처음으로 젊은 여인의 아름다운 알몸을, 그것도 두 여인의 몸을 동시에 보게 된 바로한의 눈동자는 넋빠진 듯 멍해졌고 가슴은 심하게 쿵쾅거렸다.

옷을 벗어 던진 소홍은 연신 깔깔거렸다. 자기 알몸에 넋나간 사내의 이런 눈빛을 보는 것만으로도 즐거운 모양이었다.

"언니! 그만 웃어. 아직도 할 일이 많은데 그러구 있음 어떻게 해."

이때껏 단 한 마디 말도 없던 여인이 비로소 입을 열었다.

"그래, 네 말이 맞다. 이 오라버니에게 우리 자매의 멋진 몸매를 보여 드렸으니 이젠 더 큰 기쁨을 드려야지. 예 백매(白梅)야, 어서 욕주로 들어 가자. 호호호……."

백매라는 여인의 말소리는 소홍 뿐만 아니라 바로한에게도 새삼 자신의 처지를 깨닫게 해 주었다.

'아차! 호구(虎口) 속의 한 점 고기 신세가 된 내 처지를 깜박했구나. 바로한아! 마음을 더욱 다져 먹어라. 저들은 아름다운 가면을 쓰고 나타난 악귀란 말이야. 전심전력으로 상대해야 할 적이란 말이야.'

이런 생각이 든 바로한은 힘겹게 떴던 두 눈을 질끈 감고 말았다.

눈을 뜨고 있으면 악귀의 가면에 홀릴 것 같아서였다.

여인들은 서슴지 않고 욕탕 속으로 들어갔다. 잠시 동안 자신들의 몸에 물을 끼얹어 대던 여인들은 드디어 바로한의 몸 한 쪽씩을 맡아서 씻기기 시작했다. 나긋나긋한 손길들이 물뱀처럼 몸 구석구석 은밀한 곳에까지 헤엄쳐 들어오자 불그스름하게 물들어 있던 바로한의 얼굴이 퍼런색으로 변했다. 얼굴 뿐만 아니었다. 가늘게 경련하고 있던 맥 풀린 몸 뚱어리 역시 꿈틀 크게 한 번 요동을 쳤고 가슴 속으로는 한 소리 호통이 터져 나왔다.

'이 요망한 것들아! 어디다 감히 그 더러운 손을 대느냐. 어서 썩 물러 가라!'

그러나 이런 호통은 바로한의 가슴 속에서만 크게 울렸을 뿐, 정작 목구멍으로 흘러나온 것은 '으으윽 응응'하는 신음에 불과했다.

철모르던 어린 시절 말고는 어떤 여인에게도 자신의 알몸을 드러내 보인 적도 없었고 맡겨 본 적도 없는 바로한이었다. 그런 그가 갈아 먹어도 시원치 않을 원수의 손에 이런 부끄러운 지경을 당했으니 어찌 수치스럽고 분하지 않을 것인가. 그야말로 두 계집을 당장에라도 쳐죽이고 싶은 심정이었다. 그러나 낚싯바늘에 단단히 꿰인 한 마리 잉어 신세가 된 바로한으로서는 그런 반응만이 최선의 분노 표시였을 뿐이었다.

'흥, 제법 뻣뻣하게 굴더니만 벌써 녹아나는 소릴 질러 대는군. 그래 조금 더 있어 봐라. 이 누님이 아득한 저 극락으로 보내 주마.'

손끝으로 바로한의 경련을 느끼고 귀로는 이상한 신음까지 들은 소홍은 신이 났다. 소홍은 촉촉한 입술을 바로한의 귓가에 대고 코 먹은 소리로 소곤거렸다.

"이봐, 동생! 이것쯤은 아무것도 아니야. 이렇게 착하게만 굴면 이 누나들이 살이 녹아 내리고 뼈가 오그라드는 듯한 맛을 느끼게 해줄게, 응?"

제법 뼈대 있게 보이던 사내가 이젠 완전히 녹작지근해졌다고 생각했는지 호칭과 말투 또한 바뀌었다.

어느 정도 바로한을 씻겨 준 여인들은 바로한의 몸뚱이를 침상 위로 끌어 올렸다. 그리고 물기를 닦아 낸 바로한의 몸에 기름 같은 액체를 바르기 시작했다. 자기들 손바닥에 묻혀 바로한의 몸 구석구석을 부드럽게 문지르며 발랐다. 액체는 루손 기름(필리핀 야자 기름)인 듯했으나 콧구멍을 확 뚫어 놓을 듯한 강렬한 박하 냄새를 풍기고 있었다.

'무엇을 바르기에 내 몸이 이렇지?'

모든 피부와 근육의 실낱같은 틈 사이로 시원한 바람이 솔솔 통하는 듯 시원하다 못해 화끈거리기까지 한 감각을 느낀 바로한은 살그머니 실눈을 떠 보았다.

이것은 바로한의 실수였다.

비록 가늘게 뜬 눈이지만 그 속으로도 출렁거리는 수밀도 같은 욕봉(肉峰)과 뜨거운 숨결을 내뿜으며 흐느적거리고 있는 아름다운 여체들이 들어왔고 그 순간 분노로 꽉 차 있던 바로한의 가슴 한구석이 무너져 내렸다.

차라리 그냥 그대로 눈을 감고 여인들의 고혹적인 몸매를 보지 않았더라면 좀더 오랫동안 여인들이 피워 내려는 젊음의 불길을 억누를 수 있었을지도 모르는 일이었다.

어쨌든 가슴 한쪽이 찌릿해진 그 틈에 죽은 듯이 축 늘어져 있던 그의 몸덩이 하나가 요동치는 불길을 타고 우뚝 힘차게 일어섰다.

"어머나!"

힐끔힐끔 그쪽을 훔쳐보며 바로한의 가슴팍과 허벅다리께를 문지르고 있던 여인들의 입에서 놀란 외마디 소리들이 터져 나왔다.

터질 듯 팽팽한 몸으로 가볍게 끄떡거리고 있는 그것은 긴 창을 치켜들고 적병을 흘겨보는 용맹한 장수처럼 참으로 늠름했던 것이다.

"얘, 백매야! 내 40 평생에 이렇게 우람하고 씩씩한 것은 처음이야. 이 나이 많은 언니에게 우선권을 주지 않겠니?"

바로한의 가슴팍 쪽에 있던 소홍은 백매의 대답도 기다리지 않고 아래쪽으로 흐벅진 엉덩이를 들어 옮겼다.

스물이 갓 지난 것처럼 보이는 이들은 소홍이 무의식적으로 뱉어낸 말처럼 모두 마흔이 넘은 여인들이었다. 소홍이 마흔세 살이었고, 백매는 마흔 살이었다. 스무 살 정도 되던 때부터 이들은 방중술(房中術)과 채양음보법(採陽陰輔法, 남자의 양기를 빼앗아 음기를 강화시키는 법)을 익혀 젊고 힘찬 사내라면 닥치는 대로 유혹하여 그 정기(精氣)를 빼앗았다. 이런 탓으로 마흔이 넘은 나이에도 불구하고 소녀 같은 용모와 몸매를 지닐 수 있었던 것이다. 물론 이 여인들에게 걸려들어 정기를 빼앗긴 사내들은 대부분 폐인이 되고 말았다.

여인들은 바로한이 사로잡히던 날부터 젊고 영준하게 생긴 그에게 잔뜩 눈독을 들이고 있었다. 그러다가 흠차관에게 다녀온 총령이 바로한을 희유하기로 마음을 굳히자 옳다구나며 그 임무를 자원했던 것이다.

박하향 냄새를 진하게 뿜어 내고 있는 미끈적한 소홍의 손바닥이 허공을 향해 우쭐거리고 있는 우람한 장수의 몸통을 쓰다듬자 장수의 뜨거운 몸통에서 불끈 퍼런 힘줄이 솟아났다. 자리를 비켜 준 백매의 입 속에도 침이 고이기 시작했다. 몇 번인가 계속해서 우람한 장수의 몸통을 어루만지던 소홍의 아랫배가 심한 풀무질을 해 대기 시작했다. 드디어 뜨거워진 문을 활짝 열어젖힌 소홍의 몸은 장수의 부릅뜬 눈 앞으로 서서히 다가갔다.

'안 돼 안 돼, 이러면 안 돼! 이때껏 지녀 온 깨끗한 몸을 이렇게 더럽힐 순 없어. 제발 죽은 듯이 가만히 있어 줘. 어서! 너는 내 말을 들어야 할 내 몸이 아니냐! 그런데도 어째서 내 말을 아니 듣고 저 요사스런 계집의 손장난에 놀아나느냐. 제발 지금이라도 어서 숨을 죽이고 모른 척 해 버려라.'

바로한의 마음은 필사적으로 외쳤다. 그러나 몸은 딴청을 부리며 떼를 썼다.

'그래, 끝내 내 몸인 네가 내 말을 앞 듣겠다면 하는 수 없다. 난 내 몸인 네가 저 요망스런 계집에게 항복하여 비릿한 눈물을 토해 내는걸 도저히 지켜볼 수 없다.'

독하게 마음 먹은 바로한은 질끈 혓바닥을 깨물었다. 그러나 아릿한 아픔을 약간 느꼈을 뿐 혓바닥은 잘라지지 않았다. 향 연기에 마비된 입 근육 또한 자신의 말을 들어 주지 않았던 것이다.

이러지도 저러지도 못하는 바로한의 얼굴에 굵은 땀방울이 맺혔고 온몸 또한 송글송글 땀이 돋아나기 시작했다. 격렬한 심신의 갈등 때문이기도 했지만 여인들이 지핀 불길에 온몸이 뜨거워졌기 때문이기도 했다. 손끝으로 바로한의 가슴팍을 더듬으며 꿈틀꿈틀 흐느적거리던 소홍의 몸짓이 점점 빨라지기 시작했다. 드디어 소홍의 벌린 입으로 '아……그……으흑'하는 숨 넘어가는 소리가 흘러 나왔다.

이때 출출 욕탕 속을 꽉 채운 물이 밖으로 넘쳐 나오는 소리가 들려왔다. 옆에서 보고 있는 백매의 입에서도 덩달아 한 소리 짧은 신음이 흘러 나왔다. 뻣뻣하게 굳어졌던 바로한의 엉덩이도 파르르 몇 번 떨다가 그만 축 늘어졌다.

서릿발 같은 의지와는 상관없이 육신의 성(城)은 너무나도 쉽게 허물어졌다.

'아…… 이렇게 덧없이 무너지다니, 그것도 추악한 원수에게. 그래, 이것은 도저히 어쩔 수 없는 육신(肉身)의 한계로구나. 그러나 이 마음만은 절대…….'

자신의 의지와는 상관없이 너무나도 허망하게 무릎을 꿇고 마는 자신의 육신을 내려다 본 바로한은 한숨을 길게 내쉬었다.

"얘 백매야! 이젠 네 차례다."

잔뜩 찡그린 바로한의 축축한 얼굴에 입맞춤을 한 번 한 소홍은 아쉬운 표정을 지으며 바로한의 몸에서 내려왔다. 얼른 물수건을 챙겨든 백매가 물에 빠진 생쥐 꼴이 되어 늘어져 있는 바로한 곁으로 다가갔다. 먼저 바로한의 몸통과 그 언저리를 물수건으로 닦아낸 백매는 또다시 박하향 물씬 풍기는 기름을 발라 가며 잠자고 있는 그의 남성을 흔들어 깨우기 시작했다.

이렇게 한두 번 계속해서 살과 살이 뒤섞이고 맞부딪쳤다. 그러자 사슬이 풀린 바로한의 살덩이도 백매의 야들야들한 살맛을 알게 되어 조심스런 호응까지 하게 되었다.

'그럼 그렇지! 너 역시 목석(木石)이 아닌 피 끓는 젊은 사내가 아니더냐.'

횟수가 거듭될수록 점점 달라지고 있는 사내의 반응을 느낀 여인들은 바로한의 입 속으로 환약 한 알을 넣어 주며 코 먹은 소리로 회유하기 시작했다.

"이봐요 아우님! 이젠 극락이 어떤 것인지 알았겠지요. 아우님만 좋다면 우리 자매들은 영원히……."

몸이 허물어지면 마음 또한 쉽게 무너져 내리는 것을 무수히 보아 온 여인들은 자신만만한 눈빛으로 바로한의 얼굴을 지켜봤다. 해약을 먹은 바로한의 목구멍으로부터 풀 죽은 목소리로 착 안겨드는 대답이 나오길 기다리며 눈을 빛냈다.

그러나 한참 뒤에 터져 나온 목소리는 말소리가 아니라 한 마디 야수의 울부짖음이었다.

"우……우……우……우……와."

늑대의 울부짖음 같은 이 소리는 여인들을 깜짝 놀라게 했을 뿐만 아니라 고요한 밤 공기마저 찢어 놓았다.

이때껏 가슴 속 깊이 억눌려 있던 수치감과 분노를 이렇게 터뜨린 바로한의 눈빛이 갑자기 무섭게 변하며 또박또박 말했다.

"이 요사스럽고 창피도 모르는 것들아, 헛소리 그만 해. 붙잡힌 내 몸은 너희 마음대로 할 수 있지만 내 마음만은 절대 굴복시킬 수 없어."

"에구머니! 정말 간 떨어질 뻔했네. 이 귀여운 바보야. 남들은 이런 극락을 못찾아서 안달인데 왜 칼산 지옥으로만 가려 하지? 아직도 극락의 묘미를 못 느낀 모양이니 이 누나들이 더욱 잘 해 줄게. 그때 다시 한 번 더 얘기하기로 해, 응?"

차디찬 바로한의 목소리와 시퍼런 불길이 일렁거리는 바로한의 눈빛을 접하게 된 여인들은 짐짓 두려운 듯 알몸을 부르르 떨며 바로한의 가슴팍으로 안겨들었다.

그러나 바로한의 울분 서린 긴 부르짖음은 또다른 변화를 부르고 있었다.

'아니! 저소리는? 달 밝은 밤이면 뒷산 봉우리 위에서 먼 남녘 하늘을 쳐다보며 뽑아 내던 바로한님의 목소리가 아닌가. 그래, 틀림없어. 저 소리는 수없이 들어 봤던 바로한님의 울분에 찬 부르짖음이 분명해.'

풀숲에 몸을 숨긴 채 장원을 감시하고 있던 우야소는 무겁게 내리 감기는 눈꺼풀을 번쩍 떴다.

'그렇다면 사람들에게 빨리 알려 구할 방도를 찾아야지.'

야간 감시를 맡은 일행에게 뒷일을 부탁한 우야소는 부리나케 정구런의 집으로 달려갔다.

"바로한님이 살아 있어요! 바로한님이 살아 있어요"

헐레벌떡 달려오며 외치는 우야소의 목소리에 부스스한 눈을 비비며 정구런과 모도리, 그리고 치하르 노인이 각자의 침소에서 뛰쳐나왔다.

우야소는 그들에게 빠르고 들뜬 목소리로 들은 바를 말했다. 우야소가 말을 미처 끝내기도 전에 모도리가 먼저 입을 열었다.

"여러분! 잠자고 있는 용사들을 모두 깨워서 지금 즉시 쳐들어갑시다."

말을 끝낸 모도리가 용사들의 숙소로 내달으려 하자 치하르 노인이 팔을 들어 막았다.

"이 보게! 안 되네. 이렇게 서두른다면 바로한님을 구해 내기는커녕 명을 재촉하는 결과를 낳게 되네. 생각해 보게. 우리가 무턱대고 쳐들어가 바로한님을 내놓으라고 한다고 해서 그들이 '여기 있습니다.' 하면서 쉽게 내놓을 성싶은가? 그들은 웬 생떼냐며 밤을 틈타 노략질하러 온 도적 떼로 우리들을 몰아붙일 걸세. 그리되면 피바람 몰아치는 한 판의 거센 드잡이질이 벌어질 터이고 그 틈에 그들은 바로한님을 죽여 없애 증거 인멸을 할 걸세. 그러니 서두르지 말고 최선의 방법을 의논해 보기로 하세."

"어른의 말씀을 듣고 보니 제가 너무 혈기를 앞세웠던 것 같군요."

머리를 긁적거린 모도리는 나섰던 발길을 거두었다.

아침 햇살은 끝간 데 없이 넓은 벌판을 가득 메우고 있었다.
아침 이슬에 젖어 후줄근해진 잎새들은 반짝반짝 눈을 빛내며 기지개를 켜고 있었다.
가볍게 몸 추스리는 잎새들의 가만한 소리들만이 가득한 이 초원에 난데없이 날카로운 나팔 소리가 들려 왔다.
"부웅 부……우웅……부웅."
그 소리는 말 탄 용사들은 앞으로 돌진하라는 여진인 전래의 군호였다. 뿔나팔 소리가 끝나자 우렁찬 함성이 일어났고 이어서 일단의 기마대가 바람처럼 돌진해 왔다. 그들의 목표는 심 장주의 장원이었다.
회오리 바람처럼 순식간에 장원 앞으로 몰려온 그들은 힘찬 함성을 질러 대며 둘레를 서너 번 휘감아 돈 다음 대문 앞에 정연하게 도열해 섰다. 언제 그렇게 요란스러웠나 싶게 조용하고 의연한 대열이었다. 대열 속에서 치하르 노인이 나와 굳게 닫힌 대문을 두드렸다.
"총령 어른! 한 떼 인마가 대문 밖에서 나를 만나길 청하고 있는데 어떻게 할까요? 보통 일이 아니라고 생각되어 아룁니다."
심상찮은 소동을 느끼고 발딱 일어나 앉는 총령에게 심 장주가 보고했다.
"누구인지, 용건이 뭔지 물어 보았는가?"
"에, 문지기 말에 따르면 이곳 사람이 아니고 건주위 사람 같다 합니다. 이곳 책임자를 만나야만 용건을 말하겠다 하더랍니다."
'음……. 그들은 지금 잡혀 있는 오랑캐인지 압캐인지 하는 것의 아들이라는 놈 때문에 왔겠지. 여기까지 수탐해 와 냄새를 맡은 것을 보면 결코 만만히 볼 상대는 아닌 것 같군'

손으로 턱을 괴고 눈알을 요리조리 굴려 보던 총령은 자리에서 일어나며 심 장주에게 말했다.

"내가 그들을 만나 볼 터이니 모든 형제들에게 무장을 단단히 하고 나오도록 이르게."

대문을 열고 밖으로 당당히 걸어 나간 총령은 큰 소리로 호통부터 내질렀다.

"이보시오! 여기가 감히 어딘 줄 알고 이렇게 떼거리로 몰려와 행패를 부린단 말이오?"

치하르 노인이 앞으로 나섰다.

"여기가 어딘 줄은 잘 모르겠소이다만 우리들은 사람을 찾으러 왔소이다. 그러니 우리가 찾는 사람만 내주면 우리들은 즉시 물러가겠소이다. 우리는 그가 이 장원 안에 있다는 확증을 얻고 이리 달려 왔소이다."

"허허 참. 아닌 밤중에 홍두깨라더니 도대체 누굴 찾아왔단 말이오?"

"우리가 찾으려는 사람은 여진인으로 가장한 한인(漢人) 두 명에게 예까지 유인당한 후 며칠 전에 감쪽같이 실종된 바로한님이라오. 이젠 아시겠소?"

"우리는 그런 사람을 모르오. 다른 데 가서 찾아 보시오."

냉랭한 한 마디를 던져 놓고 돌아서려는 총령을 본 모도리가 앞으로 나섰다.

"치하르 사극달! 어젯밤, 분명히 바로한님이 보내는 신호 소리를 들었지 않습니까. 그런데도 저자가 저렇게 시침을 떼니 더 이상 무슨 말이 필요하겠습니까. 후대(後隊)를 기다릴 필요 없이 그냥 밀고들어갑시다."

"옳소. 어서 덮쳐서 수색합시다."

"그렇소이다. 말이 필요 없소. 빨리 명령이나 내려 주시오."

모도리의 말이 끝나자 대열 여기저기서 커다란 외침이 터져 나왔다.

금방이라도 큰 일을 낼 것처럼 떠들어 대는 대열을 흘겨본 총령이 이빨을 드러내며 으르렁거렸다.

"뭐라고! 힘으로 밀어붙이겠다고? 흥! 어디 맘대로 해 보시지. 그러나 그로 인해 이 땅에 몰아칠 엄청난 피바람을 각오해야 할걸."

말을 마친 총령이 손짓을 하자 대문이 활짝 열렸다.

대문 안에 활시위를 팽팽히 당겨 든 20여 명의 사내들이 기다리고 있었다. 쓱싹 칼을 빼어 들고 창대를 꼬나잡는 소리들이 대열 속에서도 일어났다.

명령 한 마디만 떨어지면 피가 튀고 살점이 흩날릴 순간이었다. 그 순간 치하르 노인의 부드러운소리가 총령을 불러 세웠다.

"잠깐! 여보시오, 이렇게 부딪친다면 결국 쌍방간에 엄청난 피만 흘리고 말 것이 아니겠소. 그러니 한 번 더 생각해 봅시다. 그대가 부인을 하지만 우리는 그가 틀림없이 이 장원 안에 잡혀 있다고 생각하오. 이러니 그대와 우리 간에 누가 옳은지는 아마도 하늘만이 알 수 있을 것이오. 우리 이틀이란 시간을 가져 봅시다. 그 동안 다른 곳에서 바로한님의 무사한 모습을 보게 되면 그대가 거짓말을 하지 않은 것일 터지요. 그러나 그 어느 곳에서도 나타나지 않는다면 우리들은 다시 한 번 이곳으로 찾아올 것은 물론이고, 이 땅 여러 부족들을 찾아다니면서 이 일을 퍼뜨릴 것이오. 어떻소이까?"

치하르 노인의 제안은 그들의 체면을 살려주는 것이기도 했지만 바로한의 목숨을 살릴 수 있는 유일한 계책이었다.

이 땅에서의 그들의 활동과 목적, 그리고 아직까지 바로한을 죽이지 않고 살려 둔 그들의 속셈을 짐작한 치하르 노인이 밤잠을 자지 않고 짜낸 것으로 계획된 수순이었다.

'참으로 교활하기 짝이 없는 늙은이로군. 그러나 지금의 저 기세와 흉흉한 떼거리만 해도 감당하기 벅찬데 후원군까지 오게 되면 우리들은 몰살당하고 말 거야. 안 돼! 안 되고말고! 그리 되면 우리들의 큰 뜻이 물거품이 되고 말아. 그래 우선은 못 이기는 척 받아들이는 것이 상책이야.'

음모에 뛰어난 총령으로서도 수긍할 수밖에 없는 제안이었다.

그러나 내뱉는 말은 어디까지나 도도하게 나왔다.

"흥! 이틀을 기다리든 사흘을 기다리든 그것은 그대들이 알아서 할 일. 그렇지만 또다시 이 문전에서 야료를 부리면 그땐 된맛을 보게 될 거요."

그날도 초저녁부터 홍백 두 여인의 알몸은 바로한을 가운데 끼고 평생 익혀 온 온갖 몸 재주를 다 부렸다. 독향(毒香)과 미약(흥분제)에 취한 바로한의 몸은 서투른 헤엄질이지만 제법 물 속을 잘 휘젓고 다녔다. 그러나 그의 정신만은 여전히 도리질을 할 뿐이었다.

이튿날 아침 풀 죽은 모습으로 엉덩이를 실룩거리며 나타난 홍, 백 두 여인을 쳐다본 총령은 눈살을 잔뜩 찌푸렸다.

'네년들이 큰 소리 치더니만, 흥… 그 잘난 고기 덩어리도 이젠 별 볼일 없어지는 게로군. 이젠 그 호로자식을 어떻게 처리하지?

아……, 이 난처한 국면을 타개할 좋은 방법이 없을까.'

눈을 감고 방 한 구석에 묵묵히 앉아 있던 주 학사가 조심스럽게 총령 앞으로 다가갔다.

"총령! 이런 방법은 어떨는지요……?"

나직한 주 학사의 말을 듣고 있던 총령의 눈썹이 활짝 펴졌다.

"하하하. 거 참으로 좋은 일석이조(一石二鳥)의 묘책이야. 그래, 우리들의 머리가 어찌 저 야만인들보다 못하겠는가. 우하하하!"

총령은 뭣이 그리도 통쾌한지 크게 웃기까지 했다.

어스름한 땅거미가 장원의 대문 앞으로 슬금슬금 기어들고 있는 그날 저녁 무렵이었다. 장원의 대문이 빼꼼히 열리더니 그 속에서 사내의 머리통 하나가 살며시 나왔다. 고개를 좌우로 움직여 대문 밖을 살피던 사내는 대문 밖으로 나와 이쪽저쪽을 정탐하듯 기웃거려 보았다. 그런 후 대문 안을 향해 손짓을 했다. 그러자 활짝 열리는 대문 사이로 말 탄 사내 다섯 명이 나타났고 이어서 마차 한 대가 굴러 나왔다. 마차 뒤에도 말 탄 사내 다섯이 있었다.

말 탄 사내들의 엄중한 호의를 받으며 마차는 천천히 나아갔다.

춤추듯 흔들거리는 마차의 휘장 사이사이로 결박에다 재갈까지 물린 여진인의 그림자가 얼핏 보였다. 마차가 저만큼 쪽으로 멀어지자 장원 앞 풀더미 속에서 사람 그림자 하나가 기어 나왔다. 엎드린 몸으로 장원과 마차 쪽을 번갈아 쳐다보던 사내는 재빨리 일어나 달리기 시작했다.

"10여 명의 호위를 받는 마차가 장원에서 나와 북쪽으로 달려가고 있다? 그 속에 여진인처럼 보이는 사람이 있더라고? 음……. 드디어 그들이 움직이기 시작했군. 그런데 여보게! 어제 아침에 대문 밖으로 나와 제법 당차게 응대했던 그 엄장한 사내도 보이던가?"

"마부석에 앉아서 뭐라고 나직하게 지시하던 자가 그자 같아 보입디다."

"음…… 그렇다면 그 마차 안엔 바로한님이 있을 거야. 자, 모두들 추적하세."

장원을 감시하던 장정의 보고를 들은 치하르 노인은 무리들과 함께 마차를 추격하기 시작했다. 마차는 끝없이 펼쳐진 벌판을 가로질려 화둔길위(禾屯吉衛) 쪽으로 가고 있었다. 뒤꽁무니에 장명등 하나를 매달고 암회색 어둠 속을 달리는 마차는 마치 한 마리 짝 잃은 개똥벌레 같았다.

깜박거리는 빛을 따라 일행은 얼마 동안 쫓아갔다.

치하르 노인 곁으로 바짝 다가온 우야소가 입을 열었다.

"치하르 사극달께 묻겠습니다. 저들은 바로한님을 마차에 태우고 도대체 어디로 가는 것일까요? 그것도 이 어두운 밤에 말입니다."

"어험, 내 생각엔 저들은 어느 으슥한 곳, 장원과 멀리 떨어진 곳으로 가서 바로한님을 던져 놓고 사라지든지 아니면 죽이려고 할 걸세. 그래야만 내일 아침에 우리들에게 시치미를 뗄 것 아니겠나."

"그렇다면 지금 당장 바로한님을 구해 내야 하겠군요."

치하르 노인 왼쪽에서 말을 몰던 모도리가 끼어들었다.

"안 되네. 급히 서두르면 결코 아니 되네. 지금 급히 달려가게 되면 그들은 우리들의 추적을 눈치채고 바로한님을 죽여 풀숲 어디엔가에 던져버린 다음 또 오리발을 내밀 걸세. 그러니 추적하더라도 그들이 눈치 못채게 살금살금 추적한 후 불시에 덮쳐야만 되네. 알겠는가?"

"또 한 번 일을 그르치게 할 뻔했군요."

말 배때기에 박차를 먹이려던 모도리는 슬며시 고개를 돌리고 말았다.

치하르 노인 등이 이렇게 마차를 추격하고 있는 그 시간에 굳게 닫힌 장원이 또 한 번 입을 벌렸다. 이번에 나온 것은 말 세 필만을 꽁지에 매단 마차였다. 마차는 앞서 나온 마차와는 반대 방향으로 달려갔다가 한 시진 후에 가벼운 맨몸으로 되돌아왔다. 꽁지에 매달렸던 말 세 필은 어디다 두고 혼자만 돌아온 것일까?

처음에 나온 마차를 쫓아 일정한 간격을 두고 조심스럽게 뒤따르던 대열이 멈칫했다. 두 시진 동안 그들을 향해 변함없이 깜박거려주던 마차의 불빛이 갑자기 사라져 버린 것이었다.

'음……, 도대체 어찌 된 영문일까? 혹시 저들이 눈치를 채고 등불을 꺼 버린 것은 아닐까? 어쨌든 지금으로서는 불빛이 있던 쪽으로 속히 가 보는 수밖에…….'

일행 모두는 이렇게 생각하고 계속 전진할 수밖에 없었다.

대열 속엔 긴장감이 감돌았다. 얼마쯤 나아가자 조그만 언덕 그림자가 눈 안으로 들어왔다.

'그럼 그렇지. 이 언덕에 가려 불빛이 보이지 않았군.'

모두의 얼굴에 안도감이 어렸다. 그러나 언덕을 돌아 나가도 불빛은 여전히 보이지 않았다.

"어?"

모두의 얼굴에 또 한 번 당혹감과 긴장감이 어렸다.

이때였다. 팍팍 부싯돌 부딪치는 소리와 함께 눈 앞이 갑자기 확 밝아졌다. 눈 앞 저만큼 앞에서 일시에 횃불을 든 10여 명의 장한이 나타났던 것이다.

마차를 둘러싸고 있는 장한들의 손엔 여러 가지 병장기들이 들려 있었다. 장한들 가운데서 한 사람이 앞으로 몇 걸음 걸어 나오며 큰 소리로 호통 쳤다. 원숭이처럼 생긴 사내였다. 바로 원가였다.

"그대들은 무엇 때문에 밤 도적처럼 우리 뒤를 졸졸 따르고 있는 게요? 혹시 이 마차 안에 든 물건이 탐나서 강탈할 목적이오?"

불시에 한 방 뒤통수를 얻어맞은 꼴이 된 치하르 노인은 앞으로 나서지 않을 수 없었다.

"여보시오! 함부로 도적 떼로 몰지 마시오. 우리는 일전에 그대들의 장원을 찾은 바 있는 건주위 사람들이오. 예까지 뒤쫓아온 것은 마차 속에 있는 우리 건주 사람 때문이오. 자, 일이 이렇게 되었으니 어서 사람을 넘겨주시오."

"우……히히히."

사내는 밤하늘을 향해 원숭이 울음 같은 웃음 소리를 짜냈다.

"여보시오, 마차 속의 물건이 탐나면 점잖게 시인하고 뺏어 볼 것이지 웬 잔말이 그리 많소? 이 마차 속엔 흠차관 배준 나으리께 보내는 우리 심 장주의 선물이 가득 들어 있을 뿐 사람이라곤 없소이다. 자, 덤빌 테면 덤벼 보시지."

웃음 소릴 거둔 사내는 손에 든 칼을 휘두르며 제법 세게 나왔다.

"그 말이 정말입니까? 그렇다면 마차 속을 한 번 보여주실 수 있을는지……?"

"보여 주는 것이야 어렵지 않소이다만, 물건을 보고 탐심을 가지지 않는다고 누가 보장하겠소? 하기야 그대들이 이 물건을 탈취한다 해도 그대가는 몇십 배 아니 몇백 배가 되겠지만……."

"허허 참, 물건 때문에 왔다면 왜 이때껏 손을 쓰지 않고 기다렸겠소이까? 우리는 틀림없이 사람 때문에 왔으며 사람만 찾으면 곧바로 아무 말 없어 건주로 돌아갈 것이오. 그래도 못 믿겠소?"

"좋소이다. 그대의 말을 반쯤 믿고 내 조건 하나를 걸겠소. 은자 열 냥을 걸고 사람이 있는지 물건이 있는지 살펴보는 내기가 조건이오. 어떻소, 승낙하겠소?"

치하르 노인은 이상한 생각이 들었다. 그러나 일이 이쯤 되었으니 승낙하지 않을 수 없었다.

마차 문이 열렸다. 마차 안에는 궤짝 몇 개가 실려 있을 뿐 사람 그림자는 찾을 수 없었다.

'이럴 리 없는데? 이 자들이 이 근처 은밀한 곳에 숨겨 놓고 능청을 떠는 것이 아닐까?'

치하르 노인과 일행은 마차 주위와 그 근처를 샅샅이 뒤져 보았지만 허사였다. 열 냥을 건네 받은 원가는 풀 죽은 치하르 누인에게 낄낄 웃으며 한 마디 내뱉었다.

"노인장! 나는 이때껏 승산 없는 내기는 한 적이 없소이다. 애당초 노인장이 지게 되어 있는 내기라오."

놀리는 듯 딱하다는 듯 건네 준 한 마디를 들은 치하르 노인의 얼굴에 낭패한 기색이 나타났다.

'아뿔사! 이 자들의 계교에 놀아나고 말았군. 큰 일이다.'

치하르 노인은 무리들에게 손짓을 한 후 황급히 말안장에 몸을 실었다.

"이럇!"

채찍을 가하며 말을 달리는 그들 뒤에서 한바탕 박장대소가 터져 나왔다.

'큰 일이다. 제발 목숨만은 무사해야 할 텐데!'

입 안이 바짝 마른 치하르 노인 일행이 말을 달리고 있을 무렵, 이미 큰 일은 벌어져 있었다.

일찌감치 저녁을 챙겨 먹고 두 아들과 같이 여우 가죽을 마름질하고 있는 촌장에게 귀한 손님이 찾아왔다. 건장한 하인 한 명을 데리고 주 학사가 찾아온 것이다.

"아니! 주선생께서 여긴 어인 일로?"

반색을 하며 맞아들인 촌장은 급히 닭 한 마리를 잡아 술상을 차렸다. 술잔이 몇 차례 오고 간 후 주 학사의 입에서 나온 말은 촌장으로서는 결코 마다할 까닭이 없는 좋은 제안이었다. 늘어나는 학동들을 위해 명화학숙을 증축할 계획인데 그 일을 맡아 달라는 제안이었다. 물론 그 일에 드는 비용은 모두 심 장주가 대겠다는 언질과 함께였다.

참으로 좋은 제안을 받은 촌장은 쾌히 승낙을 했다.

"깐배이!"

두 사람의 입에서 번갈아 축배의 소리가 흘러나왔다.

이때였다. 깊은 잠 속으로 빠져들고 있던 하나 마을 한쪽이 시끄러워졌다. 여기저기서 짖어 대는 개 소리와 함께 사내 아이의 울부짖음이 들려왔다.

'무슨 일이지?'

대문 밖으로 향하는 촌장의 눈길 속으로 열서너 살쯤 되어 보이는 사내 아이 하나가 뛰어들었다. 신발도 못신은 아이의 한쪽 발에서 피가 흐르고 있었다.

"아바가! 에메가!"

촌장의 얼굴을 본 아이는 그렇게 소리 지르고 엉엉 울기만 했다.

"아니, 너는 서가이가 아니냐? 울지만 말고 무슨 일인지 말을 해 보렴, 어서."

아이는 명화 학숙의 학동이었다.

주 학사가 등을 토닥거려 주자 아이는 훌쩍거리며 말문을 열었다.

"저녁밥을 먹은 우리 식구가 대문을 걸어 잠그고 잠자리에 들려는데 세차게 문을 두드리는 소리가 났습니다. 아바가 문을 열어 주자 술에 잔뜩 취했는지 몸도 제대로 가누지 못하는 사람 하나를 부축한 사내가 들어왔습니다. 그 뒤를 이어 세 필의 말고삐를 쥔 사내 하나가 또 들어왔습니다. 그들은 건주위 사람 같아 보였습니다.

비어 있는 건넌방으로 그들을 안내한 부모님께선 누나를 시켜 남아 있던 수수밥과 술 한 병을 넣어 주었습니다. 그런데 방으로 들어간 누나는 나오지 않고 누나의 비명 소리가 들렸습니다. 깜짝 놀란 부모님들이 즉시 달려 나갔습니다. 저는 왈칵 무서운 생각이 들어 방문을 빼꼼히 열고 마주 보이는 건넌방을 훔쳐보았습니다.

그들의 방으로 들어간 부모님과 그들 사이에 심하게 다투는 소리가 들려 왔습니다. 잠시 동안 그러더니 갑자기 '카악' 하는 아바의 비명 소리가 났고 후다닥 방문을 열고 에메가 뛰쳐 나왔습니다. 어쩔 줄 몰라 하는 에메의 뒤를 따라 두 손으로 가슴을 감싸쥔 아바가 비틀거리며 밖으로 나왔습니다. 아바의 가슴에선 피가 뚝뚝 흐르고 있었습니다. 몇 발자국 앞으로 나온 아바는 아무 말도 못하고 그만 땅바닥에 팍 엎어졌습니다. 그것을 본 저의 심장이 심하게 쿵쾅거리기 시작했고 정신이 아득해졌습니다. 가물거리는 저의 눈에 칼을 빼어 들고 밖으로 나온 두 놈의 모습이 들어왔습니다.

엎어진 아바의 몸을 안고 통곡하는 에메 곁으로 다가간 한 놈이 에메의 머리채를 감아 잡고 칼을 휘둘렀습니다. 나는 터져 나오는 비명을 손으로 입을 막아 참았습니다. 한 놈이 에메의 머리통을 뚝 던지며 히죽 웃자 한 놈은 느릿느릿 내 방 쪽으로 다가왔습니다.

'우리 부모님을 죽인 저놈들이 이젠 나를 죽이려 하는구나. 빨리 도망가서 마을 사람들에게 알려야 해.'

이런 생각이 든 저는 덜덜 떨리는 몸을 억지로 일으켜 세운 후 뒤쪽 창문을 통해 이렇게 달려왔습니다."

아이가 말을 끝내자 촌장은 즉시 처마 끝에 매달린 큰 쇠를 두들겼다. '쨍 쨍 쿵쿵' 급박하게 밤 공기를 가르는 소리에 따라 손에 손에 병장기를 꼬나든 마을 사람들이 모여들었다. 아이의 집은 마을에서 한참 떨어진 송화강가에 있었다.

어스름한 밤빛 속에 초옥 두 개가 마주하고 있는 제법 크고 아담한 아이의 집이 흐릿하게 보였다. 여기까지 온 대열 속에서 어둠을 찢어 날려 버릴 것 같은 큰 소리가 울려 나왔다.

"여러분들! 그 흉악한 놈들을 절대 놓쳐서는 아니 되오."

아이의 손을 잡고 대열 맨 앞에 있던 주 학사가 외친 소리였다.

마을 사람들은 사방으로 흩어져 포위망을 형성한 후 조심조심 아이의 집으로 조여들어 갔다. 아이의 말처럼 마당에는 질펀한 핏물 속에 시체

두 구가 있었다. 제 부모님의 처참한 시체를 목격한 아이는 후들후들 떨더니 그만 까무러치고 말았다.

핏물이 튀겨져 있는 방문 안쪽에서 미약한 신음 소리가 흘러 나왔다. 촌장 아들이 낫끝으로 문을 열었다. 방 안에는 발가벗겨진 열여섯 살 되어 보이는 처녀가 죽어 있었다. 목이 졸려 죽었는지 몸에는 상처 하나 없었다. 하얗다 못해 시퍼런 빛까지 쏘아 내는 처녀의 알몸 옆에는 아랫도리를 드러낸 사내 하나가 자빠져 있었다.

"음…… 음."

미약한 소리가 사내의 입에서 흘러 나오고 있었다. 사내의 몸에서는 지독한 술냄새가 났다. 처녀를 겁간하다가 술에 취해 곯아떨어진 것 같았다. 사람들은 사내에게 바지를 입힌 다음 마당으로 끌어냈다.

"아니! 이 사람은 바로한님이 아닌가! 어찌 이럴 수가…… 도저히 믿을 수가 없군."

마을 청년 중의 한 명이 소리를 질렀다.

며칠 전 태중길과 함께 사냥을 했던 사람으로 바로한의 화살을 맞고 떨어진 독수리를 집어 왔던 바로 그 젊은이였다.

"이런 극흉한 자에게 님은 무슨 얼어죽을 님이오. 인면수심을 가진 사람일수록 정인군자(正人君子)인 척한답니다."

주 학사가 젊은이의 말을 받았다.

바로한은 아직도 정신을 못차리고 죽은 듯이 늘어져 있었다. 찬물 한 바가지를 바로한의 머리통에다 끼얹은 촌장이 바로한의 귓전을 세게 후려쳤다. 그제서야 늘어붙어 있던 눈꺼풀이 파르르 떨리면서 떨어졌다.

"죽여라. 저런 놈은 당장 쳐죽여야 한다."

"그래 옳다. 짐승만도 못한 놈은 살 가치도 없다."

"압캐님의 아들이라더니, 어찌 이럴 수가……."

멍청한 눈알을 이리저리 굴리며 바로한이 일어나 앉자 여기저기서 격분한 소리들이 튀어 나왔고 발길질하는 사람도 있었다.

"잠깐! 어찌 된 일인지 추궁부터 해 봅시다."

바로한을 알아본 젊은이가 두 손을 벌려 마을 사람들을 막았다.

그때였다. 멍청한 눈알을 이리저리 굴리고 있던 바로한이 벌떡 일어서며 느닷없는 광기를 터뜨렸다. 그런 후 뭐라 입 속으로 중얼거리며 덩실덩실 춤을 추기 시작했다.

"아니! 이 자가 갑자기 왜 이러지? 엄청난 죄를 짓고 잡혔으니 미친 척하는 것이 아닐까?"

"아니야, 번들거리는 저 눈깔을 보면 정말 미친 것 같기도 하네."

뜻밖의 일에 깜박 분노를 잊은 마을 사람들은 서로 수군거렸다.

바로한의 행동거지를 유심히 살펴보던 촌장이 담벼락에 세워져 있던 대빗자루를 들고 앞으로 나섰다. 바로한의 곁으로 다가간 촌장은 먼저 바로한 주위를 돌며 동그라미를 그린 다음 빗자루로 바로한의 머리를 세 번 두들겼다.

그러자 덩실덩실 춤추던 바로한의 몸이 땅에 붙은 듯 움직이지 않았다. 촌장은 그런 바로한에게 빗자루를 안겨주며 주문을 외우듯 중얼거렸다.

"발 없는 네 애비 목 없는 네 에미, 염통 없는 네 새끼. 명(明)이냐 암(暗)이냐, 하늘이냐 땅이냐, 옴사리옴."

촌장이 하는 짓은 예부터 미치광이를 가려 내는 비법이었다. 이렇게 하면 미친 척하는 자는 계속 미친 듯 행동했다. 그러나 정말로 미친 자는 그 자리에 주저앉아 빗자루를 부여 안고 엉엉 울게 되며 가슴팍에 붉은 반점을 나타낸다. 멍청하게 서 있던 바로한이 반응을 나타냈다.

"아바! 아바! 얼굴도 모르는 우리 아바! 왜 이때껏 이 아들을 모른 척하시나요……."

이렇게 외치며 통곡을 하기 시작한 것이다. 이때 기절했던 아이도 깨어나 또다시 울음을 터뜨리기 시작했다.

대지 위에 푹신하게 내려앉은 어둠을 필사적으로 몰아내고 있는 서너 개의 횃불, 이 속에 으스스한 윤곽을 드러내고 있는 낭자한 핏물 속의 처참한 시체 두 구, 어둠의 벌판을 홀로 헤매고 있는 듯한 광인의 울부짖음, 그리고 어미 잃은 거위 새끼처럼 끼룩거리고 있는 아이의 흐느낌, 삽시간에 마당은 끈적끈적하고 괴기한 슬픔으로 뒤덮였다.

땅을 치며 울부짖는 바로한의 웃옷을 풀어헤쳐 본 촌장은 여러 사람들을 향해 입을 열었다.

"가슴팍에 붉은 동그라미가 엽전만하게 나타난 걸로 보아 이 사람은 참말로 미쳤어. 자, 모두들 내 뒤로 오고 어서 활을 가져와."

촌장의 말이 떨어지자 사람들은 촌장 뒤로 우르르 몰려갔다.

아들에게서 활을 받아 든 촌장은 바로한 발 앞에다 화살 세 대를 쏘며 짤막하게 세 번 외쳤다.

"신전퇴마(神箭退魔)……."

예부터 이들은 황야를 홀로 헤매는 못된 귀신에게 혼을 뺏기게 되면 광인이 된다고 믿었다. 그리고 이렇게 해야 악귀(惡鬼)가 자기네들을 따라

오지 않는다고 믿었다."

＊ 미신이 성행했던 아득한 옛날부터 겨레붙이마다 악귀를 쫓아
내는 여러 방법의 주술(呪術)을 지니고 있었다.

병장기인 칼, 창, 활 등을 써서 하는 이런 주술은 귀신에게 겁
을 주어 물러가게 하는 방법이었다.

우리 겨레붙이 역시 이런 주술을 아주 많이 지니고 있었고 중
국인들도 다름없었다. 그러나 여기에 쓰는 병장기만은 달랐다.

중국인들은 칼을 던지거나 꽂고 휘두르는 방법을 많이 썼으나
우리들은 활을 많이 썼다. 이것은 생활 문화, 생활 습성의 차이에
서 비롯된 것이다. 즉 우리들은 오랜 세월 동안 말을 타고 넓은
초원을 이동해 가며 살아왔다. 이 때문에 원거리 무기인 활이 병
기 중의 으뜸으로 애용될 수밖에 없었다.

우리의 전설과 신화를 보면 활과 관계된 것이 아주 많은 것도
이 때문이고 우리의 옛 임금이나 선비들이 필수적으로 활 쏘기를
익힌 것도 이런 생활 문화의 전통인 것이다.

그리고 중국인들은 한정된 곳에서 정착해 살았기 때문에 근접
전투에 유리한 칼과 검을 쓸 수밖에 없었다.

이런 생활 문화가 주술에까지 도입되어 그런 차이가 나타나게
된 것이다.

촌장과 마을 사람들은 전통 주술을 행한 후 뒷수습을 했으며 바로한

에게 아무런 제재도 가하지 않고 그냥 돌아갔다.

악귀에게 혼을 뺏겨 미쳐 버린 자는 이미 인간이 가할 수 있는 그 어떤 제재보다 더 엄청난 신벌(神罰)을 받고 있기에 더 이상 손댈 필요가 없다고 생각했기 때문이다.

그렇지만 이들은 끔찍한 일을 저지르고 도망친 두 사내를 잊지 않았다. 결국 이 일로 인해 건주좌위 오도리족과 우디거 간에 한바탕 혈전이 벌어지게 되었다.

돌아가는 대열 속에서 한숨 섞인 탄식들이 흘러 나왔다.

"쯧쯧…. 압캐님의 아들, 여진 제일 용사라던 그가 저렇게 되다니."

"아…… 압캐님이시여! 어찌하여 여진의 꿈인 당신의 아들을 이렇게 버리시나요."

여진인 가슴 속에 하나의 파릇한 꿈을 키워 주던 신화는 이렇게 사라졌다. 그것도 더할 나위 없는 오욕을 뒤덮어 쓴 채.

마을 사람들이 가고 난 빈 마당에서 한참 동안 울고불고 또 히죽히죽 웃기까지 하던 바로한은 축축한 밤 안개가 밀려오는 송화강으로 휘적휘적 걸어갔다.

촌장이 던져 준 빗자루를 가슴에 안고 알아듣지 못할 소리들을 중얼대며 걷고 있는 그를 따르는 그림자 하나가 있었다. 얼마쯤의 거리를 두고 바로한의 그림자처럼 뒤따르던 엄장한 체구의 사내 입에서 한 마디 중얼거림이 새어 나왔다. 사내는 바로 마가(馬哥)였다.

"멀쩡한 사람이 환약 한 알로 저렇게 되어 버리다니! 참으로 제갈 의원의 약은 무시무시한 효력을 가졌군. 조심해야지. 그런데 저 미친 놈을 외상(外傷) 하나 없이 어떻게 죽이지? 목을 조를까? 아니야, 그래도 흔적이 남아……. 옳지 그래! 그 방법이 좋겠군."

까마득한 절벽이 있는 쪽으로 휘청휘청 걸어가는 바로한의 그림자를 뒤쫓던 사내의 눈에서 퍼런 불이 번쩍했다.

속은 것을 알고 급히 되돌아오던 치하르 노인 일행은 마을로 되돌아오는 촌장 일행을 만났다. 촌장의 입을 통해 사건의 전말을 들은 그들은 '이것은 음모다. 저 장원에 도사리고 있는 명나라 첩자들이 저지른 비열한 장난이다.' 며 입을 모아 말했다. 그러나 처참한 동족의 주검과 소름 끼치는 현장을 목격한 마을 사람들은 아무 대꾸도 없을 뿐만 아니라 적의의 눈동자로 흘겨볼 뿐이었다.

치하르 노인 등이 급히 사건 현장으로 달려갔으나 바로한은 이미 사라지고 없었다. 그들은 사건 현장 주위를 사흘 동안이나 샅샅이 수색했지만 끝내 아무런 흔적도 찾지 못했다.

모도리는 바로한을 대신하여 여러 부족들을 찾아보기로 했다. 우야소는 모도리를 따라 나섰다. 혹시 바로한이 살아 있다면 회맹에는 꼭 참석하겠지 하는 기대 때문이었다.

15

경박호 기연(奇緣) - 바로한을 구한 할아버지

그물과 실, 바늘을 챙겨 든 태청(太淸)은 집 뒤 나지막한 동산으로 올라갔다. 넓게 벌린 경박호 품 자락이 한눈에 들어오는 그곳은 해뜨는 아침이면 습관처럼 태청의 발길이 머물다 가는 곳이다.

동녘을 열고 환한 햇살이 고개를 내미는 이때쯤이면 경박호는 서리 어린 허연 입김을 토해 내며 반짝반짝 눈을 떴다. 그러면 어디선가 날아온 몇 마리 물새가 바쁜 아침을 맞이하고 이어서 하얀 안개를 흩날리며 나타난 서너 척의 고깃배가 그물을 던지기 시작했다.

포근한 안개 속에 파묻혀 한 폭의 수묵화가 되어 있는 경박호는 대지를 뚫고 나온 태양의 입맞춤 속에 언제나 이렇게 잠에서 깨어났다. 거울처럼 맑고 투명하다는 뜻을 지닌 이 경박호는 발해 때의 상경(上京) 용천부(龍泉府)가 있던 영고탑 동쪽 80여 리쯤에 있는 호수다. 동쪽으로는 장백산에서 발원한 천하(天河, 송아리강, 지금의 송화강)와 연결되어 있고 북쪽으로는 호리개 혹은 혼동강(옛 속말수)으로 부르는 목단강과 접하고 있다. 바로 지금의 길림성 돈화 북쪽 1백여리 되는 곳이며 두만강에서 서쪽으로 약 5백여 리 되는 곳이다.

그때까지 여진 사람들은 이 호수를 삐얼텅호[畢爾騰] 혹은 골안담수로 불렀는데 언제부터 그 호칭이 경박호로 바뀌었는지는 자세히 알 수 없다. 호수의 이름이야 어쨌든 망망한 이 천지에 의지할 데라곤 늙디늙은 할아비밖에 없는 요즘의 태청으로서는 이런 아침의 호수를 쳐다봐야만 하루 일이 손에 잡혔다.

태청은 펑퍼짐한 바위에 앉아 터진 그물을 손보기 시작했다.

'오늘은 틀림없이 금빛 나는 커다란 잉어가 잡힐 거야.'

재빠르게 손을 놀리는 태청의 입가에 기대 서린 미소가 어렸다. 태청의 미소는 결코 막연한 기대에서 나온 것이 아니었다.

예부터 고기잡이에겐 용꿈을 꾸면 큰 잉어를 잡는다는 믿음이 전해지고 있었는데 태청이 어젯밤에 용꿈을 꾼 것이었다. 커다란 백룡(白龍)이 태청의 치마 속을 헤집고 들어오는 꿈이었다.

'아니, 이게 무슨 소리지?'

바쁜 손을 멈춘 태청은 고개를 들어 좌우를 두리번거렸다. 한참 일에 열중해 있는 태청의 귓속으로 이상한 소리가 들려 온 것이다.

"시……쉬이쉭 그르륵……크큭."

귀에 들릴 듯 말 듯 미약한 소리였다. 그렇지만 그 소리에는 섬뜩한 살기가 배어 있었다. 소리는 왼쪽 바위 아래에서 나오고 있었다.

"어?"

몸을 아래로 숙이고 쳐다보는 태청의 눈이 크게 떠졌다.

바위와 풀숲이 맞닿은 은밀한 그곳에는 온몸이 하얀 뱀 한 마리와 장정의 주먹만한 두꺼비 한 마리가 서로 노려보고 있었다. 갓난애기 팔뚝 굵기만한 뱀은 하얀 몸 속에서 시뻘건 두 갈래 혓바닥을 날름대며 '쉬이…식' 하는 소리를 내쏘고 있었다. 그리고 몸체를 불룩거리는 두꺼비는 '크르륵'거리는 소리를 뽑아 내고 있었는데 백사의 약을 올리는 것 같았다. 몇 번인가 입을 크게 벌린 백사의 대가리가 두꺼비를 한 입에 삼킬 듯 덮쳐들다가 도로 제자리로 돌아갔다.

울퉁불퉁 징그럽게 생긴 그것을 잡아먹긴 싫고 그냥 겁만 주어 쫓아 버리려는 듯했다. 그러나 그럴수록 두꺼비는 더욱 몸을 불룩거리며 크르륵거리는 독기를 뽑아 냈다.

마침내 성질 급한 뱀의 아가리가 두꺼비의 머리통을 덥석 덮었다. 그러자 두꺼비는 재빨리 부풀렸던 몸을 축소시키며 기다렸다는 듯 뱀 아가리 속으로 몸을 던져 넣었다. 드디어 웅크러진 두꺼비의 몸체가 투명한 백사의 뱃속으로 점점 밀려 들어갔다. 홧김에 두꺼비를 삼킨 백사는 그 자리에 똬리를 틀었다. 난생 처음으로 이런 광경을 본 태청은 그만 자기도 모르게 들고 있던 그물을 떨어뜨리고 말았다.

바위에서 떨어진 그물은 공교롭게도 똬리를 튼 뱀을 뒤집어 씌웠다. 졸지에 그물 벼락을 맞은 뱀은 몸부림쳤다. 그러면 그럴수록 그물은 뱀의 몸뚱어리를 꼼짝 못하도록 조여 놓았다.

"할아버지! 할아버지! 어서 이리 좀 오세요. 어서요⋯⋯."

호들갑스럽고 두려움도 약간 배어 있는 대청의 들뜬 목소리가 끝나자 한 노인이 느릿느릿 언덕으로 올라왔다. 수심에 젖어 있는 얼굴이었으나 백사만큼이나 하얀 수염과 머리털을 지닌 노인이었다.

그물에 엉켜 있는 백사와 투명한 뱀 뱃속에 있는 두꺼비를 본 노인의 표정이 환하게 밝아졌다.

"얘야! 너는 오늘 아침 참으로 얻기 어려운 큰 행운을 얻었구나, 허허 허."

"할아버지도 참! 이까짓 뱀 한 마리가 뭐가 그리 대단하다고 그러세요?"

어지간한 일에도 기쁜 표정을 활짝 드러내지 않던 할아버지, 그리고 온화한 표정 속에 늘상 한 가닥 수심(愁心)을 감추고 있던 할아버지, 그런 할아버지가 이렇게 환한 얼굴을 보이다니······.

"얘, 청아! 저렇게 속이 훤히 뵈도록 투명한 흰 뱀은 백 가지 병에 신효한 것으로 장백산 산삼처럼 아주 귀한 약재란다. 백 년에 한 번 나타날까 말까 하는 이런 영물(靈物)은 오래 묵은 것일수록 그 약효가 더욱 신묘한데 이렇게 굵은 것으로 봐선 몇백 년은 된 놈 같구나.

그런 데다 새끼 밴 두꺼비까지 삼킨 놈이니 이야말로 죽은 사람도 되살릴 수 있는 천하에 둘도 없는 영약이지."

"그런데 할아버지! 아까 보니 두꺼비가 스스로 뱀의 입 속으로 뛰어들던데, 어째서 새끼 밴 몸으로 남의 먹이를 자청하나요?"

"그래, 짐승이나 사람이나 제 새끼 돌보는 모성애야말로 동일한데 어째서 제 몸뿐만 아니라 뱃속 새끼까지 남의 먹이로 만드는지 이상하겠지. 얘야! 두꺼비가 제 몸뚱이를 바치는 것은 새로 태어날 새끼들을 위해서란다. 두꺼비가 저렇게 뱀의 먹이가 되고 나면 두꺼비 뱃속에 있던 새끼들은 뱀의 몸을 뜯어먹고 자라게 된단다."

"그렇다면 할아버지! 두꺼비는 일생 동안 단 한 번 밖에 새끼를 낳을 수 없겠군요?"

그래 맞다. 두꺼비는 새끼를 잉태함과 동시에 죽음을 맞이해야 하는 슬픈 운명을 지닌 것이다. 그러나 그 슬픈 운명으로 인해 새로운 많은 생명이 존재할 수 있으니 참으로 위대한 일생이라 해도 되겠구나."

"할아버지! 그러고 보니 보잘것없는 미물이라도 참으로 소중한 것이군요. 그런데 어째서 이런 두꺼비를 삼킨 뱀이 약이 된다는 거지요?"

"새 생명을 위한 극진한 모성애가 융합됐기 때문이지 않겠느냐?"

"저렇게 흉측하게 생긴 미물의 어미 사랑(母性愛)이 영약(靈藥)을 만드는 힘이 된다니 정말 믿어지지 않아요."

"청아! 이 세상 모든 생명은 사랑에 의해 탄생되고 그 삶을 꽃피워 나갈 수 있는 거란다. 바로 사랑이야말로 모든 창조와 생명의 원천이란 말이다. 그런데 미물의 사랑이라고 해서 인간보다 못하다고 하는 것은 잘못이란다. 본래 사랑에는 귀하고 천한 것이 없기 때문이지. 얘야! 너도 이 두꺼비보다 못한 인간들의 사랑을 종종 보아 오지 않았느냐."

두꺼비보다 못한 인간의 사랑, 이 말을 들은 태청의 얼굴이 잔뜩 흐려졌다. 동그란 눈 속에서 금방이라도 이슬 같은 눈물이 쏟아질 것 같았다.

태청은 얼른 고개를 숙이며 손에 든 백사를 노인에게 내밀었다.

"할아버지! 이것이 정말 기사회생의 효력이 있는 거라면 할아버지께서 드세요."

태청의 말을 들은 노인의 눈에 반짝 빛이 났고 얼굴 기색은 더욱 환해졌다. 그러나 입으로 나오는 말만큼은 담담했다.

"얘야! 네가 핏줄도 아닌 나를 이토록 생각해 주다니 고맙기 짝이 없구나. 그러나 이것은 말 백 필보다 값어치가 있는 것이니 네 삶에 큰 도움이 될 수 있을 거야. 그러니 어서 거둬들이거라."

"아니에요, 할아버지! 이것이 그렇게 값나가는 것이라 해도 어떻게 할아버지께서 저에게 베풀어 주신 은혜만큼 값질 수 있겠어요! 정녕 할아버지께서 드시지 않으시겠다면 전 이것을 저 경박호 물 속에다 던져 버리고 말겠어요."

태청은 다부지게 잘라 말했다.

"얘야, 네 뜻이 꼭 그렇다면 내 받기로 하마. 사실 요 근래 내 수명이 얼마 남지 않은 것 같아 무척 우울했단다. 백 살도 넘게 살아온 이 몸이 저 세상으로 되돌아가는 거야 별로 아깝지 않지만……, 그러나 지극히 중요한 일 하나를 끝내지 못하고 이 세상을 떠나게 되면 어쩌나 하고 걱정했단다. 그런데 네 덕으로 그 걱정을 잊게 되었구나."

태청의 어깨를 감싸안은 노인은 호수 저쪽 절벽을 지그시 노려보았다.

"아하! 그래서 요즈음 할아버지의 얼굴에 수심이 가득했었군요."

노인의 품에 안긴 태청은 방긋 웃음을 지었다. 태청의 얼굴을 뒤덮었던 슬픈 그림자는 어느새 사라지고 없었다. 맑은 물 속에 고개를 처박은 노가 수많은 물방울을 쉼없이 토해 내자 조각배는 잔잔한 경박호 수면 위를 미끄러지듯 나아갔다.

저쪽 하얀 안개 속에서 커다란 병풍 같은 바위 절벽이 점점 그 모습을 드러내기 시작했다. 드디어 몸을 배배 꼰 노송 몇 그루를 머리에 인 매끄러운 절벽의 모습이 수면에 떠올랐다. 절벽은 마치 맑은 물 속에 들어앉아 흐물흐물 웃고 있는 것 같았다.

"할아버지, 오늘도 일이 끝나시면 절벽 위에서 하얀 수건을 흔들어 저를 부르세요. 그 동안 저는 잉어 한 마리를 잡아 놓을게요. 어린애 몸통만하고 금빛이 주르륵 흐르는 큰 놈으로 말이에요."

"그래, 그렇게 하자꾸나. 그런데 그렇게 큰 잉어는 좀처럼 잡기 힘든 건데 너는 마치 항아리 속에서 물을 떠 내듯 아주 쉽게 말하는구나."

"그럼요, 오늘만은 꼭 잡고 말겠어요. 아니 꼭 잡힐 거예요. 어젯밤에 백룡이 제 품으로 안겨드는 꿈을 꾸었거든요."

"으음, 그래서 그 진기한 백사도 잡을 수 있었구나."

늙고 젊은 두 사람이 이런 말을 주고받는 사이에 배는 점점 절벽 가까이 다가갔다.

"아니! 저기에 웬 사람이? 어서 저쪽으로 가 보자."

배에서 내릴 준비를 하던 노인은 깜짝 놀라며 손가락질을 했다. 서너 걸음쯤 되는 저쪽 큰 바위 몇 개가 물 속에서 우뚝 머리를 내밀고 있는 그 사이에 사람 하나가 물에 떠 있었던 것이다.

"어머나!"

몸을 일으킨 태청은 짧은 비명과 함께 재빨리 놓았던 노를 다시 잡았다.

배 위로 끌어 올려진 사람은 이미 숨이 끊어진 듯한 젊은 사내였다. 사내의 손목 맥을 짚어 본 노인은 고개를 갸우뚱하더니 사내의 가슴에 귀를 갖다 대 보았다. 잠시 동안 눈을 깜박거리며 심장의 고동 소리를 찾던 노인의 입에서 혀 차는 소리와 함께 한숨이 흘러 나왔다.

"쯧쯧……, 아직도 새파란 나이인데 어쩌다 이렇게 되었지? 한 가닥 온기가 남아 있지만 모든 맥이 멎어 버렸으니 도저히 살릴 가망이 없구나."

"할아버지! 숨이 끊어졌다면 어느 양지바른 곳에 묻어 줘야 되지 않겠어요?"

"그래, 절벽 옆 저 언덕에 가면 구덩이가 있는데 거기에 묻어 주자꾸나."

배는 서너 번의 노질 끝에 얼마 떨어져 있지 않은 언덕 아래에 닿았다.

흐드러지게 핀 진달래꽃들이 내려다 보고 있는 곳에 배를 댄 두 사람은 송장의 팔과 다리를 들었다. 노인이 뭍으로 한 걸음 내려서자 송장의 입에서 물이 쏟아져 나왔고 가슴팍 옷자락 속에서는 물건 하나가 미끄러져 나왔다. 아침 햇살에 젖은 그것은 비취색 광채를 영롱하게 발산했다. 줄에 꿰어진 옥반지였는데 송장의 목에 대롱대롱 달려 있었다.

송장의 다리짝을 들고 있던 태청의 입에서 저도 모르는 탄성이 흘러나왔다.

"참으로 고운 옥반지로군. 송장과 함께 묻히기엔 너무 아까워."

노인의 시선도 대롱거리고 있는 옥반지 쪽으로 향했다.

"어……, 이것은……?"

짤막한 소리를 내뱉은 노인은 급히 송장을 뱃전에 도로 눕혔다. 손에 반지를 받쳐 들고 자세히 살피던 노인이 이번에는 송장의 더럽혀진 얼굴을 수건으로 급하게 닦기 시작했다.

송장의 잘생긴 얼굴이 드러나자 노인은 화급한 목소리로 외쳤다.

"얘, 청아! 어서 집으로 돌아가자."

"할아버지! 왜 그러세요? 혹시 아는 사람인가요? 살릴 방도라도 생각났어요?"

"얘야! 이 사람을 살릴 수 있을지 어떨지는 나도 모르겠다. 그러나 그 어떤 대가를 치르더라도 꼭 살려야만 한단다. 내 목숨과 바꾸는 한이 있더라도 말이다. 어서 빨리 가자."

말을 마친 노인은 삿대를 든 태청의 시선을 무시한 채 송장의 수족과 온몸을 문지르기 시작했다.

'혹시 할아버지께선 자신의 생명을 연장할 수 있는 그 영약으로 이 젊은이를 되살리려는 것이 아닐까. 그래, 맞다. 할아버지의 저 태도를 봐선 틀림없이 그럴 거야. 그렇다면 저 젊은이는 도대체 누구일까?'

송장이 되어 있는 이 젊은이는 바로 미쳐 버린 바로한이었다.

그날 밤 바로한의 정처없는 발걸음이 까마득한 절벽 단혼애 위에 이르자 마침내 사슴을 쫓는 사냥꾼처럼 뒤를 따르던 마가는 바로한의 뒤통수를 돌로 내리쳤다. 그런 다음 뻗어 있는 바로한의 몸뚱이를 도도히 흐르는 송화강 속으로 차 버렸던 것이다. 물먹은 솜덩이처럼 축 늘어진 송장을 업고 집으로 돌아온 노인은 아궁이 속의 잿더미를 몽땅 긁어 내어 그 속에 바로한의 알몸을 파묻었다.

그런 다음 송장의 수족(手足) 사관혈(四關穴)과 인중혈, 그리고 단전(丹田)에 뜸을 뜨는 한편, 태청에게 항아리 속의 백사를 고아 내도록 시켰다.

"할아버지! 할아버지! 어서 와 보셔요, 어서요. 이 사람이 눈을 떴어요. 할아버지 말씀대로 그 백사가 참으로 효험이 있네요."

손뼉을 치며 질러 대는 태청의 목소리는 호들갑스럽기까지 했다. 완전히 숨이 끊어져 영락없는 한 구의 송장에 불과했던 젊은이가 사흘째 되던 저녁 무렵에 스스로 눈을 뜨자 태청은 신기하기도 했고 신이 났다.

이렇게 황천으로 갔던 바로한은 이승으로 되돌아왔다.

그러나 며칠이 지나도 그 눈동자는 초점이 없이 멍했고, 가끔 격렬한 광증을 보이기도 했다. 바로한의 맥을 짚어 본 노인은 강가로 나가 갈대 뿌리를 캐 왔다. 예부터 갈대 뿌리는 사람의 피를 맑게 하고 기억을 되살리는 효과가 있다고 했다.

닷새 동안 갈대 뿌리 달인 물을 복용시켰지만 전연 효과가 나타나지 않자 노인은 이맛살을 심하게 찌푸렸다.

'허 참. 이 세상을 떠나야 될 날은 점점 다가오는데 이 애가 이렇게 정신을 못차리니 참으로 낭패로군. 하루 빨리 정신을 차려야 내가 할 일을 대신케 할 수 있을 것이고 또 끊어졌던 인연줄도 이을 수 있는데 말이야. 새로운 방법이 없을까?'

호수 저쪽 자신의 일터인 절벽을 쳐다보며 한숨을 내쉬던 노인은 태청을 불렀다.

"얘야! 너는 어떻게 해야 저 젊은이가 한시바삐 제정신을 찾을 수 있을 것 같으냐……."

'이 세상 모든 일을 더 잘 알고 있을 할아버지께서 아무것도 모르는 내게 물으시다니…….'

노인의 물음에 태청은 눈을 동그랗게 떴다.

노인의 이 물음은 태청에겐 너무나도 엉뚱한 것이었다. 그러나 노인에겐 답답한 마음에 그저 아무에게나 불쑥 쏟아 내는 그런 속풀이 물음은 아니었다. 자기가 아는 의술 지식으로 성과를 못본 노인은 티없이 맑은 소녀의 마음을 이용해 측자점(測字占)을 쳐 보고자 던진 유도어였다.

"얘, 태청아! 어렵게 생각 말고 마음 속에 떠오르는 생각이 있으면 어떤 말이라도 개의치 말고 한 마디 해 보렴."

노인의 재촉이 있자 동그랗게 눈을 몇 번 깜박거린 태청이 입을 열었다.

"할아버지! 할아버지 힘으로 안 되면 내일이라도 의원을 찾든지 부처님께 치성이나 드려 보는 것이 어떨는지요."

태청의 대답은 누구나가 할 수 있는 아주 평범한 말이었다.

그러나 측자점(測字占)의 달인인 노인은 이런 평범한 말 속에서 점의 기틀이 되고 체(體)가 될 수 있는 중요한 말 두 개를 취했다. 바로 태청의 말 중 핵심이 되는 것은 의원과 부처[佛]라는 말이었다.

이 두 단어를 문자로 바꾼 노인은 마음 속으로 추단을 하기 시작했다.

'의(醫) 자의 핵심은 유(酉) 자인데 이것은 오행으로 금(金)이 되니 서쪽이고, 거리는 40리 혹은 4리이다. 그럼 서쪽 40리 혹은 4리 되는 곳에서 의원을 찾아야 되겠군. 그리고 부처[佛]는 절(寺)과 관계 있기도 하지만 사람(人) 아닌 것(弗)이란 뜻도 되는데……. 이것은 무엇을 말함일까? 여하튼 내일 가 보면 알겠지.'

눈을 감고 염두(念頭)를 굴려 본 노인이 눈을 떴다.

"얘야! 여기서 서쪽으로 40여 리쯤 되는 곳에 보살님을 모셔 둔 절이 있느냐?"

'이상하다. 이곳에 온 지 몇 달밖에 되지 않은 할아버지께서 어떻게 그 이름조차 희미한 퇴락한 절간을 알까?'

이곳 토박이인 태청은 의아스런 표정을 지으며 대답했다.

"예, 여기서 40여 리쯤 되는 곳에 퇴락한 라마 사원*(티베트 불교 사원) 하나가 있어요. 그런데 아직까지 그곳에 사람이 살고 있는지 어떤지는 잘 모르겠어요."

만주 땅에 라마 사원이 들어서기 시작한 것은 몽골이 남송(南宋)을 멸망시키고 만주와 요동, 그리고 고려까지 복속시킨 때부터였다.

라마교를 국교로 한 원(元)은 점령지 백성들의 정신 세계를 지배하기 위해 무수한 사원을 지었다.

천년만년 오랫동안 남의 땅에서 군림할 목적에서였다.

그러나 원(元)이 힘을 잃고 제 땅으로 쫓겨감에 따라 그렇게 지어진 라마 사원들도 모래탑처럼 무너져 내렸고 사람들의 발자취도 끊어졌다. 그러자 사원을 주관하며 신(神)의 대행자 노릇을 했던 라마승들도 원래 살던 곳으로 되돌아갔다.

라마 사원의 비밀

야트막한 산 하나를 등지고 앉은 커다란 사원이 멀찍이 보이는 큰 길 입구에 제법 큰 주막 한 채가 있었다.

예까지 말을 달려온 노인은 말에서 내렸다. 주막에 들어가 갈증도 풀 겸 사원에 어떤 사람이 살고 있는지 묻기 위해서였다. 세 사람의 중년 사내가 술을 마시며 담소하고 있을 뿐 주막은 조용했다.

노인은 철관음차 두 잔을 시켜 놓고 주인을 불렀다.

"주인장! 저 라마 사원에 대해 물어보고 싶어 청했으니 아는 대로 일러주면 고맙겠소이다."

노인이 차를 권하며 정중하게 묻자 사람 좋아 보이는 뚱뚱한 주인은 웃음 띤 얼굴로 입을 열었다.

"어르신! 지금 저 사원엔 라마 스님 한 분이 기거하고 있습니다. 그분은 의술이 아주 뛰어나 어떤 난치병이라도 말끔하게 고쳐 놓는답니다.

그래서 이 근방 사람들은 압캐님이 우리에게 보내 주신 활불(活佛)이라 여기고 있습니다. 그런데 그 스님께선 환자를 받되 특이한 규칙 세 가지를 정해 놓고 있습니다.

첫째는 자기 맘에 들지 않으면 그 어떤 대가를 치른다 해도 결코 병자를 보지 않으며, 둘째는 하루에 두 명 이상은 절대 보지 않는다는 것입니다. 셋째로는 누구든 말을 타거나 끌고 사원 경내로 들어오면 결코 안 된다는 것이지요. 그런데 노인 어른! 어른께선 헛걸음을 하신 것 같습니다."

"아니! 이 늙은 몸이 먼 길을 달려왔는데 헛걸음이라니, 벌써 난치병 환자 두 명을 치료하기라도 했단 말이오?"

"어르신! 그게 아니라 활불 어른께선 앞으로 석 달 동안은 그 어떤 사람이라도 만나지 않겠다고 열흘 전에 공언했기 때문입지요. 그렇지만 않았으면 우리 주막도 이렇게 한산해진 않았을 건데 말입니다. 쯧쯧……."

뚱보 주인의 말을 들은 노인의 눈살이 잔뜩 찌푸려졌다.

이때였다. 말발굽 소리가 요란하게 들리는가 했더니 활을 메고 창을 꼬나잡은 두 젊은이가 주막 안으로 성큼 들어섰다.

부릅뜬 눈매가 먹이를 찾는 매눈 같았다.

"주인장! 여기에 묵었거나 묵고 있는 손님 중에 사냥꾼 차림의 키가 장대같이 크고 빼빼 마른 50대 사내 한 명이 있소이까? 또 그런 사내가 지나치는 걸 보진 못했소이까?"

주막 안을 휙 둘러본 그들 중의 하나가 빠른 말투로 느릿느릿 일어나는 주인에게 말했다.

"그런 자를 왜 찾소이까? 이유를 알아야 그대들에게 협조를 할 게 아니오!"

뚱보 주인의 말은 그 몸짓만큼이나 굼뜨게 나왔다.

"에잇 참! 그자는 말이오, 우리 여진인에게 엄청나게 큰 죄를 지은 천하에 몹쓸 놈이란 말이외다. 그러니 어서 묻는 말에나 답해 주시오."

굼뜬 주인의 말이 답답한지 역정까지 섞인 소리였다.

"뭣이라고! 우리 여진인에게 엄청 큰 죄를 지은 자라고! 그런 자라면 우리 여진인 모두 눈에 불을 켜고 잡아야지. 그렇지만 젊은이! 옛말에 급한 길일수록 돌아가란 말이 있지 않소. 그러니 급한 마음을 죽이고 차근차근 그놈이 저지른 일이나 말해 보슈."

이번에 나온 뚱보 주인의 말은 제법 빨랐다.

아무 말 없이 주막 구석구석을 살펴보고 있던 젊은이가 고개를 끄덕이며 동료의 어깨를 잡아 당겼다.

"여보게! 주인장의 말에도 일리가 있네. 이 참에 목이나 축이며 한숨 돌리세. 오늘 꼭두새벽부터 물도 한 모금 못 마시지 않았는가."

젊은이들이 빈 자리에 엉덩이를 걸치자 주막 안 모두의 눈과 귀가 그쪽으로 향했다.

뚱보 주인이 따라 준 엽차 한 잔을 단숨에 비운 젊은이가 입을 열었다. 앉아서 한숨 돌리며 가자던 그 젊은이였다.

"우리 태조 황제이신 아골타님의 능이 몽계산(夢溪山) 중턱에 있는 것은 여러분들도 잘 아시겠지요. 그 능은 이때껏 두 번 도굴되었지요. 첫 번째는 2백여 년 전 몽골인들에게, 두 번째는 40여 년 전 몽골인을 이 땅에서 내몬 명인(明人)들에 의해서이지요. 그때 몽골인들은 능에 부장된 보물을 목적으로 팠습니다. 그렇지만 명인들은 보물도 훔치고 태조 황제의 유골을 욕보여 우리 금인(金人)들의 정기를 끊어 놓으려는 목적에서 였지요.

태조 황제의 능을 지키는 소임을 맡은 우리 가문은 명군(明軍)들이 이 땅으로 진주하자 만일의 사태에 대비했답니다. 풀을 제거할 땐 그 뿌리까지 낱낱이 파헤쳐 버리는 명인들의 전통적인 소행을 익히 알고 있었기 때문이지요. 그래서 보물은 잃되 정기만은 잃지 않는 방법을 취했답니다. 바로 태조의 유골을 바꿔치기 해 놓고 명인의 도굴을 기다린 것이지요. 결국 예측대로 명인들은 능을 파헤치고 능 안 보물과 유골을 어디론가 가져갔습니다.

그 후로 10년을 기다렸다가 저희들은 다른 곳에 모시고 있던 태조의 유골을 훼손된 능 안에 복원시키는 데 성공했습니다. 그런데 이게 웬일입니까? 참으로 망극하게도 태조 황제의 능이 또 한 차례 도굴된 것입니다. 어제 저녁까지 멀쩡했는데 말입니다."

젊은이의 말이 여기에 이르자 듣고 있던 사람들의 입에서 놀람과 원망, 그리고 욕지거리들이 터져 나왔다.

"아니, 뭐라고!"

"그 어떤 후레자식 놈이 그런 발칙한 짓을 저질렀담."

"저런! 그대들은 뭘 하고 있었기에 그런 일을 당했단 말이오? 그리고 잃어버린 것은 무엇이오?"

동족의 질책까지 받게 된 젊은이는 자기의 잘못인 양 고개를 떨구고 잠시 입을 닫았다.

이 젊은이들은 대금(大金)을 일으켜 세운 아골타의 호위장인 막고치 장군의 후손이었다. 아골타가 죽자 막고치 장군은 관직에서 물러나 능 옆에 집을 짓고 평생 능을 돌보며 살았다. 그러다가 죽을 때가 되자 유언을 남겼다.

"이 막고치의 후손들은 대를 이어 가며 태조 황제의 능을 보살피고 살아라."

참으로 만고에 보기 드문 충절이 아닐 수 없었다.

이런 연유로 후손들은 능이 있는 몽계산 아래에 큰 마을을 이루고 살게 되었다. 바로 여진인들의 존경을 받고 있는 막고치 마을이었다.

"젊은이! 그래 도굴된 상황은 어땠는지, 그 다음 얘기를 계속해 보시오."

"예! 능 안에 새로 넣어 둔 값진 부장품은 그대로 있었으나, 에…… 태조 황제의 유골이 없어졌습니다. 그것도 두개골 하나만 달랑 말입니다."

큰 죄를 지은 것처럼 떨리는 목소리로 젊은이가 말하자 사람들의 눈과 입이 멍하니 벌어졌다. 참으로 어처구니없고 망극한 일이기 때문이었다.

노인 역시 눈을 크게 떴다.

'음……, 두개골 하나만 없어졌다고! 누가 무엇 때문에 값진 물건은 놔두고 하필 그것만 가져갔을까? 필시 이 일에는 어떤 엄청난 비밀이 있을 거야.'

젊은이의 얘기가 또 끊어지자 손님 중의 하나가 재촉을 했다.

"그런데 젊은이! 그 찢어 죽일 놈이 빼빼 마르고 키가 장대같이 큰 것은 어떻게 알았소?"

"어제 아침 녘에 사냥꾼 차림을 한 그자만이 능이 있는 쪽으로 입산했기 때문이오."

"그렇다면 키가 멀쑥 크고 빼빼 마른 놈만 나타나면 잡아 족쳐야겠군. 젊은이, 내 그런 놈 나타나면 꼭 잡아 연락하리다."

뚱보 주인이 앞뒷말까지 몽땅 묶어 말하자 자리에서 일어난 젊은이들은 여러 사람들에게 가벼운 목례를 했다.

젊은이들의 발 달리는 소리가 점점 멀어졌다.

노인도 주인에게 말을 맡긴 후 사원으로 향했다. 사원은 솔밭 사이로 난 길 저쪽에 자식 없는 늙은이처럼 처량하게 앉아 있었다. 절문 왼쪽엔 도끼로 쪼개 놓은 듯한 서너 장 높이의 석벽이 무뚝뚝하게 서 있었다. 그리고 오른쪽엔 뒷산으로 꼬리를 댄 넓은 죽림이 펼쳐져 있었다.

'저 하얀 짐승이 민가가 가까운 이 죽림 속에 있다니! 아니, 사람을 봐도 꼬리를 감추기는커녕 고갯짓까지 하지 않나? 참으로 이상한 일이군.'

사원 대문 쪽으로 한 발 내디디려던 노인은 고개를 갸웃거리며 죽림 쪽으로 다가갔다.

죽림 쪽에서 바깥으로 고개를 내밀고 있던 흰 사슴은 사람이 다가와도 전혀 겁을 내지 않았다. 잡털 하나 섞이지 않은 순백의 사슴은 참으로 귀여웠다. 어린애 같은 눈동자로 쳐다보고 있던 흰 사슴은 마치 노인을 기다리고 있는 것 같았다. 죽림 속으로 들어선 노인은 빙그레 웃으며 조그만 삼지창 같은 뿔이 돋은 사슴 머리를 쓰다듬었다. 그러자 사슴은 노인의 소맷자락을 물고 죽림 안으로 끌어당겼다.

'이 짐승이 이러는 것은 필시 무슨 곡절이 있을 거야'

노인은 사슴이 이끄는 대로 따라갔다.

죽림 한가운데 조그만 빈터까지 온 사슴은 노인을 물끄러미 쳐다보더니 죽림 저쪽으로 모습을 감추고 말았다.

'여기 죽림 한복판에 뭐가 있다고 나를 인도한 걸까?'

노인은 주위를 세심하게 살펴봤다. 그러나 아무리 살펴봐도 별다른 점은 찾을 수 없었다.

'허 참, 싱거운 짐승 다 봤네.'

피식 웃으며 밖으로 나가려는 그때였다. 무성한 대나무 숲을 헤치는 소리와 함께 거대한 사람 그림자 하나가 나타난 것이다.

'아하, 뭐가 있긴 있었군.'

노인은 재빨리 몸을 숨겼다.

죽림 속 빈터 안으로 들어온 거대한 사람은 주위를 두리번거렸다. 그러더니 주먹만한 돌덩이 두 개를 찾아 들고 사원 쪽을 향해 힘껏 던졌다.

팍팍 기왓장 깨지는 소리가 났고 그것에 놀란 참새 몇 마리가 공중으로 날아올랐다.

'음, 은밀한 신호를 보내는 것으로 보아 어떤 비밀스런 일이 있는게로군.'

고개를 끄덕인 노인은 대나무 저쪽 사원 담벼락이 있는 곳으로 시선을 보냈다. 얼마쯤 시간이 흐르자 담벼락 쪽에서 인기척이 났고 이어서 두 사람의 그림자가 나타났다. 한 명은 붉은 가사를 두른 40대인지 50대인지 그 나이를 분간하기 어려운 라마승이었다. 길게 째진 눈에서는 형형한 안광이 쏟아져 나오고 있었고 꼿꼿한 체격은 우람했다.

이 라마의 뒤를 그림자처럼 조용히 따르고 있는 사람은 호리낭창한 몸매를 지닌 백의 소녀였다. 소녀는 열여덟 정도 되어 보였는데 하얀 얼굴에 이목구비가 반듯했다. 누가 봐도 아름답다고 감탄할 만한 용모였지만 몽몽한 안개에 뒤덮인 듯한 초점 없는 눈동자가 흠이라면 흠이었다.

그러나 어찌 보면 초점 없는 이 눈동자와 어울린 표정 없는 흰 얼굴은 처절한 백치미를 풍기고 있기도 했다.

"완안 형! 그래 물건은 구해 왔겠지요? 아니, 그런데 어째서 완안 형의 체격이 갑자기 그렇게 비대해졌소?"

의아한 듯 눈알을 굴리며 라마승이 묻자 사내는 희끗희끗한 수염을 쓰다듬으며 웃음을 터뜨렸다.

"하하하, 다 까닭이 있지요. 존자께서도 모든 준비가 되어 있겠지요?"

"보다시피 여자는 내 뒤에 이렇게 있고 또 품 속에 요렇게 들어 있소이다. 그러니 어서 완안 형께서도 실물을 보여 주시오."

라마승은 자기 뒤의 소녀를 손가락질한 후 품 속에서 노란 금붙이 하나의 머리 쪽만 살짝 내보였다.

"그럼 이 몸도 보여 드리겠소. 으하하!"

사내는 껄껄 웃어 가며 천천히 웃옷을 벗기 시작했다.

"허허허 며칠 새에 갑자기 덩치가 커질 수 있을까 했더니, 그랬었군."

라마승도 사내를 따라 웃었다.

옷 속에는 파란 잎사귀까지 달린 많은 갈대가 사내의 상체를 두툼하게 에워싸고 있었다. 사내는 몸을 감싸고 있는 갈대를 쑥 벗겨냈다. 그러자 대 젓가락처럼 빼빼 마른 사내의 몸체가 드러났다. 자신의 뱃가죽 부분에 풀 덩굴과 함께 묻혀 있던 하얀 물건 하나마저 끄집어낸 사내는 한 손을 라마승 쪽으로 내밀었다.

"자, 물건은 여기 있으니 우리 서로 동시에 주고받읍시다."

사내의 손에 들린 것은 사람의 두개골이었다. 라마승은 두개골을 쏘아보며 손을 흔들었다.

"잠깐! 이 물건이 진짜인지 먼저 그 증명부터 해 줘야 되지 않겠소?"

"존자께선 너무 의심이 많으시구려. 그러나 존자께서 그리 말씀하시니 내 그 증명을 해 드리리다."

말을 마친 사내는 가죽 장화 속에 꽂혀 있던 단도를 끄집어냈다.

여진인들이 짐승 가죽을 벗길 때 사용하는 날카로운 단도였다. 사내는 해골을 든 자신의 손 엄지를 찔렀다. 이내 빨간 피가 흘러나왔고 해골 위에 뚝뚝 떨어졌다.

"동기감응(同氣感應)이라. 하하, 됐소이다. 이젠 이 해골이 바로 완안 형의 선조인 아골타님이란 것을 믿겠소이다."

해골 위에 떨어진 핏방울이 모래 위에 부어 둔 물처럼 흔적 없이 스며드는 것을 본 라마승은 만족한 웃음을 지었다. 사내 역시 손가락의 피를 빨면서 라마승에게 요구했다.

"자, 이렇게 확인하셨으니 존자께서도 품 속의 그 금인을 확인시켜 주시오."

물론 그래야지요. 먼저 이 계집부터 쓸 만한지 한 번 살펴보시오. 아 참! 그런데 완안 형, 우리만의 비밀을 어디다 누설하지는 않았겠지요? 그리고 여기까지 오는 동안 꼬리를 밟히진 않았겠지요?"

라마승은 입으론 말을 하고 손으론 소녀의 등을 사내 쪽으로 떼밀었다.

"거 참! 이번 일이 알려지면 나 역시 이 땅에 발붙이고 살기는커녕 맞아 죽을 텐데 어찌 누설하겠소. 그리고 절대 뒤를 밟히지 않았으니 안심하시오."

사내는 꽃향기처럼 다가오는 소녀의 얼굴에다 시선을 고정한 채 대답했다.

사내 곁으로 다가간 소녀는 서슴없이 사내의 몸 한쪽에다 자신의 부드러운 몸을 밀착시켰다. 그러나 그 표정만은 여전히 백치 같았다. 물씬하게 풍겨 오는 처녀의 몸냄새를 맡은 사내의 몸이 순간적으로 부르르 떨렸다.

그 순간이었다. 라마승의 입 속으로부터 한 소리 큰 호통이 터져나온 것이었다.

"누가 감히 엿보고 있는겐가? 썩 이리 나오지 못할까?"

아닌 밤중에 홍두깨처럼 느닷없이 터져 나온 이 호통 소리에 엿보고 있던 노인은 움찔 몸을 웅크렸다. 처녀의 살 냄새에 취해 있던 사내 역시 화들짝 놀라며 몸 뒤쪽으로 고개를 획 돌렸다.

이때였다. 소맷자락 속에 비수를 숨기고 있던 라마승의 손이 전광석화처럼 사내의 왼쪽 가슴을 찌른 것이었다.

"윽……, 이 죽일 놈!"

가슴팍에 화끈한 아픔을 느낀 사내는 속은 것을 알아차렸으나 이미 때는 늦었다. 사내의 고개가 되돌려 짐과 동시에 라마승은 찔러 넣었던 비수를 확 뽑아 들었다. 그러자 한 줄기 피보라가 분수처럼 뿜어져 나왔고 사내는 무릎을 꺾고 말았다.

그렇게 사내의 가슴에서 뿜어져 나온 피가 소녀의 하얀 옷과 얼굴을 흠뻑 적셨지만 소녀의 표정은 여전하기만 했다. 선천적인 백치인 듯, 혹 그것이 아니면 영혼이 모두 빠져나간 빈 껍질뿐인 인간인 듯했다. 가슴을 부여안고 맥없이 엎어졌던 사내의 입에서 미약한 소리가 흘러 나왔다.

"아……. 금인(金人)을 얻어 대금(大金)의 뒤를 이어 보려고…… 선조님의 유골마저 파헤쳤더니…… 으음, 이렇게 덧없이 죽을 줄이야. 이 완안 객윤…… 도저히 눈을 감을 수 없구나."

이 말을 간신히 뱉어 낸 사내의 몸이 한 차례 꿈틀 경련을 일으키더니 그만 축 늘어지고 말았다.

이렇게 한 생명을 아주 쉽게 저승으로 보낸 라마승은 시체 옆에 구르고 있던 피 묻은 해골을 집어 들고 광소를 터트렸다.

"으하하하, 어리석은 녀석아! 이 부처님께서도 그 금인을 찾지 못해 이 해골바가지로 뜻을 이루려 하거늘, 어찌 네게 줄 금인이 있다 하더냐. 이젠 후손의 피맛을 본 이 해골에게 푸짐한 잔치를 차려 주어야겠다."

시체에게 이런 말을 던진 라마승은 오른손을 활짝 펼쳤다. 부챗살처럼 퍼진 라마승의 손바닥 중앙에서 빨간 기운이 일어났다. 동그란 반점 같은 그 기운은 점점 손가락 끝으로 퍼져 나가 손 전체가 시뻘게졌다.

'아, 저것이 바로 밀교(密敎)의 홍사수(紅沙手)!'

노인은 속으로 부르짖었다. 엎어진 시신을 발길로 차 눕힌 라마승은 핏빛처럼 빨간 그 손을 시신의 윗배 쪽으로 찔러 넣었다가 확 잡아 뺐다.

시체의 몸 속에서 우두둑 소리가 났고 라마승의 손에는 아직도 펄쩍펄쩍 뛰고 있는 뻘건 고깃덩어리 한 개가 들려 있었다. 바로 염통이었다.

풀숲에 엎드려 이것을 낱낱이 지켜보는 노인은 확 치밀어 오르는 구토를 꾹 참았다. 그러나 치가 떨리는 것만은 참을 수 없었다.

'위대한 조상의 유골을 라마승에게 넘겨준 저자가 완안 객윤, 바로 그 자이구나. 함보(신라의 마의 태자)님의 자손 중에 이런 불측한 자가 있다니. 이런 자는 죽어 마땅하지만 저 라마승은 너무나도 독랄하고 음험하군.

이길지 질지는 모르겠지만 당장이라도 뛰쳐나가 저 라마승과 사생결단을 내고 싶군. 그러나 그리되면 그 애의 미친 병을 어쩌지? 그래 참자. 지금으로서는 저 라마승이 아골타님의 유골로 무슨 짓거리를 하려는지 그것을 알아야 해. 그런 다음 어떤 수단을 쓰든 저자로 하여금 그 애를 치료하도록 만들어야 해. 그래, 저런 자에게는 수단 방법을 가릴 필요가 없지.

노인이 이렇게 생각에 잠겨 있는 사이에 라마승은 시신에서 빼 낸 염통을 해골바가지 안에다 넣었다. 그리고는 해골을 공중으로 치켜올린 채 주문을 외우듯 중얼거렸다.

"위대한 존자의 해골이시여! 수백 년 동안 캄캄한 어둠 속에서 그 얼마나 외로웠소. 이제 당신 후손의 싱싱한 심장 하나를 올리오니 기쁘게 흠향하시고 기나긴 잠에서 깨어나소서."

이렇게 축원을 한 라마승은 나타났던 곳으로 발걸음을 옮겼다.

그러자 그때까지 무표정한 얼굴로 먼 하늘만 멍하니 쳐다보고 있던 소녀도 그림자처럼 라마승을 뒤따랐다.

그들의 기척이 담벼락 저쪽으로 사라지자 몸을 일으킨 노인은 그들이 사라진 쪽으로 조심스럽게 다가갔다.

대나무 숲과 맞닿은 사원 담벼락에는 낡아 빠진 쪽문 하나가 있었다. 쪽문 틈 사이로 갖다 붙인 노인의 눈 속으로 을씨년스럽게 앉아 있는 건물 세 채가 들어왔다. 좌우 두 채는 지금 당장이라도 금방 허물어져 내릴 것처럼 너덜너덜했다. 그렇지만 중앙 한 채는 단청 빛깔도 제법 선명했고, 앉아 있는 모습도 의연했다. 사람이 기거하고 있는 흔적이 묻어 있는 곳이었다. 하지만 인기척 하나 없는 사원의 전체 분위기는 음산하고 괴기스런 냄새를 풍기고 있었다.

활불(活佛)의 탈을 뒤집어쓴 악마가 기거하는 곳 다운 냄새였다.

'이때껏 저 라마승은 무슨 목적으로 도깨비집 같은 저곳에 꼬리를 감추고 앉아 있었을까? 그리고 해골을 들고 간 라마승은 지금쯤 무슨 짓을 하고 있을까? 또 백치 같은 그 소녀는 누구일까? 소녀가 이런 곳에서 무엇을 하고 지낼까? 궁금증을 풀기 위해 저 사원으로 들어가면 그 귀신 같은 라마승에게 금방 발각되고 말 거야. 그렇게 되면 그는 내 목숨을 빼앗아 입을 봉하려 하겠지. 무슨 좋은 방법이 없을까?'

쪽문 틈으로 사원을 살펴보는 노인의 머리 속에는 많은 생각들이 오고 갔다.

'그래, 그 방법을 한 번 써 보자.'

생각을 굴리던 노인은 드디어 마땅한 방법 하나를 생각해 내곤 숲 쪽으로 갔다.

죽림 속 은밀한 곳에 자리를 잡은 노인은 정좌하고 눈을 감았다. 노인은 자신의 영혼을 보내 라마승의 비밀을 살펴보려는 것이었다. 이 방법은 도술을 닦는 사람들에겐 이혼찰경법(離魂察景法)으로 알려지고 있으며 오늘날의 유체이탈법(幽體離脫法)과 비슷한 것이었다.*

---

* 이때까지 알려진 바에 따르면 인간에겐 육체 뿐만 아니라 유체(幽體)라고 부르는 또 하나의 체(體)가 있다 했다. 물질이 아닌 이 체(體)를 우리 동양에서는 혼백이라고 불러 왔다. 이것은 역시 물질이 아닌 어떤 기(氣)로 여겨지는 줄로 연결되어 몸 밖을 출입했

다. 이 줄을 우리들은 혼줄이라 불러 왔는데 무한히 늘어날 수 있고 자유자재로 축소될 수 있는 것이다. 우리 몸 속에 잠재된 혼(魂) 혹은 유체는 우리의 의식이 알파 상태(뇌파 수준이 8 이하로 떨어진 상태)로 쉽게 내려갈 수 있는 수면 중에 몸 밖 출입을 할 수 있고 각성 시라도 갑작스럽게 심한 충격을 받게 되면 몸 밖으로 나가게 된다.

이런 두 번째 연유로 인해 우리들은 심한 곤욕을 치를 때를 일러 '혼나다', '혼쭐나다' 등으로 말하는 것이다.

몸 밖으로 나간 유체는 이 세상 어느 곳에든 갈 수 있고 그곳에서 보고 느낀 것을 몸 안으로 가지고 올 수 있다. 예를 들면 꿈 속에서 어느 곳 어떤 사람의 현황을 보고 왔는데 나중에 보니 꿈에서 본 것과 꼭 같았다는 그런 현상이었다. 이런 유체 이탈 현상은 보통 사람들도 꿈 속에서 왕왕 경험할 수 있다.

그러나 위험이 따른다. 극심한 체력 소모뿐 아니라 유체이탈을 행하는 도중에 갑작스런 충격을 육체가 받게 되면 혼줄이 끊어지게 된다. 그리 되면 유체가 몸 속으로 되돌아올 수 없기 때문에 영영 이 세상을 하직할 수밖에 없었다.

이러므로 수련을 많이 한 사람이라도 부득이한 경우가 아니면 결코 쉽게 행하지 않는 것이다.

노인의 혼(유체)은 노인의 몸 밖으로 빠져 나가 사원으로 날아갔다. 가운데 건물 안에는 벌거벗은 두 남녀가 한 몸이 되어 있는 환희불(歡

喜佛)이 본존으로 모셔져 있었다. 그 본존 아래쪽에는 과거 현재 미래의 삼세불(三世佛)이 경건한 자세로 앉아 있었다. 그런 본전 왼쪽에 쪽문 하나가 있었다. 노인의 유체는 서슴없이 문을 뚫고 들어갔다. 먼저 세 개의 촛불과 향 세 개비가 피워져 있는 자단 탁자가 보였고 수건으로 해골을 닦고 있는 라마승의 모습이 보였다.

그 순간 라마승은 흠칫 놀라며 좌우로 고개를 돌려 보더니 쪽문과 창문마저 열고 밖으로 고개를 내밀어 보았다.

"아무런 소리도 듣지 못했는데도 흡사 누가 나를 엿보고 있는 것 같군."

아무런 인기척을 찾지 못한 라마승은 고개를 갸웃거리면서 탁자 서랍을 열어 조그만 나무 상자를 끄집어냈다. 라마승이 뚜껑을 열자 노란빛이 황홀하게 쏟아져 나왔다. 상자 안에 있는 것은 금박 뭉치였다. 라마승은 닦여져 반질반질해진 해골 위에 하나하나 금박을 입히기 시작했다. 삽시간에 하얀 해골은 찬란한 빛을 토해 내는 황금 해골로 변해 버렸다.

드디어 일을 마친 라마승은 빨간 비단보에 해골을 싸 놓고는 탁자 아래에 세워져 있는 조그만 금종(金鐘)을 두드렸다.

"때앵 땡 땡."

청아한 소리가 세 번 울려 퍼졌고 얼마 후 사람 하나가 방 안으로 들어섰다. 40대 후반으로 보이는 여인이었다. 균형 잡힌 아담한 몸매였지만 얼굴은 흉측했다. 하얀 얼굴에 어지럽게 새겨진 칼자국 때문이었다. 여인의 손에는 술 한 병과 고기 안주가 놓인 소반 하나가 들려 있었다. 여인은 아무 말없이 소반을 탁자 위에 놓고는 한 옆에 허리를 굽히고 섰다. 매우 공손한 태도인 것으로 보아 라마승의 종인 듯했다.

그러나 흉측한 그 얼굴엔 아무런 감정 표시도 없었다. 여인의 태도야 어떻든 술병을 들어 한 모금 마신 라마승의 입에서 기쁨에 찬 웃음 소리가 터져 나왔다.

"으하하하, 오늘은 매우 기쁜 날이라 너에게도 내 기쁨을 나눠 주마. 자, 받아라. 내 특별히 사흘 치를 미리 주마."

라마승은 품 속에서 약병 한 개를 끄집어냈다. 빨간 알약이 담겨져 있는 병이었다. 라마가 쏟아 주는 알약을 표정 없는 얼굴로 받아 든 여인이 발길을 돌렸다.

여인이 방문을 닫고 나가자 제법 큰 술병을 순식간에 비운 라마승은 침상에 누워 코를 골기 시작했다. 죽림 속에 석상처럼 앉아 있던 노인이 눈을 떴다. 노인은 한참 동안 제자리에 앉아 눈알을 굴려 보았다.

'라마승은 뭣 때문에 해골에다 금박을 입혔을까? 그리고 백치 소녀는 어디 가고 흉측하게 생긴 40대 여인이 나타났을까? 이들은 어떤 관계며, 그곳에서 무슨 일을 하고 있을까? 또…… 사람(人)아닌 것(弗)이 그 애의 미친 병을 고칠 수 있다는 점괘였는데……. 얼이 죽어 버리고 몸뚱이만 살아 있는 그 백치 소녀가 사람 아닌 것에 해당되는 걸까? 아니면 인면수심을 지닌 저 라마승이 사람 아닌 것이란 말인가? 그래, 지금으로서는 더 이상 알 도리가 없으니 그만 객점으로 돌아가 밤을 기다려 보자.'

자리에서 부스스 일어난 노인은 객점으로 발길을 옮겼다. 올 때와는 달리 노인의 발걸음은 비틀거렸다.

"어르신! 소인의 말을 믿지 않고 사원으로 가시더니, 그래 활불 어른은 만나 보셨는지요?"

뚱보 주인은 객점 안으로 들어서는 노인을 약간 곱지 않은 시선으로 맞았다.

"주인장의 말이 맞았소이다. 아무리 문을 두드려도 얼굴조차 내밀지 않더군요. 그러나 이 늙은 몸이 예까지 힘들게 왔는데 헛걸음해서야 되겠소? 내일 아침에 또 한 번 가 볼 예정인즉 방 하나 마련해 주시오. 그런데 그 사원엔 그 스님 말고 딴 사람은 없소이까?"

"예전엔 제법 많은 사람들이 있었지만 한 10여 년 전부터 사람의 종적이 뜸해지면서 있던 사람들도 모두 흩어졌지요. 그 뒤부턴 어느 누구도 그곳에 가 본 사람이 없기에 지금은 어떤 사람이 살고 있는지 알 수 없게 되었습죠. 아마도 활불 어른 혼자뿐일 겝니다."

"아니! 사원과 별로 멀리 멀어져 있지도 않은 이곳에서 모른다니, 정말 이해할 수 없소이다."

"그 내막을 모르는 타지 사람들은 그렇게 생각합니다만…… 활불께선 10여 년 전에 세 가지 규칙을 내걸면서 사원 안의 사람들을 모두 내보냈습죠. 그런 다음 그 어떤 사람을 막론하고 사원 출입을 금한다고 엄명하셨답니다. 그런 데다가 사원의 꼬라지가 워낙 음산해 놔서 그쪽으로 가길 꺼려 한답니다."

"그러면 활불은 어떻게 먹고 살지요? 그리고 병자들은 어디서 본단 말이오?"

"어른께서도 가 보셨으니 아시겠지만 송림 입구 길 옆에 있는 조그만 오두막에서 병자를 보고 필요한 물건들을 받는답니다."

"아하, 그렇게 된 것이로군. 이젠 내가 쉴 방이나 한 번 봅시다."

노인은 주인이 안내해 준 방으로 들어갔다.

아직도 해는 중천에 떠 있었지만 일찌감치 자리에 누워 소모된 원기

(元氣)를 회복시켜야 했기 때문이었다. 끝없는 지평선 저쪽으로 태양이 사라지고 난 한참 뒤에야 달은 수줍은 듯 고개를 내밀었고 노인도 자리에서 일어났다. 달이 솟아오를수록 멀리서 들려 오는 말 우는 소리와 개 짖는 소리는 점점 사그라들기 시작했다.

객점 창문으로 야색(夜色)을 살펴보던 노인은 달이 중천에 자리잡은 한참 후에 가부좌를 틀고 앉았다. 노인의 콧속으로 쉴 새 없이 드나들던 숨결도 점점 부드럽고 가늘어지기 시작했다. 이에 따라 노인의 의식은 점점 흐릿한 안개처럼 부드럽고 투명해져 가는 자신의 육체를 느끼기 시작했다. 드디어 포근하게 잠든 심신을 지켜보던 의식이 몸 밖으로 서서히 빠져나갔다. 객점을 벗어나 송림 속으로 뚫린 길을 따라 사원으로 들어갔다.

라마승도 움직이고 있었다. 해골이 들어 있는 비단보를 든 그는 자신이 앉아 있던 방석 밑자리를 들어 올렸다. 자리 밑에는 아래위로 여닫을 수 있는 문이 있었다.

라마승은 문을 열고 지하로 내려갔다. 지하는 대낮처럼 훤했다. 마주 보이는 지하 벽 쪽엔 벌겋게 고인 핏물을 해골바가지로 떠 마시고 있는 수많은 아수라의 그림이 붙어 있었다. 지하를 훤히 밝혀주고 있는 불빛들은 그림 아래쪽 제단 위에 있었다. 모두 마흔아홉 개의 등잔불이었다.

제단 아래 왼쪽엔 하얀 돌로 만든 커다란 침상이 있었다. 옥(玉)인지 대리석인지 모를 그것에는 태장계 만다라가 크게 그려져 있었다. 낮에 보았던 백치 소녀가 침상 안쪽 귀퉁이에 잠자는 듯 누워 있었다. 피 칠갑을 한 옷 그대로 이불도 덮지 않은 채였다. 소녀 쪽을 힐끗 한 번 쳐다본 라마승은 제단 앞으로 다가갔다. 그리곤 손에 든 해골을 제단 위에 놓은 후

향을 피웠다. 푸르스름한 향 연기가 그림 속의 아수라들을 휘감기 시작하자 가부좌를 틀고 앉은 라마승은 비밀 주문을 외우기 시작했다.

"파라지아타홈 홈파트 사바하. 파라지아타홈 홈파트사바하……."

쉴 새 없이 모락거리던 향 연기가 멎자 쉴 새 없이 들려 오던 주문 소리도 끊어졌다.

주문 외우는 것을 끝낸 라마승이 일어나 해골을 집어 들고 침상으로 올라갔다. 낭랑한 주문 소리가 오랫동안 울려 퍼졌건만 소녀는 아직도 잠 속에 빠져 있는 듯 꼼짝도 하지 않았다.

그런 소녀의 얼굴을 내려다보던 라마승이 입을 열었다.

'여신이시여! 여신이시여! 무궁한 조화와 창조의 본체이신 여신이시여! 이젠 잠 속에서 깨어나소서!"

기도문 같은 그 소리가 끝남과 동시에 소녀는 스르르 눈을 뜨고 벌떡 일어나 만다라 중앙 부분에 살며시 앉았다.

라마승은 소녀에게 경건하게 세 번 합장을 한 후 소녀의 옷을 하나씩 벗기기 시작했다. 라마승의 손길에 따라 눈부신 알몸이 점점 드러나건만 소녀는 아름다운 인형처럼 그 어떤 저항도 하지 않았다. 마침내 옥으로 빚어 놓은 듯한 아름다운 소녀의 나신이 모두 드러났다. 그러자 라마승은 침상 밑으로 손을 뻗어 소반 하나를 끄집어냈다.

소반에는 술과 음식, 그리고 향유(香油)가 가득 담긴 옥병 하나가 얹혀져 있었다. 옥 잔에 따른 술을 두 손으로 받쳐 든 라마는 소녀에게 내밀며 입을 열었다.

"여신이시여! 거룩한 조화의 여신이시여! 환희의 불을 지펴 주는 이 한 잔 술을 받으소서."

주문 같은 라마승의 말소리에 따라 소녀의 붉은 입술이 살짝 열렸다.

라마승은 종이 주인에게 하듯 아낙이 남편에게 하듯 정성스럽게 소녀의 입술 사이로 술잔을 갖다 댔다. 이렇게 석 잔의 술을 소녀에게 먹인 라마승은 자신의 입 속으로도 석 잔의 술을 쏟아 넣었다. 그런 다음 라마승은 향유를 손에 발라 소녀의 몸을 문지르기 시작했다. 소녀의 손끝에서부터 어깨 쪽으로 움직이던 라마승의 손길은 소녀의 봉긋한 가슴께로 내려와 팥알만하게 박힌 젖꼭지로 갔다. 오랫동안 젖꼭지 주위를 맴돌던 두 손은 이번에는 소녀의 발 쪽으로 옮겨갔다. 앙징스런 조그만 소녀의 발이 넓적한 라마승의 손 안에 휩싸였다. 어떤 곳은 손바닥으로 문지르고 어떤 곳은 손가락으로 주물러 가며 라마승의 손길은 소녀의 허벅지 안쪽으로 느릿느릿 더듬어 들어갔다. 끝내 거뭇거뭇한 숲 속의 옹달샘 속으로까지 라마승의 손길이 미치자 소녀의 몸이 한 차례 꿈틀거렸고 빨간 입술도 살짝 벌어졌다.

이런 소녀의 변화를 느낀 라마승은 뱀이 허물을 벗듯 걸치고 있던 옷을 스르르 벗었다. 구릿빛 나는 우람한 라마의 몸은 20대 젊은이처럼 싱싱했다. 라마승은 소녀를 가볍게 안아 들고 자신의 무릎 위에 앉혔다. 라마승의 가슴께에 닿은 소녀의 입술 사이로 사그락 사그락 향긋한 입김이 새어 나왔고, 소녀의 백치 같은 표정에도 변화가 왔다. 무표정한 하얀 얼굴엔 빨간 꽃물이 살짝 배어 나왔고 흐릿하던 눈동자도 축축한 물기를 머금은 채 이상야릇한 빛을 발산했다.

한 손으로 소녀의 엉덩이를 받쳐 들고 한 손으론 소녀의 어깨를 감싸 안은 라마승의 입에서도 소리가 나오기 시작했다.

"옴파트미홈. 옴파트미홈……."

쉴 새 없이 터져 나오는 주문 소리는 높고 낮으며 길고 짧은 율동을 지나고 있었다.

찰싹 달라붙은 두 몸은 이 소리에 맞춰 움직였다. 향 반 개비 탈 시간 동안 율동은 계속되었다. 드디어 벌어진 빨간 꽃잎 속에서 신음 소리가 흘러나왔다. 흐느끼는 듯 심한 몸살을 앓는 듯 새어 나오는 그 소리들과 함께 라마승은 소녀를 안은 그 자세 그대로 벌렁 자빠졌다. 땅이 하늘 위에서 내려다보고 있는 자세가 이뤄졌다. 이 자세에서도 라마승은 소녀를 활활 타오르는 불꽃 속으로 능숙하게 이끌고 갔다. 이제 소녀는 백치가 아니었다. 촛불에 비친 소녀의 얼굴은 분홍빛으로 물들어 있었고, 눈동자는 한 가닥 의지의 불빛을 강하게 내뿜고 있었다.

보통 여인과 똑같았다. 소녀의 입에서 나오는 신음 소리는 점점 더 거세졌고 얼굴마저 가볍게 찡그리고 있었다. 그렇지만 라마승의 주문 소리는 율동을 잃지 않고 여전했다. 드디어 크르롱 크르롱거리던 화신이 폭발했다.

"흐……으 하악."

이 짧은 소리와 함께 소녀의 고개는 라마승의 가슴팍에 숙여졌고 라마승의 입에서도 '흠' 하는 소리가 천둥 치듯 터져 나왔다.

이렇게 태장계 만다라 위에서 천둥 번개가 몰아치고 비까지 흠뻑 내리는 천지공사(天地共事)를 한 차례 벌인 라마승은 자리에서 일어나 한 구석에 놓여져 있던 해골을 집어 들었다. 그런 후 자신의 몸에 흠뻑 묻어 있는 두 사람의 애액(愛液)을 해골의 안팎에 발라 가며 비밀주(祕密呪)를 외우기 시작했다.

주문은 백여덟 번 계속되었다. 주문 외우기를 마친 라마승은 소녀 앞에 엎드려 세 번 절을 올리며 또 한 번 기도문 같은 소리를 읊었다.

"여신이시여! 거룩한 조화의 여신이시여! 이 비밀한 밤에 그대 신비한 연꽃을 통하여 생명의 힘을 베푸소서."

이런 식으로 세 번을 거듭한 라마승은 해골을 품은 채 소녀를 껴안았다. 그리곤 이내 깊은 잠 속으로 빠져 들었다.

참으로 희한한 광경을 엿보게 된 노인의 혼은 몸 안으로 되돌아왔다.

'음, 라마승이 행하고 있는 것은 비전의 밀교대법(密教大法)인 고루 반혼법(反魂法)이구나. 극악무도한 저 라마가 이 법을 성취하면 그야말로 큰 일이지. 어떻게 하면 좋을까?'

----

* 이 법술에는 3백 년 이상 된, 그것도 생전에 위대한 업적을 이룬 사람의 해골과 출산(出産)을 해보지 않은 20대의 여성이 꼭 필요하다. 그런 다음 이날 밤 라마승이 행한 대로 49일간을 계속하면 이 법은 이루어진다. 술법이 성취되면 저승으로 갔던 혼백이 해골로 되돌아와 성취자의 명령에 복종한다. 따라서 성취자는 이 혼백을 부려 온갖 조화를 다 부릴 수 있으며 원하는 모든 것을 얻을 수 있다.

황당하게 들릴 이런 법술은 지금도 도교(道教) 계통에 전해지고 있다. 그리고 불교의 한 종파인 라마교(密教)에도 이와 유사한 여러 술법이 실제로 전해지고 있다.

노인은 눈썹을 찡그리며 입술을 달싹거렸다. 노인의 중얼거림대로 라

마는 고루 반혼법을 이루려 하고 있었다.

　노인은 이튿날 해가 중천에 걸렸을 때에야 겨우 잠자리에서 일어났다. 주인을 불러 막고치 마을에 대해 몇 가지 물어 본 노인은 왔던 길로 발길을 옮겼다.

17

아버님 스승의 유훈
- 가림토 문자를 세상에 되돌려 놓아라

이로부터 사흘이 지난 저녁 무렵이었다. 건장한 장정이 모는 마차 하나가 주막을 지나쳐 라마 사원으로 달려갔다. 절 입구 죽림 앞에까지 온 마차가 잠시 멈칫하는 그 사이에 마차의 뒷문으로부터 그림자 하나가 뛰어내렸다. 검은 옷을 입은 그림자는 죽림 속으로 연기처럼 사라졌고 마차는 아무 일 없었다는 듯 절 문 앞에 닿았다.

마부석에 앉아 있던 장정이 뛰어내렸고 마차 속에서도 한 젊은이가 뛰어내렸다. 둘은 누가 먼저랄 것도 없이 굳게 닫힌 절 문을 두드렸다.

"계십니까? 계십니까?"

목청을 돋운 두 젊은이들이 요란스럽게 몇 번 소리 쳤지만 대문 안쪽은 그저 조용하기만 했다. 한참 동안 그러던 젊은이들은 허리에 차고 있던 칼을 뽑아 들고 대문을 세차게 두드리기 시작했다. 꽝꽝거리는 소리에 놀란 두 필의 말이 네 굽을 쳐들며 울부짖었다.

삽시간에 조용하던 사원 앞은 장터처럼 시끄러워졌다. 그제야 대문 저쪽에서 응답이 왔다.

"무슨 일로 이런 소동을 벌이는 줄은 모르겠으나 여긴 잡인의 출입을 금하는 곳이니 어서 물러가도록 하시오."

목쉰 중년 여인의 목소리는 뒤덮여 있는 어둠만큼이나 음산했다.

"우리는 일없이 이곳을 찾은 잡인이 아니오. 우리는 이곳 라마 스님을 꼭 만나야만 하오. 그러니 어서 라마 스님을 나오게 하든지 아니면 이 대문을 여시오. 우리는 물러갈 수 없소이다."

마부석에 앉아 있던 젊은이는 우렁찬 목소리로 말했다.

밤새 소모된 원기를 모으기 위해 정좌조식하고 있는 라마승의 닫힌 눈이 번쩍 떠졌다.

'허 참! 이 중요한 때에 어떤 것들이 감히 이런 야료를 부리는가? 내가 직접 쫓아 버려야겠군.'

순순히 그들이 물러가기만을 기다리던 라마승은 할 수 없이 자리에서 일어났다.

"내 이미 10년 전에 이곳을 금지(禁地)로 선포했거늘 그대들은 신벌도 두려워하지 않고 이 부처님마저 깔보는 게로군. 여기 찾아온 마땅한 이유를 못댄다면 내 그대들을 엄히 다스리겠네, 흥!"

대문을 열고 한 걸음 대문 밖으로 나선 라마승은 형형한 눈을 부릅뜨고 엄포부터 내질렀다. 이때 대나무 숲에서 동정을 살피고 있던 그림자 하나가 쪽문을 열고 대전 쪽으로 소리 없이 다가갔다.

"존자께선 노여움을 푸소서. 저희 형제는 건주위에 소속된 장백산 완안부 사람으로 가친을 찾아 이곳으로 왔습니다."

대문 밖으로 나온 라마승의 당당한 모습을 본 젊은이들은 황공한 듯 두 손을 맞잡으며 허리를 굽혔다.

"흥! 이곳은 이미 10여 년 전부터 외부 사람의 발길이 한 번도 닿은 적 없는데 무슨 까닭으로 여기서 그대들의 아비를 찾는 겐가?"

라마승은 발을 딱 굴리며 더 거센 소리를 내질렀다. 그러자 젊은이들은 더욱 공손한 태도로 입을 열었다.

"존자께 아뢰겠습니다. 가친의 성은 완안이옵고 이름은 객윤이라 합지요. 한 달 전 가친께서 금국(金國) 전래의 보물인 금인(金人)을 찾아오겠다며 집을 떠나셨지요. 그러면서 '스무 날이 지나도 돌아오지 않으면 이곳에 와 존자 어른을 찾아라.' 하셨답니다. 그런데 가친께서 말씀하신 시일도 지났고 또 25년쯤 전에 한 번 나타났다가 사라진 금인에 대한 새로운 소식이 있기에 급히 이곳으로 달려온 겝니다. 이러니 존자께서 가친의 행방과 소식을 가르쳐 주시면 참으로 고맙겠습니다."

"오! 바로 완안 객윤 그 사람의 자제분이시군. 그래 맞네. 자네 부친과는 10여 년 전부터 교분을 맺어 서로 흉금을 터놓는 사이라네. 그렇지만 요 근래에는 한 번도 만난 적이 없으니 어떡하지. 그런데 자네들이 말한 그 금인이 도대체 어디서 나타났다는 겐가? 혹시 내일이라도 자네 가친이 이곳에 오면 내 알려 줌세."

라마승의 목소리는 금방 나긋나긋 은근해졌다.

가친과 절친하신 존자께서 하문(下問)하시는데 어찌 말씀드리지 않을 수 있겠습니까만 잠시 기다려 주십시오."

라마승에게 허리를 굽혀 예를 드린 젊은이는 마차 곁으로 다가갔다.

"얘야! 이 일이 막중하여 함부로 발설할 수 없는 것이긴 하나 저 어른 은 만인의 우러름을 받는 활불이 아니더냐. 그러니 모두 말씀 올리도록 해라."

젊은이의 상반신이 마차 뒤쪽 휘장 속으로 들어가자 이내 나직한 노 인의 목소리가 흘러나왔다. 마차 속 사람에게서 허락을 얻은 젊은이는 라마승 앞으로 되돌아왔다.

"존자께 말씀 올립니다. 그 금인이 어디 있는지는 사실 저희들도 확실 히 모릅니다. 다만……."

말을 멈추고 머뭇거리는 젊은이를 쳐다보고 있던 라마승은 조급한 듯 재촉했다.

"다만 어떻다는 건가? 머뭇거리지 말고 시원스레 말해 보게."

"에……그러니까 한 열흘쯤 전에 어떤 젊은이 하나가 저희 마을로 들 어왔습죠. 입으론 연신 내 금인 돌려줘! 내 금인 돌려줘! 하고 외치면서 말입니다. 이상타 싶어 붙잡고 본즉 그는 실성한 사람이었습니다. 그러 나 그가 횡설수설 내뱉는 말에는 금인을 직접 보지 않고서는 말할 수 없 는 것들이 있었습니다. 그래서 저희들은 이렇게 생각했습니다.

'저자는 요근래까지 틀림없이 금인을 지니고 있었다. 그러다가 어느 누구에게 뺏기고 말았는데 그 충격으로 저렇게 미친 것이다. 그러니 실 성기만 고쳐 놓는다면 금인을 찾는 것은 여반장이다. 어서 의도(醫道)에 정통한 가친을 찾아야만 한다.'

이렇게 되어 저희들이 여기까지 오게 된 것입니다."

"옳아, 그런 사연이 있어 자네 가친을 찾는 게로군. 여보게 조카! 설혹 자네 가친을 못만난다 해도 헛걸음은 아닐 걸세. 이 몸 역시 용한 의술을 가졌다고 소문깨나 난 사람이니 말일세. 그런데 그 미친 젊은이는 지금 어디 있는가?"

라마승은 말을 미처 끝내지도 않고 마차 곁으로 다가갔다.

"잠깐만!"

"잠깐!"

두 젊은이는 똑같은 소리를 동시에 내지르며 라마승의 앞을 가로막았다.

"왜 이러는가? 설마 날 의심하는 것은 아닐 테지?"

라마승의 형형한 눈엔 살기가 어렸고 칼을 든 두 젊은이의 손도 부르르 떨렸다. 이때였다.

"얘들아! 존자 어른이 어디 남이더냐. 무례를 범하지 말고 어서 이리로 모시도록 해라."

마차 안에서 쉰 듯 힘없는 목소리가 흘러나왔다. 초롱불 두 개가 걸려 있는 마차 안은 제법 훤했다. 수염과 머리털이 하얀 노인과 젊은이 하나가 있었다. 노인은 졸린 눈으로 웅크리고 앉아 있었고 젊은이는 누워 있었다. 그는 바로 바로한이었다.

노인에게 가벼운 목례를 보낸 라마승은 좁은 마차 안으로 들어앉자마자 누워서 눈만 깜박이고 있는 젊은이의 손목 맥을 짚었다. 눈알을 굴리던 라마승의 눈까풀이 형형한 안구(眼球)를 내리 덮었다.

라마승의 눈알은 덮인 눈꺼풀 속에서도 이리저리 움직였다.

'이들의 말처럼 이 젊은이는 악독한 약물에 의해 실성한 것이 분명하군. 아마도 이 자에게서 금인을 뺏은 자가 독수를 쓴 것일 테지. 바보 같은 녀석! 물건을 뺏고 입을 막으려면 그냥 이 젊은 녀석의 명줄을 끊어

버리면 간단할 것을 뭣 땜에 이런 수를 쓴담……. 아마도 그 멍청한 녀석은 자신의 독수를 풀 사람이 없을 거라고 생각했겠지. 흥, 그렇지만 이까짓 것쯤이야. 이 부처님에겐 일도 아니지. 그런데 이 자를 고쳐 놓고 나서가 문제겠군. 밖에 있는 두 젊은 놈쯤이야 간단히 처치할 수 있겠지만 힘없는 척 졸린 눈을 하고 있는 저 허연 늙다리 귀신이야말로 결코 가볍게 볼 상대가 아니거든. 그래, 우선은 저 늙다리부터 처리해 놓고 보자.

눈을 번쩍 뜬 라마승은 짐짓 눈살을 찌푸리며 노인에게 수작을 건넸다.

"노인장! 내 이때껏 많은 병을 보아 왔지만 이 젊은이의 증세는 참으로 괴이하여 함부로 손을 쓰기가 두려워지는군요. 까딱 잘못하면 깨어나기는커녕 서방극락 세계로 곧바로 들어갈 수 있으니 말이오."

라마승이 능청을 떨며 거미줄을 펼치자 노인은 졸린 듯한 눈을 크게 떴다.

"허허 참! 활불 어른마저 고치기 어렵다고 손을 내저으니 이 일을 어찌한단 말인가. 너무나도 막중한 일이기에 여기서 포기할 수도 없고…… 옳지! 중원 땅엔 기인이사(奇人異士)가 많다 하니 그쪽으로 가 봐야겠군."

혼잣말처럼 중얼거린 노인은 마차 밖으로 고개를 내밀었다. 젊은이들을 불러 이곳을 떠날 작정을 한 듯했다.

이러자 다급해진 것은 라마승이었다.

"노인장! 잠깐만 기다리시오. 내 이까짓 병증을 못고치겠다곤 하지 않았소이다. 다만……."

"다만 무엇이오? 존자께서 분부하실 일이 있다면 서슴지 말고 말씀만 하시구려. 어떤 일인진 몰라도 이 늙은 몸을 이끌고 천리만리 먼 길을 떠도는 고통보단 덜하겠지요."

휘장 밖으로 내밀었던 고개를 도로 거두어들인 노인의 얼굴에 회심의 미소가 어렸다.

라마승은 노인의 얼굴에 시선을 박은 채 품 속에서 금합 하나를 끄집어냈다.

"노인장께서 그렇게 생각하신다면 문제 해결은 아주 간단합니다. 여기 이 금합 속의 환약 한 알과 금침(金針) 한 대면 저 젊은이는 금방 제정신을 찾을 수 있답니다. 그러나 이 환약의 효과가 워낙 강렬하여 오랫동안 혼미 상태에 있던 저 젊은이에게 충격을 줄 수도 있습니다. 그렇게 되면 자칫 생명을 잃을 뿐 아니라 살아난다 해도 영원히 말문을 닫고 지내는 벙어리가 될 수 있답니다. 그런 탓으로 먼저 이 환약을 다른 사람에게 시험해 봐야 한답니다."

노인은 라마승의 흉악한 속셈을 알아차렸다. 그러나 조금의 내색도 없이 기쁜 듯이 라마에게 손을 내밀었다. 라마의 환약이 치명적인 독약임을 노인은 이미 알고 있었다.

라마승이 건네 준 환약은 새빨간 앵두 같았다. 노인은 주저없이 환약을 입에 넣고 꿀꺽 삼켰다. 노인의 목줄기 속으로 환약이 굴러 들어가자 비릿한 웃음기를 떠올린 라마승은 금합 속에서 반 뼘이나 됨직한 금침을 꺼냈다. 자빠져 있던 바로한을 일으켜 앉힌 라마는 금침을 바로한의 머리꼭대기 백회혈(百會穴)에다 꽂았다. 이 백회혈은 인체 중의 사혈(死穴, 충격을 받게 되면 목숨을 잃는 급소)에 속하므로 평소에는 침과 뜸을 행할 수 없는 곳이었다. 라마승은 침머리를 손가락으로 돌려 가며 깊숙이 밀어 넣기 시작했다. 반 뼘이나 되는 금침이 바로한의 골 속으로 점점 쑤시고 들어갔다. 멍청하던 바로한의 얼굴이 찡그려졌고 환약을 삼킨 채 라마의 거동을 보고 있던 노인의 눈동자에도 불안의 빛이 어른거렸다.

금침이 머리만을 남긴 채 바로한의 골 속으로 모두 파고 들어가자 라마는 금합 속에서 재빨리 환약 하나를 꺼내어 바로한의 입 속에 넣었다.

환약은 노인의 것과 아주 비슷했으나 분홍빛을 띠고 있는 점이 달랐다. 이런 차이를 파악한 노인은 암암리에 내기(內氣)를 모으기 시작했다. 뱃속으로 들어간 독약의 약효가 심장으로 침입하지 못하게 하기 위해서였다.

찡그리고 있는 바로한의 얼굴 기색을 살피던 라마승은 금합 속에서 솜처럼 보들보들한 쑥 한 덩이를 꺼냈다. 엄지 식지 두 손가락으로 쑥을 콩알만하게 뭉친 라마승은 침 머리 위에 그것을 놓고 불을 붙였다. 콩알만한 쑥은 가냘픈 침 머리에 앉아 다섯 번이나 타고 졌다. 그러자 바로한의 몸이 부들부들 경련을 일으키기 시작했고 눈알마저 벌겋게 충혈되었다. 드디어 격렬한 경련을 일으키던 바로한의 얼굴에 굵은 땀방울이 맺혔다.

이때를 기다렸다는 듯이 라마승은 오른손을 들어 바로한의 등 뒤 영태혈(靈台穴)을 탁 쳤다. 그런 다음 금침을 손가락으로 돌려 가며 뽑아 올렸다. 금침이 뽑혀진 자리에서 누르스름한 액체가 배어 나왔다. 액체는 제법 뒷머리가 흥건해질 정도로 흘러나왔다. 그러자 앉아 있던 바로한의 몸뚱이가 스르르 자빠졌다. 잠 속에 빠진 듯 눈을 감고 누워 있는 바로한을 쳐다보던 라마승의 눈길이 비로소 노인에게 돌려졌다. 개구리를 쳐다보는 뱀의 눈길이었으나 자신의 의술을 은근히 자랑하는 빛이 서려 있다.

'이젠 저자가 내게 마지막 독수를 펼치든지 아니면 두 젊은이를 처리할 수순을 밟을 게 분명하겠군. 그런데 청이 한테서는 왜 아직 신호가 없을까. 벌써 소식이 있어야 할 때가 지났는데 말이야. 혹시 일이 잘못된 것은 아닐까. 그리되면 막고치 마을 사람들에게 한 약속을 지키지 못할 뿐더러 저 라마승의 피비린내 나는 독수를 막을 방법이 없는데 말이야, 어쨌거나 지금으로서는 시간을 끄는 수밖에 별도리가 없군.'

이렇게 생각한 노인은 자신을 노려보고 있는 라마승을 향해 눈살을 찌푸리며 말을 걸었다.

"존자께서 얻은 활불이란 칭호는 과연 허언이 아니구려. 그런데 존자께서 시험한 환약이 어쩨 좀 이상한 것 같구려. 마땅히 어떤 반응이라도 있어야 할 텐데 아무렇지도 않으니 말이오."

노인의 말에 라마승은 빙긋 웃으며 품 속에서 자그마한 황금 요령 하나를 끄집어냈다. 그런 후 요령을 짤랑짤랑 흔들며 말했다.

"흐흐흐. 노인장께서 이 부처님의 단장환(斷腸丸) 맛이 궁금한 모양이니, 당장 소원을 풀어 드리지."

이상했다. 참으로 이상했다. 라마승의 요령 소리가 울려 퍼지자 노인의 뱃속에서 커다란 변화가 일어나는 것이었다. 마치 밤송이 같은 기운 하나가 요령 소리에 맞춰 이리저리 굴러다니며 노인의 뱃속 여기저기를 콕콕 쑤셔 대는 것 같은 변화였다. 깜짝 놀란 노인이 즉시 내기(內氣)를 모아 그 기운을 억눌렀지만 아무런 소용이 없었다.

라마승의 요령은 점점 더 격렬해졌다. 그러자 밤송이 같은 기운도 그 소리에 맞춰 천방지축으로 날뛰기 시작했다. 무수한 바늘이 몸속 내장 구석구석을 쑤시고 돌아다니는 아픔이었다. 노인의 얼굴은 점점 심하게 찡그려졌고 악다문 노인의 입 속에서 신음 소리가 흘러나왔다. 끝내 노인은 온몸을 뒤틀며 가쁜 숨을 몰아쉬었다. 얼굴엔 어느새 송글송글 땀방울이 맺혔다.

이런 노인의 고통을 히죽 웃으며 지켜보던 라마승은 흔들던 요령을 멈췄다. 그러자 노인의 고통도 사라졌다. 언제 그랬냐는 듯 온몸의 고통이 사라진 것을 느낀 노인은 웅크린 자세 그대로 한 입 가득 숨을 들이마셨다. 내기(內氣)를 모아 라마승에게 치명적인 일격을 가할 준비를 하기 위해서였다. 그러나 온몸 사지의 맥이 모두 풀어져 기(氣)가 모이지 않았다.

'아 아……, 내가 저 라마승을 너무 쉽게 봤구나. 이제 저 라마승은 우리의 숨통을 끊은 다음 이 젊은이를 안고 사원으로 들어가겠지. 그런 다음 끝내 이 젊은이마저 죽여 없애겠지. 계획대로라면 벌써 청이한테서 신호가 있어야 하고, 객점 부근에서 기다리고 있는 후원군이 도착해야할 때인데 도대체 청이는 왜 이리 늦는 걸까? 청아! 지금이라도 어서 나타나 신호를 보내 다오. 그리되면 이 절대절명의 위급함에서 벗어날 수 있단다. 어서 빨리 와 다오.'

노인이 이렇게 마음 졸이고 있을 때 라마승의 출수(出手)를 재촉하는 일이 벌어졌다.

마차의 휘장을 들치며 두 젊은이가 마차 안으로 고개를 들이민 것이었다. 마차 안에서 들리는 이상한 요령 소리와 그것에 장단 맞추는 노인의 심상지 않은 신음 소리 때문이었다.

"어르신 어찌된 일입니까?"

두 젊은이의 소리를 들은 노인은 크게 놀라며 황급히 외치려 했다.

'애들아! 어서 빨리 도망가라. 그리고 신호 화살을 쏘아라!'

그러나 노인의 이 외침은 입 밖으로 나오기도 전에 차단되고 말았다.

사원의 구조는 할아버지가 가르쳐 준 대로였다.

라마의 방 한복판에 있는 방석을 들치고 지하 밀실로 들어선 태청의 가슴은 심하게 요동쳤다. 난생 처음으로 도둑고양이처럼 남의 집에 몰래 들어온 탓이기도 했지만 이보다 더 태청에게 충격을 준 것은 제단 위의 그림이었다.

괴기한 정적 속에 요사스런 눈을 빛내고 있는 마흔아홉 개의 등불, 그 것들이 핏발 선 흉악한 눈을 부릅뜨고 피의 축제를 벌이고 있는 아수라들의 섬뜩한 모습을 선명하게 토해 내고 있었다.

'겁낼 것 없어. 저것은 어디까지나 그림에 불과해.'

태청은 일부러 곁눈질 한 번 하지 않고 제단 쪽으로 다가갔다. 황금빛 나는 해골은 제단 위에 앉아 있었다. 해골은 푹 파인 컴컴한 두 눈으로 다가서는 태청을 노려보고 있는 듯했다.

'두려워할 것 없어. 저것은 생명이 없어 움직이지 못하는 뼈다귀일 뿐이야. 어서 이것을 들고 이곳을 빠져나가야 해.'

태청은 떨리는 손으로 해골을 집어 들고 지니고 온 자루에 넣었다.

그때였다. 저쪽 벽에서 한 줄기 하얀 안개 같은 그림자가 부스스 일어났다. 그림자는 태청에게 다가갔다. 마치 어둠 속에서 소리 없이 나타난 유령 같았다. 태청의 바로 등 뒤까지 다가온 그림자는 슬그머니 손을 내밀어 태청의 어깨를 잡았다. 제단 위 그림과 황금 해골에만 온 정신을 쏟고 있던 태청은 자신의 어깨 위에 얹혀 있는 정체 모를 인기척을 느꼈다.

그 순간 태청의 등골에 오싹 소름이 돋아났고, 손에 들고 있던 해골을 땅에 떨어뜨렸다. 움찔 몸을 움츠리며 고개를 돌린 태청의 눈앞엔 치렁치렁 늘어진 하얀 옷을 걸친 소녀가 서 있었다. 표정 없는 하얀 얼굴에 멍한 눈빛을 지닌 백치 소녀였다. 그러나 우두커니 서서 태청을 쳐다보는 멍한 그 눈빛 속에는 애절한 외로움이 서려 있는 듯했다. 그런 눈빛으로 백치 소녀는 두 손을 벌려 태청을 껴안으려 했다.

태청은 한 걸음 뒤로 물러섰다. 소녀의 멍한 눈이 마치 조금 전에 본 횅하니 뚫린 해골의 눈 같았기 때문이었다. 그러나 태청의 시선은 그 멍한 눈빛에서 벗어날 수 없었다. 마치 시선과 시선이 본래의 짝인 양 딱 들러붙은 것 같았다. 그렇게 눈길이 붙은 채 태청은 한 걸음 뒤로 물러섰다. 백치 소녀 역시 태청이 물러선 것만큼 다가왔다. 물러서고 다가오고 백치 소녀는 마치 결코 떨어질 수 없는 태청의 그림자가 된 듯했다. 서로의 눈과 눈을 마주한 채로 이런 쫓고 쫓김은 한동안 계속되었다. 마치 두 사람은 서로의 눈에 최면을 당한 듯했다.

그렇게 뒷걸음질 치던 중 태청의 엉덩이가 돌 침상 모서리에 부딪혔다. 등골을 타고 오른 아픔은 태청에게 하나의 생각이 떠오르게 했다.

'이러구 있으면 안 돼. 빨리 이곳을 떠나야 해. 그러기 위해선 저 여자의 눈에 붙어 있는 내 눈길을 떼야 해.'

숨을 한 번 몰아쉰 태청은 고개를 휙 돌렸다. 그러고는 재빨리 제단 밑으로 기어 들어갔다. 떨어뜨린 해골을 찾기 위해서였다. 백치 소녀 역시 태청을 놓칠세라 몸을 엎드렸다. 마침내 좁은 제단 밑에서 태청은 백치 소녀에게 붙잡히고 말았다. 태청을 붙잡은 소녀는 두 손을 크게 벌려 태청의 몸을 꼭 껴안았다. 그리곤 태청의 어깨에 살며시 머리를 얹었다. 잠시 동안 그러고 있던 소녀의 입에서 아기처럼 분명치 않고 띄엄띄엄한 말소리가 흘러 나왔다.

"나…… 여신(女神) 안 할래. 동무와 놀 테야."

이 말은 고독과 외로움에 푹 절은 한 인간의 소리였다.

지하 밀실에 갇혀 라마승의 여신(女神) 노릇만을 하고 있던 소녀의 처지를 알 바 없는 태청이었다. 그렇지만 또래를 만나자 외로움을 나누려 몸부림치는 소녀의 본능에 태청의 마음도 금세 공명(共鳴)했다.

'그래, 나도 외로움이 어떤 것인지 잘 알아.'

누구보다도 고독과 외로움의 정체를 잘 알고 있는 태청은 마음 속으로 중얼거리며 소녀의 몸을 부드럽게 안아 주었다.

이때부터 이들에겐 시간의 흐름도 자신의 현재 처지까지도 존재하지 않았다. 있다면 오직 세찬 눈바람 속에서 서로의 체온으로 서로를 녹여 줄 수 있는 오붓한 정만 남아 있었다. 이런 따사로운 감정 속에 파묻혀 있던 태청은 소스라치게 놀라며 소녀의 품 속에서 몸을 빼 냈다. 자신의 막중한 임무가 생각났기 때문이었다. 그러나 백치 소녀는 태청의 몸을 놓아 주지 않았다. 둘 사이에 당기고 밀고, 도망가려 하고 잡으려 하는 또 한 번의 실랑이가 벌어졌다. 이 서슬에 땅을 받치고 있던 네모난 대리 석판이 획 뒤집어지며 두 사람은 '으악' 하는 비명과 함께 아래쪽으로 떨어졌다.

그곳은 지하 밀실 밑의 밀실이었다. 별안간 캄캄한 어둠의 공간으로 굴러 떨어진 태청은 즉시 품 속의 화섭자를 꺼내 들었다.

"화악……."

화섭자가 불을 내뿜자 밀실의 전모가 드러났다.

크기는 위에 있는 밀실만했고 곳곳에 큰 궤짝이 쌓여 있었다. 벽 한 귀퉁이에 붙어 있는 횃불에 불을 붙인 태청은 먼저 손에 들고 있다가 놓친 해골부터 찾았다.

백치 소녀는 어리둥절한 눈빛으로 태청만 쳐다보고 있었고, 해골이 든 자루는 궤짝 더미가 있는 곳에 있었다. 해골을 주우러 간 태청은 깜짝 놀랐다. 해골 옆에 있는 궤짝 속엔 태청이 평생 보도 듣도 못한 진귀한 재보(財寶)가 들어 있었던 것이다.

눈을 동그랗게 뜬 태청은 주위에 있는 다른 궤짝들도 살펴봤다. 모두 재보를 가득 담은 궤짝이었다.

태청은 궤짝 속에서 영롱한 빛을 토해 내는 목걸이 하나를 골라 백치 소녀의 목에 걸어 주고는 밖으로 나갈 길을 찾았다. 출구(出口), 아니 태청이 굴러 들어온 입구는 경사진 길과 맞닿아 있었다.

백치 소녀를 끌고 지하 밀실로 올라온 태청은 시간이 많이 지체된 것을 느꼈다. 그러자 마음이 급해졌다. 태청은 백치 소녀를 한 번 쳐다본 후 출구 쪽 계단으로 올라갔다. 이번에는 백치 소녀도 태청을 붙잡지 않았다. 그 대신 태청이 걸어 준 목걸이를 만지작거리며 태청의 뒷모습만 뚫어지게 쳐다볼 뿐이었다. 마치 영원히 떠나가는 정든 님을 보내는 듯했다.

계단 끝까지 올라간 태청은 라마의 방 한복판에 있는 출구로 머리를 내밀었다. 그때였다. 왼쪽 벽 쪽에 있는 방문이 확 열리며 흉측한 용모를 한 중년 여인이 들어왔다. 얼굴에 칼자국이 어지럽게 나 있는 여인이었다. 서로 눈이 마주치자 중년 여인도 눈을 크게 떴고 태청은 본능적으로 내민 머리를 쑥 움츠려 넣었다. 출구 쪽으로 다가온 중년 여인은 밀실

계단 아래쪽으로 급히 도망치는 태청을 노려보다가 출구 덮개를 닫고 그 위에 올라 앉았다.

이제 태청은 꼼짝없이 항아리 속에 든 자라 신세가 된 것이다.

라마승은 황급히 입을 열려는 노인의 아혈(啞穴)을 왼손 식지(食指)로 찔러 제압한 다음 재빨리 젊은이들 쪽으로 몸을 옮기며 오른손을 휘둘렀다. 마치 파리채로 파리를 잡듯 전광석화 같은 몸놀림이었다.

"퍽퍽."

덜 익은 수박을 손바닥으로 치는 것 같은 둔탁한 소리가 났고 두 젊은이는 영문도 모른 채 꽥 소리 한 번 없이 몸을 꺾었다. 참으로 가공할만한 위력을 지닌 라마승의 홍사수(紅沙手)였다.

눈 깜짝할 사이에 두 젊은이의 명줄을 끊어 버린 라마승은 씩 웃으며 마차 뒷자락에 시체가 되어 엎어져 있는 젊은이들을 밟고 땅에 내려섰다. 그런 다음 마차에 매인 말 두 마리를 풀어 멀리 쫓아 버렸다.

'아……아! 뜻밖의 차질로 이런 엄청난 결과가 생길 줄이야! 살 만큼 산 이 늙은 몸뚱이야 하나도 아까울 게 없지만 새파란 목숨 두 개가 이슬처럼 사라졌고 또 그의 하나뿐인 귀중한 핏줄마저 끊어지게 되다니. 안 돼! 포기할 순 없어. 어떻게 하든 살아 남아 이 젊은이를 살릴 방법을 찾아야 해. 그리고 저 흉악한 라마승의 악행을 널리 알려야만 해.'

히죽 웃으며 되돌아와 손을 쳐든 라마승을 향해 노인은 힘없는 손을 들어 허공에다 이상한 손짓을 하기 시작했다.

"곧바로 뒈질 늙은 놈이 무슨 지랄을 하는 거지?"

라마승은 혼자 중얼거리며 내리치려던 살수(殺手)를 멈추었다.

그 순간, 노인은 마차 바닥에다 손가락으로 몇 글자를 썼다. 그제야 라마승도 눈치를 챘다.

'그래! 이 늙은 놈이 무슨 말을 하고자 하는지는 모르겠지만 일단 들어나 보자.'

노인이 마차 바닥에다 라마승이 알아보도록 반복하여 쓴 글자는 '금인(金人)의 행방은 나만이 알고 있다.' 였다.

노인이 또박또박 반복해서 쓴 형체 없는 글자를 알아본 라마승은 아직도 잠 속에 곯아떨어져 있는 바로한과 노인의 얼굴을 번갈아 쳐다봤다.

'이 늙은 것의 말이 사실일까? 아니야, 이 늙은 것이 다 떨어진 구차한 목숨을 구걸하기 위해 거짓말을 하는 것일 거야. 그러니 당장 때려 죽이고 어서 사원으로 가 저 젊은이를 추궁해 보자.'

라마승은 내렸던 손을 다시 쳐들었다. 그러나 쳐들었던 라마승의 손은 다시 멈추고 말았다.

'저 늙은 것의 말이 사실이라면 이때껏 헛일만 한 것이 아닌가. 어떻게 할까……? 그래, 이렇게 하자. 내 단장환(斷腸丸)을 먹은 늙은 놈은 이대로 가만 두어도 어차피 며칠밖에 못살 것 아닌가. 그러니 여기서 도망 못 가도록 늙은 것의 다리 힘줄을 잘라 대숲에 넣어 두자. 그래 놓고 이 젊은 놈을 심문해 본 후 늙은 것의 말이 사실이라면 다시 이곳에 와 이 늙은 놈을 족치면 될 것 아닌가.'

결정을 내린 라마승은 소맷자락에 숨겨 두었던 단도를 꺼냈다. 완안객윤의 가슴을 찌른 그 칼이었다.

"쓰윽 툭툭."

소(牛) 각을 뜨듯 노인의 양 발목과 두 무릎의 힘줄을 잘라 버린 라마승은 축 늘어진 바로한을 옆구리에 끼고 밖으로 나갔다. 그런 후 두 젊은이의 시체를 마차 안으로 밀어 넣고는 대숲으로 끌고 갔다.

'아니! 내가 왜 남의 어깨에 얹혀 있지? 그리고 여긴 어딜까?'

바로한은 라마승의 발길이 사원 안으로 들어섰을 때에야 비로소 잠에서 깨어날 수 있었다. 깊은 잠 속에서 갑자기 깨어나 얼떨떨한 느낌밖에 없는 바로한은 먼저 라마승의 어깨 위에서 내리려고 애를 썼다. 그러나 물을 잔뜩 먹은 솜같이 축 늘어진 몸은 말을 듣지 않았다. 몸은 비록 그랬지만 머리는 점차 맑아졌다.

바로한은 지나간 일들을 더듬어 봤다. 심 장주의 장원에서 당했던 여러 일이 생생하게 떠올랐다. 백매와 홍매가 자신의 입 속으로 넣어준 환약까지도 생각났다. 그렇지만 아무리 생각을 굴려도 그 이후의 일과 지금의 처지에 이르게 된 전말은 생각나지 않았다.

'그래! 내 몸이 이렇게 힘을 쓸 수 없게 된 것도, 그리고 그 다음 생각이 나지 않는 것도 모두 그 환약 때문일 거야. 그런데 나를 메고 음침한 곳으로 가고 있는 이 자는 도대체……? 그래! 틀림없이 그들 명인(明人) 중의 한 놈일 거야. 그렇지 않고서는 음침한 저곳으로 나를 메고 갈 리 없지. 그저 죽은 듯이 있으면서 체력을 회복할 궁리나 해야겠군.'

이런 생각을 굴린 바로한은 소리나지 않게 아랫배 단전(丹田)으로 숨을 들이마시기 시작했다. 몇 번의 심호흡을 해 본 바로한은 깜짝 놀랐다. 단전의 기가 막힘없이 전신으로 흘렀기 때문이었다. 바로한은 조금도 내색을 하지 않고 죽은 듯이 그저 그대로 있었다. 적(敵)은 속일수록 유리하다는 것을 뼈저리게 느꼈기 때문이었다.

바로한을 메고 자신의 방 안으로 들어선 라마는 자신의 방석 위에 턱 버티고 앉아 있는 추녀를 의아한 듯 쳐다봤다. 추녀는 아무 말없이 방바닥에 나 있는 발자국을 가리켰고 이어서 방석 아래쪽을 손가락질했다. 추녀의 소리없는 말을 알아들은 라마승은 두어 번 고개를 끄덕거린 다음 바로한을 방 한구석에 내려놓았다. 그리곤 바로한의 두 팔을 뒤로 꺾어 노끈으로 묶었다.

바로한이 미처 어떻게 해 볼 틈도 주지 않는 재빠른 동작이었고 신중한 처사였다.

'음……, 고것들이 호랑이를 꾀어 낸 다음 호랑이 굴을 터는 수법을 쓰려 했군. 그런데 값나가는 것 하나 없는 곳인데, 무엇을 노리고 이런 일을 저질렀을까? 혹시? 라마승은 추녀에게 바로한을 지키고 있으라고 명령한 후 지하 밀실의 입구 덮개를 열었다. 밀실 한 구석엔 낯선 소녀가 있었다. 등뒤로 돌린 손에는 물건 하나를 감추고 있었다. 라마승은 소녀를 노려보며 한 걸음 한 걸음 천천히 다가갔다. 막다른 길에 몰려 있는 토끼를 향해 다가서는 맹수의 자세였다.

그렇게 여유만만한 라마승을 본 태청의 눈동자가 크게 벌어졌다.

심장 역시 터질 듯 쿵쾅거렸고 몸도 사시나무 떨듯 떨렸다.

"아……."

라마가 지척지간에 이르자 태청은 그만 두 눈을 꼭 감고 말았다.

'에이 참! 좀 전 어깨 위에 있을 때 기습을 해 라마승을 제압해 놓고 보는 건데. 또 어물쩡거리다 나만 당하고 말았군. 다음부턴 기회가 주어지면 절대 망설이지 말아야지.'

아차하는 순간에 힘 한 번 써 보지도 못하고 제압당하게 된 바로한은 동정을 살피기 위해 슬며시 실눈을 떴다. 저쪽 편에서 바로한을 쳐다보고 있던 중년 여인이 자신에게 다가오고 있는 것이 보였다.

'정신없는 척해야지.'

떴던 실눈을 재빨리 감은 바로한의 귓속으로 '아! 이럴 수가!' 하는 한마디 탄성이 들려왔다. 여인의 입 속에서 터져 나온 소리였다.

바로한 가까이로 온 여인은 부르르 몸을 떨더니 선반 위에 놓여있는 등불을 내려 들고 바로한을 비춰 보았다. 등불 속에 바로한의 잘생긴 모습이 훤하게 드러나자 여인은 떨리는 목소리로 말을 걸었다.

"여보게 젊은이! 내 말이 들리면 눈을 떠 보게. 그리고 내 말에 답해주게. 자네 모친의 이름은 부그런이 아닌가?"

'이 여자는 누구인데 내 내력을 알까? 이 여자의 태도로 보아 악의는 없고 오히려 나와 어떤 연관이 있는 것 같기도 한데……'

바로한은 눈을 떴다. 눈 속으로 중년 여인의 흉측한 얼굴이 들어왔다. 그렇지만 여인은 눈물이 그렁그렁한 눈으로 뚫어지게 자신의 얼굴을 내려다 보고 있었다.

'틀림없이 나와 어떤 연관이 있긴 있군'

중년 여인의 눈 속에 고인 눈물의 의미를 느낀 바로한은 아무 말없이 고개만 끄덕였다.

"얘야! 그러면 언구런과 정구런이란 이름을 아느냐? 안다면 그들이 누구인지 말해 보거라."

바로한의 긍정적인 대답을 들은 여인의 다급한 물음에는 호칭마저 변해 있었다.

"우리 이모."

자신의 얼굴을 탐색하듯 쳐다보던 바로한의 입에서 이 말이 떨어지자 기어코 여인의 큰 눈 속에 고여 있던 눈물이 주르륵 흘러 내렸다.

"그 이와 똑같은 생김새, 역시 이 애는 그의…… 흑흑."

여인은 바로한의 몸을 와락 껴안으며 흐느끼기 시작했다.

"아……! 이런 곳에서 이렇게 만난 흉측하게 생긴 여인이 바로 내 큰이모인 언구런이라니."

여인의 정체를 깨달은 바로한의 눈자위도 뜨거워졌다.

라마승은 태청이 등 뒤로 감추고 있는 물건을 와락 잡아챘다.

"이런 육시랄 년을 봤나. 감히 이 존자의 지보(至寶)를 훔치려 하다니. 그래! 잘 됐다. 안 그래도 제단에 올릴 제물이 필요했는데 말이야. 흐흐흐, 이년의 싱싱하고 때묻지 않은 심장은 좋은 제물감이 될거야. 으하하하."

자루 안의 물건이 황금 해골인 것을 확인한 라마는 크게 웃으며 손을 쳐들었다. 라마승의 손바닥 중앙에서 일어난 빨간 기운이 순식간에 손 전체로 퍼져 나갔고 이내 라마승의 손이 태청의 몸으로 떨어질 찰나였다

순간 태청의 앞을 막아서는 그림자가 있었다. 한쪽에서 멍하니 서있던 백치 소녀였다.

'이 멍청한 년이 무엇 때문에 제 몸을 돌보지 않고 이렇게 내 앞을 가로막지? 그러나 저년은 죽어야 돼. 그리고 네 년 역시 일이 다 끝나면 죽여주마. 아니! 그런데 이 멍청한 년의 가슴팍에 있는 저것은 못보던 것인데. 어디서 났을까?'

라마승은 손을 멈추고 백치 소녀가 걸고 있던 목걸이를 홱 낚아챘다.

등잔 불빛을 받아 반짝반짝 영롱한 빛을 토해 내고 있는 목걸이를 잠시 동안 살펴보던 라마가 눈을 크게 떴다.

'음………, 이것은 양귀비의 눈물이라 전해지는 것으로 남송(南宋)의 마지막 황후가 제일 아끼던 보물인데…… 그렇다면 저 멍청한 년이 내가 그토록 찾아 헤매던 보물의 소재지를 찾아 냈단 말인가? 그렇다, 그렇지 않고서는 이런 진귀한 보물이 저 멍청한 년의 손 안에 있을 리 없지. 그런데 이 사원 밖으로 한 걸음도 나가 본 적이 없는 저 멍청한 년은 도대체 어디서 이것을 찾아 냈을까? 이곳을 10여 년 동안 샅샅이 뒤져 본 이 부처님의 눈에도 띄지 않던 것을 말이야. 어쨌든 이젠 실마리를 찾았으니 참으로 통쾌하기 그지없구나. 으하하하하…….'

목걸이를 쥔 손을 부르르 떨며 라마승은 미친 듯이 웃어 댔다.

사실 라마승이 이 황폐한 사원에 잡인의 출입을 엄금한 채 거주하고 있는 목적 중의 하나도 바로 이 보물 때문이었다.

보물이 이 사원에 묻혀 있게 된 내력은 이러했다.

지금으로부터 50여 년 전 중원 땅에서 물러날 수밖에 없었던 원군(元軍)은 남송(南宋) 황실의 막대한 보물을 본국으로 빼돌리려 했다. 이런 정보를 입수한 명군(明軍)은 몽골 땅으로 들어가는 길목 여기저기를 엄히 지키는 한편 보물을 지닌 일단의 원군을 추격했다. 명군(明軍)의 의도를 눈치챈 원군은 길을 바꿔 명군이 예상 못했던 만주 쪽으로 달아났다. 넓은 만주 땅에서 몸을 숨겼다가 틈을 보아 몽골 땅으로 넘어가기 위해서였다.

그러나 명군(明軍) 역시 바보는 아니었다. 원군의 행적이 사라진 얼마 후 이들의 계획을 알아차린 명군은 더욱 급박하게 추격했다. 이런 상황이 되자 원군은 일단 이 라마 사원에 보물을 묻어 놓고 후일을 기약하기로 했다. 보물을 묻어 놓고 재빨리 철수하던 원군은 흑룡강 상류쯤에서 명군과 조우하게 되었다. 치열한 전투가 벌어졌고 끝내 원군은 전멸당했다.

이리하여 보물의 행방은 영영 사라지는가 했다. 그러나 그 당시 전투 중에 구사일생으로 살아 남은 원군 병사 하나가 있었다. 심한 부상을 입은 채 시체 더미 속에 파묻혀 있다가 스찬이란 현지인에 의해 살아난 병사는 그의 종이 되어 만주 땅에서 40여 년간 살았다.

그러다가 임종 직전에 가서야 병사는 스찬의 아들 타루시에게 비밀을 털어놓았다. 그러나 그는 보물을 묻는 작업에는 참가하지 않았기 때문에 정확한 장소는 가르쳐 주지 못했다. 단지 사원 안이 아니면 그 부근 정도일 거라고만 말해 주었다.

병사에게서 이런 비밀 얘기를 들은 타루시는 처음엔 대수롭지 않게 생각했다. 그저 화롯가에서 손자에게 옛날 얘기를 해 주던 할아버지의 이야기 정도로만 여겼다.

그런 일이 있고 얼마 후 타루시는 고아가 되었고, 지나가는 떠돌이 라마승을 따라 천하를 유랑하게 되었다. 유랑 중 타루시는 행방불명된 남송 황실의 보물 얘기를 듣게 되었고 어릴 적에 들은 병사의 말이 생각나 이 황폐한 사원으로 오게 되었던 것이다. 그 타루시가 바로 이 라마승이었다.

한바탕 통쾌한 웃음을 터뜨린 라마승은 목걸이를 가리키며 백치 소녀에게 말했다.

"이것 봐! 아니 신비한 생명의 힘을 주시는 내 여신이시여, 그대는 이 목걸이를 어디서 구했나요?"

말투는 부드러운 경칭을 썼지만 쏘아보는 눈빛은 먹이를 노리는 매 같았다. 멍청한 눈빛으로 라마승을 바라보던 백치 소녀는 아무 말없이 태청을 가리켰다.

'뭐? 요 앙큼한 도둑고양이 같은 년이 주었다고! 그렇다면 이년은 이 것을 어디서 구했을까? 뭣 땜에 이 귀중한 것을 저 멍청이에게 주었을까? 어디 호되게 족쳐 보자.'

라마승은 갈퀴 같은 손을 뻗어 태청의 연약한 어깨를 꽉 움켜쥐었다.

"이 발칙한 것아! 이것은 어디서 났느냐? 어서 빨리 대답하지 않으면 네 년의 사지(四肢)를 꺾어 쓴맛을 보여 준 후 명줄을 끊어 놓겠다. 어서 말해 봐!"

라마승은 움켜쥔 손아귀에 힘을 가하며 소리 쳤다.

태청의 얼굴이 심하게 일그러졌다. 어깻죽지에서 전해지는 극심한 고통 때문이었다. 지하 밀실에서 터뜨린 라마승의 광기 어린 웃음 소리를 들은 언구런은 몸을 부르르 떨며 바로한을 껴안았던 팔을 풀었다.

그런 후 잽싼 손길로 바로한의 손을 묶은 밧줄을 풀며 말했다.

"얘야! 너하고 함께 온 사람들은 저 라마승의 손에 죽은 듯하다. 그리고 이 아래 밀실로 들어온 아리따운 낭자 역시 저 라마승의 손에 곧바로 죽을 것이다. 그러니 어서 이곳을 벗어나 멀리 도망 치도록 해라."

"아니, 이모님! 저하고 같이 온 사람이 있다니……. 그들이 누구지요?

또 이 아래 밀실로 들어와 있는 낭자는 누굽니까?"

"얘야! 이 아래 낭자 역시 너와 관계 있는 사람임에는 틀림없으나 왜 이곳으로 들어왔는지 그 자세한 내용은 나도 잘 모른다. 지금으로서는 여기서 빠져나가는 일이 더 급하다. 얘야, 빨리 서둘러라. 저 라마승이 올라오면 도망 가려 해도 이미 늦고 만다. 빨리 가거라."

다급하고 애절한 어조로 언구런은 재촉했다. 그러나 바로한은 움직이지 않았다.

'나하고 같이 온 사람들이 모두 저 라마승의 손에 죽었고 이 아래 밀실 속의 낭자 역시 저 라마승의 손에 죽게 된다고? 그들이 나와 어떤 연관이 있는지는 모르지만 나만 살겠다고 도망 칠 수는 없다. 그리고 불쌍한 이모를 두고는 더욱 갈 수가 없다. 그래! 저 라마승과 한 번 부딪쳐 보자. 제아무리 흉악하고 무서운 자라 해도 방심한 순간을 노려 급습한다면 제압할 수 있을 거야.'

총명한 태청은 입을 열지 않았다. 쇠갈퀴 같은 라마승의 손가락이 자신의 어깻죽지 살점을 파고드는 극심한 고통 속에서도 이를 악물고 입을 열지 않았다. 입을 여는 순간이 바로 자신의 명줄이 끊어지는 때라는 것을 잘 알고 있었기 때문이다. 끝내 태청의 입술 사이로 신음 소리와 함께 가느다란 핏줄기가 새어 나왔다.

'요렇게 곱게 생긴 것이 의지 하나는 쇠심줄처럼 질기구나. 위에 있는 젊은 놈을 심문하는 일도 급한데 어떻게 해야 빨리 해결할 수 있을까……? 옳지, 이 어린 년이 이런 모험을 하게 된 동기는 실성했던 젊은 놈을 구하는 데 있었을 거야. 그렇다면 젊은 놈은 이년에게 아주 중요한 존재임에 틀림없어. 그래, 돌 하나로 새 두 마리를 잡는 이 방법을 써 보

자.'

라마승은 자신의 계획이 흐뭇한지 또 한 번 광소를 터뜨렸다. 태청을 끌고 계단을 올라오는 라마의 기척을 들은 언구런은 화급한 목소리를 내뱉었다.

"애야! 라마승이 올라오고 있다. 제발 어서 떠나거라."

그러나 여전히 바로한은 움직이지 않았다. 다만 언구런의 귓가에 몇 마디 말을 소곤거릴 뿐이었다.

밀실에서 올라온 라마승은 기둥에 묶인 채 축 늘어진 바로한을 쳐다본 후 언구런에게 고개를 돌렸다.

"이봐, 정노(情奴)야! 저기 저 주전자 속의 물을 저 젊은 놈의 얼굴에 확 뿌려 주어라."

머리에 물 한 바가지를 뒤집어쓴 바로한은 부스스 눈을 뜨고 고개를 좌우로 몇 번 흔들어 정신을 가다듬는 시늉을 했다. 그런 바로한을 바라보는 태청의 눈빛 속에서 안타까운 마음이 길게 흘러 나왔다.

'생면부지인 저 처녀는 나와 무슨 연관이 있다고 저런 눈빛을 보내는지 참으로 고맙기 짝이 없군.'

태청의 눈빛을 읽은 바로한의 가슴 속엔 따사로운 기운이 뭉클 일어났다.

'그럼 그렇지. 두 연놈 사이엔 깊은 정이 있는 게 분명하군.'

흘낏 두 젊은이의 눈길을 살핀 라마승의 입가에 흡족한 듯 한 줄기 미미한 미소가 어렸다.

'어디 어느 쪽부터 먼저 족칠까? 그래, 아무래도 정에 약한 것은 계집이니 먼저 젊은 놈 몸에 고통을 주자. 그러면 고통에 겨워 살려 달라고 외치는 젊은 놈을 본 계집년이 스스로 입을 열 거야.'

소맷자락에서 단도를 끄집어내 손바닥에다 쓱쓱 칼을 가는 시늉을 몇 번 한 라마승은 바로한 곁으로 다가갔다. 라마는 천천히 손을 내밀었고 단도는 서서히 바로한 왼쪽 가슴께 살점 속을 밀고 들어갔다.

"으윽."

가슴을 쥐어짜는 신음 소리가 바로한의 입 속에서 터져 나왔다.

태청은 눈을 감았고 언구런은 고개를 푹 숙였다. 그렇지만 라마승은 눈 하나 깜짝하지 않고 바로한의 얼굴 표정만 살피고 있었다. 바로한의 표정 속엔 고통에 찬 기색만 있었고 수상쩍은 징조는 보이지 않았다.

이때 라마승은 고개를 돌려 태청을 흘낏 살펴봤다. 그러나 눈을 감은 태청의 입에선 아무런 말도 없었다.

"흐흐흐, 어린 년아! 네 년이 입을 벌리지 않는다면 이젠 이 젊은 놈의 눈알을 후벼 낼 테다. 그래도 입을 열지 않을 테냐?"

몸서리쳐지는 라마의 협박을 들은 언구런의 몸이 흠칫했다. 태청 역시 마찬가지였다.

드디어 태청의 입이 벌어졌다.

"그 목걸이는……."

태청이 여기까지 말했을 때 무기력하게만 보이던 바로한의 입에서 천둥 같은 고함 소리가 터져 나와 태청의 말문을 막았다.

"낭자! 이 짐승 같은 놈에게는 절대 말하지 마시오!"

"아니! 이 자식 봐라. 다 된 밥에 재를 뿌리다니……. 어디 된맛 좀 봐라."

머리 꼭대기까지 화가 치민 라마승은 바로한 쪽으로 흉흉한 눈길을 돌림과 동시에 예리한 칼끝을 바로한의 왼쪽 눈 앞에 갖다 댔다. 기세로 보아 정말로 눈알을 도려 낼 듯했다. 이때였다.

"나으리, 잠깐만……."

이 소리와 함께 고개를 숙이고 있던 언구런이 라마승의 등 뒤로 다가 갔고 이어서 '윽' 하는 신음 소리가 라마승의 입에서 터져 나왔다. 언구런이 머리에서 뽑아 낸 뾰족한 비녀로 라마승의 등을 내리찍었던 것이다.

"아니! 네가……."

등 뒤에서 뜻밖의 일격을 받은 라마승의 얼굴엔 고통의 표정보다 도 저히 믿을 수 없다는 놀람의 빛이 가득했다. 그러나 이내 고개를 휙 돌린 라마승의 얼굴은 분노로 일그러져 있었다.

"이것이 뒈지려고 환장을 했군. 그렇게 죽는 것이 소원이면 네년부터 저승으로 보내 주마."

라마승은 팔을 들어 올렸다. 드디어 조심성 많은 라마승이 틈을 보인 것이다. 이 틈에 바로한의 오른발이 라마승의 가랑이 사이를 노리고 힘 차게 올라갔다.

"퍽."

살과 살이 심하게 부딪치는 소리가 났다.

"크흑."

허파 속의 바람이 터져 나오는 소리와 함께 라마승이 두 손으로 아랫 도리를 감싼 채 자세를 허물자, 묶인 시늉을 하고 있던 바로한의 두 손이 라마승의 머리통을 내리쳤다. 졸지에 온 천지가 노랗게 보이는 습격을 당한 라마승은 후딱 정신을 가다듬고 몸을 굴렸다.

소낙비처럼 쏟아지는 바로한의 공격을 피하기 위해서였다. 두세 번 이리저리 몸뚱이를 굴린 라마승의 눈 속으로 얼핏 아직도 멍하게 서있는 언구런의 모습이 들어왔다.

'됐다. 저년의 몸뚱이를 방패 삼아 흐트러진 기(氣)를 모으자. 그런 다음 저 젊은 놈을 제압하자.'

생각과 동시에 라마승은 언구런의 발목을 잡아당겼다.

순식간에 벌어진 변화에 멍하니 서 있기만 하던 언구런은 힘없이 자빠졌다. 자빠진 언구런의 몸을 잽싸게 끌어안고 몸을 굴리던 라마의 입에서 또 한 번 '크흑' 하는 소리가 터져 나왔다. 공교롭게도 언구런의 손에 들려 있던 비녀가 두 몸이 한 몸이 되어 구르는 그 힘으로 라마승의 가슴을 후벼판 것이었다. 왼쪽 심장을 찔리게 된 라마는 이젠 모든 것이 끝장났음을 깨달았다.

라마승의 왼쪽 가슴께에서 뭉클뭉클한 피가 흘러 나오자 라마승의 눈에서 망연한 빛이 흘러 나왔고 이어서 악독한 빛이 번쩍했다.

'아…… 그토록 찾고자 했던 지보(至寶)를 코 앞에 두고 이승을 떠나야 하다니. 이제 막 모든 일이 이루어지려는 찰나에 이 추한 계집 때문에 물거품이 되었구나. 에잇, 찢어 죽일 년!'

라마승은 마지막 힘을 모아 언구런의 목을 덥석 깨물었다.

"크악."

언구런은 단말마의 비명을 지르며 본능적으로 라마승의 몸을 밀어내려 했다. 그러나 그러면 그럴수록 라마승의 이빨은 더욱 깊이 파고 들었다.

"이모님!"

급히 달려든 바로한은 라마승의 머리통을 짓밟아 뭉갠 뒤 언구런과 라마승을 떼어 놓았다. 한쪽으로 내팽개쳐진 라마승의 입은 피범벅이 되어 있었다.

"이모님! 약속한 대로 멀리 피해 있지 않고 뭣 땜에 이런 결과를 초래하셨나요?"

뭉클뭉클 쏟아져 나오는 핏덩이를 손으로 꼭 눌러 막는 바로한의 눈에서도 굵은 눈물 방울이 뚝뚝 떨어졌다. 힘없는 눈동자로 바로한의 얼굴을 쳐다보던 언구런은 한숨을 길게 내쉬었다. 그러자 잠시 멈췄던 핏줄기들이 바로한의 손가락 사이를 뚫고 흘러 나왔다.

"얘야! 생자필멸(生者必滅)이고 회자정리(會者定離)라 하지 않더냐. 그러니 너무 슬퍼하지 말아라. 더군다나 나는 저자의 독약에 중독되어 단 하루도 저자의 해약이 없으면 살아갈 수 없는 몸이란다. 10여 년 전에 저 라마승의 손에 떨어져 이때껏 이렇게 구차한 목숨을 이어 온 것도 단 하나의 소망이 있어서 였는데……, 그이 대신 그이를 쏙 빼닮은 너를 만나 네 품 안에서 죽을 수 있다니, 더 이상 무슨 여한이 있겠느냐. 얘야! 네 에 메와 정구런은……."

여기까지 한 마디 한 마디 힘겹게 말을 이어 온 언구런은 한 차례 경련을 일으키더니 기어이 눈을 감고 말았다.

"이모! 이모! 흐흑흑."

바로한이 여인의 시체를 부여안은 채 땅바닥을 치며 통곡하자 그의 어깨를 감싸 주는 따뜻한 손길이 있었다. 태청이었다.

"그들이 어떻게 되었는지 빨리 나가 봅시다."

태청에게서 그간의 얘기를 대강 들은 바로한은 눈물을 닦고 벌떡 일어났다. 대숲 마차 안의 젊은 송장 두 구와 나란히 누워 있는 노인의 모습이 횃불 속에 드러났다. 노인은 벌건 얼굴로 숨을 헐떡거리고 있었는데 금방이라도 숨이 끊어질 듯했다. 급한 마음에 바로한은 덥석 자신의 새끼 손가락을 깨물었다. 바로한의 피가 노인의 입속으로 흘러 들어간 얼마 후 노인이 눈을 떴다..

바로한과 태청의 모습을 확인한 노인은 힘없는 목소리로 말했다.

"하늘이 무심치 않구나. 청아! 어서 신호 화살을 쏘아 올려라."

대숲에서 불덩이 하나가 컴컴한 허공 중으로 높이 날아오른 얼마 후 막고치 마을 사람들이 몰려왔다.

"이렇게 흉악한 자가 활불(活佛)이란 소리를 듣고 있었다니. 참으로 무섭고 어수룩하기 짝이 없는 세상이로군."

모든 것을 파악하고 잃어버렸던 아골타의 해골까지 찾게 된 막고치 마을 사람들은 라마 사원을 허물어 버렸다.

태청은 자신이 발견한 남송의 보물 더미에 대해서는 그 어느 누구에게도 입을 열지 않았다. 그리하여 막대한 보물도 당분간 폐허 밑에서 잠자게 되었다. 그러나 이 보물은 후일 바로한에 의해 발굴되어 후금(後金, 淸)이 일어날 수 있는 하나의 큰 힘이 된다.

언구런의 시체를 사원 옆 양지바른 곳에 묻어 준 바로한은 태청과 백치 소녀, 그리고 노인을 마차에 태우고 경박호 태청의 집으로 갔다. 사흘이 흘렀다.

'빨리 부족들을 찾아 봐야 하는데, 어떡하지……'

막중한 임무가 생각났지만 자신의 생명을 구해 준 노인을 두고 이대로 떠날 수는 없었다.

다음 날 아침 약간의 기운을 회복한 노인이 바로한을 불렀다.

"얘야! 백사(白蛇)의 영험이 스며 있는 네 피를 마신 덕분에 이 늙은 목숨을 며칠 더 지탱할 수 있게 되었구나. 그러나 길어야 열흘을 못 넘길 것 같다. 그러니 지금부터 네 내력에 대해 말해 주겠다. 그러나 그 전에 네가 이곳에 오게 된 전말을 내게 얘기해 다오."

참으로 알고 싶었던 얘기, 전설과 신화가 아닌 얘기, 바로한이 존재할 수 있었던 얘기, 그리고 꿈길에서조차 만나고 싶었던 아버지의 정체에 대한 얘기가 생소한 노인의 입에서 흘러 나오려 하고 있었다.

바로한의 눈이 반짝했다.

"저는 이만 저만하여 노인 어른의 도움을 받게 된 겁니다."

조급한 마음이 든 바로한은 일사천리로 길고 긴 자신의 지나 온 얘기를 들려주었다.

"음, 그렇게 된 것이로군. 얘야! 네 목에 옥반지 하나가 걸려 있지 않느냐. 그 옥반지에는 너를 낳아 준 네 에메에 대한 기구한 사연이 담겨 있는데 그것은 네 아바에게 직접 듣도록 해라. 내가 너를 알아보고 구하게 된 것도 바로 그 옥반지 때문이란다. 네 아바는 지금……"

노인은 띄엄띄엄 호흡을 조절해 가며 바로한의 아바와 자신과의 관계, 그리고 거주하고 있는 곳, 생김새와 무슨 일을 하고 있는지 등을 얘기했다.

귀를 쫑긋 세운 바로한은 얘기 중간중간에 의문 나는 것이 있으면 즉시 물었다. 노인과 젊은이의 이런 대화는 끊어졌다 이어지며 이틀 동안 계속되었다.

"아, 아바께서 그런 분이라니……."

아버지에 대한 노인의 얘기를 모두 들은 바로한의 눈빛엔 긍지와 기쁨의 빛이 가득 찼다.

바로한의 눈빛을 그윽히 들여다 보던 노인은 힘없는 손을 들어 바로한의 손을 잡았다.

"얘야! 내 너에게 두 가지 일을 부탁해 놓아야 편안한 마음으로 눈을 감을 수 있을 것 같다. 들어주겠느냐?"

"할아버지! 어떤 일이든 분부만 하십시오."

바로한은 할아버지로 호칭을 바꾸며 자신 있게 대답했다.

"그래, 고맙구나. 첫째는 태청에 대한 문제다. 태청은 일찍 어미를 여의고 홀아비 손에 자라났단다. 오랫동안 홀몸으로 지내던 태청의 아비는 우연한 인연으로 재취를 하게 되었다. 태청이 열다섯 살 되던 해였다. 잘 알다시피 모든 인간사(人間事)의 길흉화복은 어떤 사람을 만나느냐에 따라 결정되는데, 태청의 새엄마로 들어온 여인은 젊고 아름다웠으나 아주 음탕한 여인이었다. 그 여자는 태청이 열여덟 살 되던 해에 정부(情夫)와 짜고 태청 아비를 독살한 다음 태청을 기루(妓樓)에 팔아 넘기려 했지. 이곳에 온 며칠 사이에 그 모든 사정을 알게 된 나는 그 연놈을 징치하고 태청을 구해 냈단다. 이 넓은 천지에 의지할 곳 하나 없는 태청과 나는 친 조손(祖孫)처럼 의지하게 되었지. 그런데 내가 눈을 감게 되면……."

"할아버지! 태청 낭자는 제 생명의 은인인데 제가 어찌 소홀히 대하겠습니까. 염려 마시고 두 번째 분부를 내려 주십시오."

말을 미처 끝내지 못하고 우물거리는 노인의 뜻을 알아차린 바로한은 서슴없이 말했다.

"내 너의 믿음직한 말을 들으니 정말 안심이 되는구나. 두 번째 일은 이 경박호 저쪽 편엔 글자 서른여덟 자가 새겨진 절벽이 있는데 그 글자는 오랜 옛날 우리 선조들이 새겨 놓은 것으로 가림토 문자라 하는 것이니라. 음, 음…… 오랜 세월 동안 잊혀지고 잃어버렸던 이 글자를 어둔 세상에 되돌려 놓는 것이 너와 나, 아니 우리 삼신 자손 모두의 일이 아니더냐. 그래서 나는 늙은 몸을 이끌고 여기 왔고, 이미 그 글자의 절반 정도를 탁본했지. 얘야! 네가 할 일은 나머지 글자를 모두 탁본한 후 네 아바에게 가져다 주는 일이란다. 알겠느냐?"

"할아버지! 이 일은 참으로 중요한 일이군요. 마땅히 분부 이행하겠습니다. 그런데……."

"왜 그러느냐? 무슨 난처한 일이라도 있느냐?"

"할아버지! 이 일은 시일을 두고 천천히 하면 안 되겠습니까? 저에겐 전에 말씀드린 회맹(會盟)을 주선해야 하는 시급한 일이 기다리고 있기 때문입니다."

"그렇구나. 회맹 때문에 그러는 것이로구나. 그래, 그 일과 이 일 모두 때를 잃으면 안 되는 중요한 열이다. 그러나 회맹은 또다시 도모할 수 있지만 이 일은 때를 놓치면 앞으로 몇백 년간은 할 수 없다. 결정은 네게 맡기겠다."

말을 끝낸 이튿날 아침, 노인은 태청의 손을 바로한의 손바닥 위에 얹어 준 후 몇 마디 유언을 남기고 눈을 감았다. 유언은 자신의 시신 처리에 관한 것이었다.

바로한은 집 옆 산등성이에 구덩이를 팠다. 그런 다음 경박호 맑은 물을 가득 담은 커다란 단지 하나를 묻었다. 뚜껑을 덮은 단지 위엔 흙을 살짝 덮었고 그 위에 장작을 쌓아 시신을 얹었다. 활활 불길이 솟아오름과 동시에 태청의 입에서 울부짖음이 터져 나왔다.

태청의 오열 속에 노인의 시신은 마침내 한 줌 하얀 흙으로 변하고 말았다. 식은 재를 헤쳐 내고 하얀 흙을 쓸어 담는 바로한의 눈에서도 기어코 참았던 두 줄기 눈물이 소리 없이 떨어졌다.

바로한은 가루로 변한 노인의 육신을 항아리에 담았다. 그리고 땅에 묻었던 단지를 끄집어냈다. 뚜껑을 열자 단지 속에서 반짝반짝 영롱한 빛이 쏟아져 나왔다. 마치 투명한 진주 구슬이 물 속을 헤엄치며 내뿜는 무지갯빛 같기도 했고 컴컴한 밤하늘 속을 유영하는 한무리 반딧불이 같기도 했다.

어느 새 슬픔에 젖은 태청의 눈동자 속으로 녹아든 그 빛은 태청의 눈동자를 황홀한 빛으로 가득 덮이게 했다.

'아! 이럴수가……!'

태청은 자신도 모르게 손을 뻗어 물 속의 빛덩어리들을 잡아 보려 했다. 그러나 그것은 마치 물의 일부분 같아서 좀체 손끝에 잡히지 않았다.

"낭자! 그러면 안 되오. 어서 할아버지가 시킨 대로 합시다."

멍청한 사람처럼 입을 헤하니 벌린 채 보고 있던 바로한의 깨우침이 있자 태청은 할아버지가 입고 있던 속옷을 쫙 펼쳐 들었다.

바로한은 단지를 번쩍 안아 들었다. 펼쳐진 옷 위로 단지 속의 물을 쏟아 놓자 옷 위엔 빛덩어리 다섯 개가 선연하게 떠올랐다. 햇빛을 받아 더욱 눈부신 빛을 내고 있는 그것은 콩알만하기도 했고 엄지손가락 굵기만

하기도 했으며 녹두알만큼 작은 것도 있었다.

노인의 시신 속에서, 아니 노인의 삶을 지탱했던 육신 속에서 나온 그
것은 세 가지 특이한 점을 지니고 있었다

첫째는 스스로 빛을 발하며, 둘째는 물을 쫓는 것이고, 셋째는 강철보
다 더 강하여 어떤 압력이나 화력(火力)에도 와해되지 않는 점이었다.*

※ 불가(佛家)에선 이를 사리라고 부르고 있으며 수행이 높아 득도
(得道)한 고승들의 몸에서만 나온다고 알고 있다. 그러나 우리 전
래의 선도(仙道)를 수련한 사람의 몸에서도 이것이 나오는데 선가
(仙家)에서는 현주(玄珠)라 불렀다. 그리고 득도한 고승도 아니고
선도에 통달한 도인(道人)도 아닌 사람, 즉 일반적으로 평범하다고
일컬어졌던 사람의 육신에서 나오는 경우도 있다.

이런 것을 종합해 볼 때 이런 물질은 한 인간의 의식이 우주 의
식과 일체가 되어 우주 본연의 기를 받아들인 결과에 의해 생기
는 것이라 생각된다.

바로한은 그 빛덩어리들을 미리 준비한 자그마한 자기병 속에 넣은
다음 품속에 잘 갈무리했다. 그리곤 경박호에 배를 띄었다.

'할아버지께선 아득한 옛날 사백력(시베리아 땅) 밝내(바이칼호) 부근에 살
고 있던 우리 피붙이들이 처음으로 이동해 와 자리 잡은 곳이 이곳 만주
땅이라 하셨지. 그리고 장백산 용왕담(天池)에서 흘러온 물이 이곳 경박호
에서 한숨 돌린 다음 호리개강(목단강)으로 돌아 나가 이 넓은 땅의 젖줄

이 되고 있다고 하셨지. 그런데 할아버지께서 당신의 유골을 이곳에 뿌려 달라고 한 것은 잃어버린 고향에 대한 향수 때문일까? 아니면……?'

한 줌 한 줌 뼛가루를 뿌리는 바로한은 노인의 유언이 지닌 의미를 더듬기에 바빴으나 노를 잡은 태청은 내내 울먹이고만 있었다.

이렇게 유골을 모두 뿌린 바로한은 할아버지가 남긴 일부터 재빨리 처리한 후 회맹 주선에 나서기로 마음을 굳힌 것이다.

호수 위에서 본 절벽은 병풍 같았으나 높고 험준했다. 글자는 대패로 다듬은 나무판처럼 매끈한 절벽 한복판에 크게 새겨져 있었다. 선명하게 보이는 글자들은 할아버지의 손길을 이미 거친 것이었고, 흐릿하게 보이는 글자들은 바로한의 손길을 기다리는 글자들이었다.

배가 절벽가에 닿자 바로한은 절벽 꼭대기로 올라갔다. 꼭대기 큰 소나무 밑에는 할아버지의 작업 도구들이 있었다. 큰 대광주리를 매단 튼튼하고 긴 밧줄이 있었고 이끼를 걷어 내는 데 쓰인 쇠붙이도 있었다.

바로한은 먼저 대광주리 안에 탁본 도구들을 넣어 절벽 한복판 글자가 있는 부분으로 내려 보냈다. 그런 후 밧줄을 타고 광주리 안으로 내려갔다. 이렇게 반쯤 남은 가림토 문자 탁본 작업은 이어졌다.

그러나 아슬아슬하게 절벽에 매달려 있어야 하는 이런 작업은 예상치 못한 어려움이 많아 좀처럼 진척이 없었다. 특히 심하게 바람이 부는 날과 비가 오는 날이면 작업을 할 수 없었다. 어떤 때는 며칠 내내 강풍이 몰아치기도 했고 어떤 때는 사나흘 계속 비가 내리는 날도 있었다.

이럴 때면 바로한은 말을 타고 여기저기 다니면서 사람들을 잡고 물었다.

"여보시오! 장백산 부그런 살만의 아들이 여진 각부(女眞各部)의 회맹을 주선키 위해 길을 떠났다 하던데, 여기엔 그런 소식이 없습니까?"

자신이 정신을 잃고 있었던 그 공백기에 명인(明人) 간자(間者)들이 회맹을 방해할 어떤 흉계를 꾸며 놓았으리라 생각한 바로한의 조심스런 탐색이었다.

이에 대해 대부분의 사람들은 아무 말도 하고 싶지 않은 듯 그저 고개만 가로저었으나 몇몇 사람들은 탄식조로 말했다.

"그런 소식을 듣긴 들었소이다만……. 차마 입으로 말하기조차 싫은 소식이었지요. 허 참! 열 길 물 속은 알아도 한 길 사람 속은 알 수 없다더니 말이오. 젠장맞을! 부그런님의 아들이 인면수심(人面獸心)을 지닌 그런 인간일 줄 누가 알았겠소……."

기가 막히고 치가 떨리는 자초지종을 듣고 난 바로한은 며칠 동안 술독에 빠져 또 한 번 제정신을 잃고 지냈다.

여진 제일 용사 바로한! 압캐님의 아들!

이런 우러름을 받던 몸이 한 순간의 실수로 하루 아침에 개, 돼지만도 못한 인간으로 전락한 데 따른 부끄러움이었다. 그리고 그런 오명을 당장 씻어 낼 수 있는 힘이 없다는 데에 따른 자학이었고, 악독한 그들에 대한 분노의 표출이었다.

이런 그를 안쓰럽게 지켜보던 태청은 바로한의 손을 잡으며 말했다.

"바로한님! 일승일패(一勝一敗)는 병가(兵家)의 상사(常事)며, 군자(君子)의 복수는 10년이 지나도 늦지 않다 하더이다. 그런데 이 일로 좌절하신다면 할아버지께서 당신의 명줄을 끊어 가며 그대를 구한 일이 모두 허사가 되게 생겼으니 참으로 애석하군요."

태청의 입에서 할아버지라는 말이 나오자 희미하던 바로한의 머리 속에서 한 가지 연상이 떠올랐다.

'할아버지라……. 그렇지, 내게도 살아 계신 아버지가 있지. 그리고 에 메도, 이모님도, 그리고 우리 동족들도 있지. 그래, 빨리 아바를 찾아야 해. 그러기 위해선 우선 할아버지의 유언을…….'

바로한은 후다닥 자리에서 일어나 탁본 도구들을 집어 들었다.

이제 다른 어떤 일보다 어딘가에 살아 있을 아버지를 찾는 일이 중요 했다. 아바를 찾아야 하는 것이다.

18

가자, 요동으로!

송화강 주변에 있는 건주위 소속 여러 부족들에게 회맹 소식을 전해 주며 남쪽으로 향한 모도리는 한 달여의 여행 끝에 건주위 본영에 도착했다.

"우야소님! 사나이에겐 명예란 목숨보다 더 소중한 것이라오. 그러니 그 어느 누구에게도 바로한님이 당한 일을 말하면 아니 되오."

동행한 우야소에게 당부의 말을 한 모도리는 이만주의 거처로 들어갔다.

"그래! 부그런 살만에게 갔던 일은 어떻게 진행되었소이까?"

탐스런 수염을 점잖게 내리쓸며 이만주가 묻자 모도리는 그간의 사연을 낱낱이 복명했다.

그러나 명인(明人)들에 의해 오욕을 뒤집어쓰고 행방불명이 된 바로한의 일만은 말하지 않았다. 다만 병든 부그런 살만을 대신해 그의 아들인 바로한이 나섰고, 그는 송화강 저쪽과 목단강 쪽의 부족을 끌어들이기 위해 그쪽으로 갔다는 말만을 했다.

이만주를 움직이게 하기 위해서는 성대한 회맹이 순조롭게 진행되고 있는 눈치를 보여야만 했다.

"핫핫핫! 먼 길을 돌아다니느라 참으로 수고가 많았소. 이젠 나가서 쌓인 노독이나 푸시오."

모도리를 내보낸 이만주는 즉각 휘하의 여러 참모와 부장들을 소집했다.

"여러분들! 성대한 회맹이 주선되었으니 이젠 우리도 성자산으로 출발할 준비를 갖춰야 하지 않겠소?"

이만주는 가슴을 펴며 수염을 쓰다듬었다.

"위장 합하! 잠깐만……."

손을 들고 일어나 이만주의 다음 말을 막은 사람은 꾀주머니로 불리는 우길이었다.

"합하께선 여기 이 자리를 지키고 계셔야 합니다."

"뭐라고! 여진 각부의 회맹에 나 이만주가 참석하지 못한다면 도대체 회맹 주선의 목적은 어디 있단 말이오?"

이만주는 고리눈을 치뜨며 손바닥으로 탁자를 탁 쳤다.

여진 각부의 추대를 받아 대칸[黃帝]의 자리에 오르는 자신의 모습을 그려 보던 이만주로서는 참석하지 말라는 우길의 말에 화가 치솟을 수밖에 없었다.

"합하! 노여움을 푸시고 잠시 소인의 말을 더 들이 보십시오. 에……, 들리는 소문에 의하면 송화강 저쪽 부족들을 끌어들이기 위해 나섰던 부그런 살만의 아들이 천인공노할 일을 저지르고 실성하여 행방불명이 되었다 하더이다. 그 풍문이 사실인지 아닌지는 확실하지 않지만 여진 각부에서 그 소문을 믿고 있는 것만은 사실입니다. 따라서 요번 회맹은 성사되지 못할 것이고, 만약 된다 하더라도 몇몇 부족만이 참여하는 보잘 것없는 모임이 될 가능성이 아주 많습니다. 그러니 합하께선 몸이 아프다는 핑계를 대고 보올가대님을 합하 대신 보내십시오. 그래 놓고 제법 규모가 큰 회맹이면 보올가대님을 표면에 나서게 하시고 그렇지 못할 때엔 슬그머니 뒤로 빠지게 하십시오. 이렇게 하면 합하의 체면을 구기는 일도 없을 것입니다."

"과연 내 꾀주머니답소. 그렇게 합시다."

이만주는 눈을 내리감고 고개를 끄덕였다.

이때 카랑카랑한 목소리 하나가 좌중의 침묵을 깨트렸다. 자리에서 벌떡 일어난 사람은 오랑캐 추장 중의 한 명이었다.

몇 달 전 모도리가 건주위 본영으로 찾아왔을 때 명(明)과 일전을 해야 한다며 주먹을 불끈 쥐던 바로 그 사람이었다.

"이만주 합하의 참석 문제는 그렇다 치고, 명의 요동군에게 무참히 살해된 동족의 원수를 갚는 일은 어떻게 처리할 요량이오?"

이 말은 우길에게 하는 말이기는 하나 이만주의 뜻을 묻는 말로써 이해득실만을 쫓는 이만주에 대한 불만이 다분히 스며 있었다.

이만주의 고리눈이 오랑캐 추장을 노려보다가 우길에게 향했다. 여러 사람들의 눈길 또한 이만주의 눈길을 따랐다.

"그것은 지금 논할 문제가 아니라 회맹에서 결정할 문제이니 그때 의논하는 것이 순리외다."

짤막하게 말을 끊은 우길은 이만주에게 다가가 귓속말로 한참 동안 속닥거렸다.

이튿날 이만주는 모도리를 불렀다.

"그대는 지금 즉시 내 아들 보올가대와 함께 성자산으로 가 회맹에 참여하는 여러 부족들을 맞이하시오. 출행 준비가 갖춰지는 대로 나도 곧 뒤따르겠소."

폐허가 되어 황량하기 짝이 없었던 성자산은 오랜만에 활기를 되찾기 시작했다. 모도리와 함께 온 건주위 본영 용사 3백여 명이 바쁜 일손을 놀리고 있었다.

그들에 의해 허물어진 집터 여기저기에 군막(軍幕)과 통나무집이 세워졌다. 무너진 성벽 조각들과 쑥대 같은 잡초만이 무성하던 넓은 연병장도 말끔히 손질되었다. 약속 날짜가 점점 다가오자 한 무리씩 한 무리씩 사람들도 모여들었다.

50여 명 가량 되는 적은 무리도 있었고, 5백여 명이나 되는 큰 무리도 있었다. 약속 날짜 전날까지 이렇게 도착한 무리들은 모두 3천여 명 정도밖에 한 되는 숫자였다. 조선 땅에서 살고 있는 여진인들과 건주위에 소속된 부족의 용사들이었을 뿐 송화강 저쪽에 거주하는 부족들은 하나도 보이지 않았다. 뿐만 아니라 이만주 역시 나타나지 않았다.

'과연 우길의 예측대로군. 그렇다면 시킨 대로 해야지.'

도착한 무리들의 출신과 숫자를 확인한 보올가대는 무리들의 족장을 불러모았다. 연병장 한복판 활활 타오르는 모닥불 가에 족장들이 둘러앉자 술잔을 든 보올가대가 일어섰다.

여러 어른들! 예까지 오시느라 참으로 수고가 많았소이다. 우리들은 모두가 한 핏줄인데도 너무나 남남처럼 지내 왔습니다. 이 점을 안타깝게 생각하신 저희 어른께선 격구 시합*이나 하면서 동족의 정을 돈독히 하고자 여러분들을 이곳에 모시게 된 것입니다. 그런데 저희 어른께선 그만 등창이 나는 바람에 오시지 못하고 이 몸이 대신 오게 되었습니다. 그러나 어른께선 아끼는 준마 50필을 요번 격구 시합의 상으로 내놓으시면서 여러분들을 접대함에 소홀히 말 것을 당부했습니다.

※ 말을 타고 창대로 공을 몰아 상대편 진영 문 안으로 밀어 넣어야 승점이 붙는 이 격구 놀이는 인류 최초의 기마 민족 국가인 고조선 때에 비롯되어 부여, 고구려, 발해 때까지 이어졌다.

그러다 발해를 멸망시킨 요(遼)에 의해 한동안 금지되었다가 금나라 때 되살아났고, 원(元)나라 때 또다시 금지되었다. 요와 원이 만주 땅 사람들에게 격구 경기를 금지시킨 까닭은 격구 놀이가 일종의 기마 전투 훈련이기 때문이었다.

따라서 예부터 이 경기는 적군과의 전투 사이사이의 휴식기 및 공백기에도 행해졌다. 이때는 양가죽으로 만든 공 대신에 적병의 머리통을 썼고 창날이 꽂힌 창을 휘두르며 경기를 치렀다.

이런 우리 민족의 경기가 파키스탄, 인도, 아라비아, 유럽으로까지 전해져 오늘날의 폴로 경기와 하키 경기가 된 것이다.

"자, 여러분…… 한 잔씩 드시고 내일 날이 밝는 대로 한바탕 신나는

격구 놀이나 합시다."

여진인들의 힘을 모아 명의 요동군에게 따끔하게 복수를 해 줌과 동시에 독립할 기반을 만들어 보자는 모임이 한낱 격구 시합 모임으로 변질된 것이었다.

이런 보올가대의 말이 끝나자 모도리를 비롯한 참석자들은 어리벙벙해졌다. 그러나 그들은 서로를 쳐다볼 뿐 아무런 말도 내뱉지 않았다.

예부터 전해지는 여진인들의 회맹은 격구 시합으로부터 시작되어 활솜씨 겨루기와 씨름으로 이어지고, 그런 다음에야 중요한 의논을 하는 것이 관례로 보통 이레 정도 걸렸다. 그래서 사람들은 엉뚱한 보올가대의 말이 의아스러웠지만 나중을 기다리며 입을 열지 않았던 것이다.

7월 보름 성자산성에 동녘 햇살이 환하게 비치자 용사들은 바쁘게 움직이기 시작했다. 창대에서 창날을 뽑아 내기도 하고 탈 말(馬)의 몸 상태를 점검하기도 했으며 양가죽과 양털로 격구에 쓰일 공을 만들기도 했다. 넓은 연병장도 네 부분으로 나뉘어 모두 네 개의 격구장이 마련되었다. 연병장 옆 널따란 공터 역시 두 개의 문을 지닌 격구장으로 만들어졌다.

드디어 통나무를 엮어 만든 높다란 장대(將臺) 위에 보올가대와 족장들이 좌정하자 '둥둥둥' 북 치는 소리가 울려 퍼졌다. 이에 맞춰 만반의 준비를 갖춘 기마 용사들도 정연하게 도열했다.

자리에서 일어난 보올가대가 격구공을 든 오른손을 치켜들었다. 그러자 대열 속에선 '우우우' 하는 함성과 함께 창날 없는 창대가 치켜 올려졌고 이어서 다섯 명의 전령이 앞으로 나와 보올가대의 손에 든 격구공을 차례로 받아 들었다.

대열은 공을 손에 든 전령을 따라 자신들의 경기장으로 흩어졌다.

모두들 격구 경기에 빠져 있을 때 모도리와 우야소는 산성 아래 길목에 나가 목을 빼고 두리번거렸다. 도착하기로 한 부그런 살만이 아직 오지 않았고 혹시나 살아 있다면 틀림없이 나타날 바로한을 기다리기 위해서였다. 그러나 연 이틀 동안 동쪽 들판에도, 북쪽 초원에도 사람 그림자 하나 어른거리지 않았다. 격구 시합이 거의 끝나고 최종 승자가 가려질 즈음인 사흘째 되는 점심녘이었다.

우야소는 이마에 손을 얹고 눈을 크게 떴다. 동쪽 벌판에 한 대의 마차를 앞뒤로 호위한 일단의 기마대가 나타난 것이었다.

"맞다. 틀림없이 부그런님의 행차다."

모도리와 우야소는 기다리지 않고 말을 타고 달려 나갔다. 맨 앞에 있는 치하르 노인도 보였고 몇몇 낯익은 얼굴도 있었다. 그러나 마차 안에는 부그런 살만의 신딸(神女) 두 명만 있었다.

"부그런님께선……?"

인사를 하기 바쁘게 의아한 눈빛으로 신녀들을 바라보는 우야소에게 치하르 노인이 다가왔다.

"부그런 살만께선 못오시게 됐다네."

침중하게 말하는 얼굴엔 짙은 수심이 어려 있었다.

"그렇다면 부그런 살만께서 이미……."

눈물을 글썽이는 우야소에게 신녀 하나가 입을 열었다.

"신모(神母)께선 아직도 갑주(甲州)에 계시나…… 바로한님을 기다리시느라 눈을 못감으시고…… 흑흑."

'아아! 마지막으로 아들의 얼굴을 봐야만 눈을 감겠다는 끈질긴 모정!

그것이 자신의 실낱같은 명줄을 움켜잡고 있구나. 살았을지 죽었을지도 모르는 아들을……'

신녀의 말에서 부그런 살만의 상태와 그 마음을 짐작한 우야소의 눈에서 기어코 두 줄기의 눈물이 떨어졌다.

모도리는 치하르 노인과 몇몇 안면 있는 사람들과 인사를 나누었다. 그런 후 선두에서 말을 모는 치하르 노인 곁으로 바짝 다가 붙었다. 일행이 산성 안으로 들어갈 때까지 두 사람은 쉴새없이 말을 주고받았다. 저녁 무렵이 되자 시합이 끝났다. 말 50필은 왕청 부족이 차지했다. 산성에 어둠이 내려앉기 시작했다. 연병장 여기저기에 통나무가 쌓였고, 이내 불이 붙었다. 껍질이 벗겨지고 내장이 드러난 사슴과 통돼지, 그리고 양고기가 이글이글한 눈빛을 번쩍이는 숯불 위에 걸려 빙글빙글 돌아갔다. 군침 도는 고기 냄새가 진동을 하자 사람들 사이에 널려 있던 술통들도 입을 벌렸다. 우승을 한 왕청네 사람들이 잔치를 베풀었다.

족장은 족장끼리, 용사들은 용사들끼리 모여 앉았다. 여인들은 여기저기 다니면서 시중을 들었다. 걸쩍지근하게 먹고 마신 사람들은 너나할 것없이 손뼉을 치며 노래 불렀고 북소리에 맞춰 춤을 추었다. 잔치판 곳곳을 누비며 흥을 돋우던 왕청, 왕충 부자는 곧바로 신녀 일행이 모여 있는 장막으로 찾아왔다.

"바로한님이 누구시오? 어서 나오셔서 이 왕충이 드리는 예물과 보은지례(報恩之禮)를 받으시오."

한아름 예물을 안은 왕충은 장막 안으로 한 걸음 디디자마자 소리부터 내질렀다. 깨진 종소리 같았으나 흠모의 정이 가득 배어 있는 목소리였다. 우울한 얼굴로 말없이 술잔만 주거니 받거니 하고 있던 사람들 중에서 한 사람이 벌떡 일어났다. 우야소였다.

"어르신! 그 동안 별래무양하셨습니까?"

"보다시피 이렇게 잘 있다네. 그런데 어째서 바로한님이 보이지 않는 겐가?"

좌중을 재빨리 훑어본 왕청은 영문을 모르겠다는 듯 의아한 시선을 보냈다.

"일단은 자리에 앉으시지요."

치하르 노인과 모도리가 일어나 두 부자(父子)에게 자리를 권했다. 두 부자가 자리에 앉자 모도리가 입을 열어 요동에서의 일과 회맹을 주선하게 된 경과를 말했다. 그리고 치하르 노인과 우야소가 바로한이 실종되게 된 자초지종을 번갈아 가며 말했다. 이들의 얘기 중간중간에 왕충은 애꿎은 땅바닥만 주먹으로 쿵쿵 내질렀고 노인은 연신 '허 참! 어찌 그럴 수가!' 하는 소리만 내뱉었다.

세 사람의 얘기를 모두 듣고 난 왕충은 한동안 눈을 감고 상체를 좌우로 흔들었다. 깊은 생각을 더듬을 때의 버릇이었다. 왕충은 눈을 떴다. 그리고 울분에 찬 목소리로 입을 열었다.

"아……, 악랄하고 비열한 명인(明人)들의 소행은 내 몸소 겪어 보았지만 그토록 끔찍할 줄이야! 여러분! 자신의 이익만을 탐하여 머리는 감춘 채 꼬리만 살랑대고 있는 이만주를 믿지 말고 우리끼리 힘을 모아 봅시다."

이튿날부터 활쏘기 시합이 벌어졌고 이어서 씨름판도 벌어졌다. 왕충은 활쏘기에서도 우승을 했고 씨름판에서도 으뜸을 차지했다.

보올가대로부터 각궁(角弓) 한 개와 백마 한 필이 상으로 내려졌다. 왕충은 상으로 받은 백마를 타고 연병장 가장자리를 한 바퀴 돌면서 환호하는 용사들에게 답례했다. 그런 후 장대(將臺) 위로 성큼성큼 올라갔다.

'무엇 때문에 장대 위로 올라가지?'

모든 사람들의 눈길은 짙은 눈썹에 부리부리한 눈을 지닌 늠름한 왕충에게 쏠려졌다. 보올가대는 눈썹을 찌푸렸으나 굳이 막지는 않았다.

"여진 용사들이여! 이 왕충이 여기 이 자리에 오른 것은 여러분들에게 한 마디 물어 보고 싶은 것이 있어서입니다. 여러분! 우리는 남남입니까?"

우렁우렁한 왕충의 목소리가 끝나기도 전에 대열에서 우레 같은 말대답이 일어났다.

"우리가 남이면 이 회맹엔 무엇 때문에 왔겠소!"

"좋소! 그렇다면 여기 이 자리에 피붙이 한 분을 소개하여 짐승만도 못한 사람들의 이야기를 들려 드릴까 합니다. 자, 이리로 올라와서 그 이상한 얘기를 해 보시오."

왕충의 손짓에 따라 어떤 사내가 새끼 딸린 어미 양을 끌고 장대 위로 올라왔다. 어미 양을 끌고 장대 위로 올라온 사내는 모도리였다. 그는 대열을 향해 정중히 인사를 올렸다. 그리곤 양을 나무 기둥에다 묶었다. 그런 다음 품 속에서 날이 시퍼런 단도를 꺼내어 어미 양의 몸 여기저기를 찌르기 시작했다. 시뻘건 피가 하얀 양털을 선명하게 물들였고 양은 슬픈 울음 소리를 지르며 몸부림쳤다. 그 광경을 보고 있던 사람들은 모두 눈썹을 찡그렸다. 거의 매일 양을 비롯한 짐승들의 멱을 따서 살아가는 그들이었지만 처참한 양의 모습과 그 울음 소리가 너무나도 애처로웠기 때문이다.

그러나 이보다 더 애처로운 광경이 벌어졌다.

살을 저며 내는 고통 속에 울부짖는 에미를 따라 슬픈 소리만을 '매앰 매앰' 질러 대던 새끼 양이 자신의 몸으로 에미 몸을 막다 못해 필사적으로 칼 든 사람에게 덤벼들었던 것이다. 드디어 대열 속에서 성난 소리들이 터져 나왔다.

"살기 위해 짐승을 잡되 고통을 주지 않아야 인간이다."

"왜 그리 뜸을 들이고 있어, 빨리 멱을 따지 않고."

"얘기하러 올라온 사람이 뚱딴지 같은 짓거리는 왜 한담."

거세지는 대열의 요구에 따라 모도리는 양의 숨통을 끊었다. 그러나 어미 시체 곁에 붙어 있는 새끼 양의 슬픈 울음 소리는 그치지 않았다. 멱을 따고 일어선 모도리의 눈에서도 눈물이 흘러 내리고 있었다.

칼을 던지고 주먹으로 눈물을 닦아 가며 모도리는 입을 열어 자신의 부족과 가족들이 당한 비참한 사연을 얘기했다. 얘기 도중 대열 여기저기서 치를 떨며 이를 가는 소리들이 들려 왔고, 드디어 창과 칼로 방패를 두드리는 힘찬 함성들을 질러 댔다.

"비열한 똥되놈들에게 따끔한 맛을 보여 주자.

"가자, 요동으로! 가자, 요동으로!"

이렇게 모든 사람들의 의분이 하나의 뜻으로 굳혀지자 눈치만 살피던 보올가대도 어쩔 수 없었다.

먼저 부정(不淨)이 없는 용사 49명이 선발되었다. 부그런을 대신한 신녀는 이들을 이끌고 산으로 올라갔다. 신녀가 지정한 높이 자란 자작나무 하나를 벤 용사들은 가지를 쳐 나무를 다듬었다. 그런 다음 신주(神主)

모시듯 어깨에 메고 아래로 운반했다. 나무 꼭대기엔 새[鳥] 한 마리를 깎아 앉혔다. 몸체엔 일곱 개의 구리 방울과 작은 북(小鼓)을 매달았다.

바로 신간(神杆)이라고도 하고 소도(蘇塗)라고도 하는 신목(神木)이 만들어진 것이다. 소도가 세워진 그 아래에는 제단이 세워졌고 제단 앞엔 한 마리 살아 있는 소가 희생으로 올려졌다. 제단 아래에 향을 피운 신녀들은 소고(小鼓)를 두드리고 방울을 흔들며 한바탕 춤판을 벌인 후 축(祝)을 올렸다.

"아보개[天]시여! 저희들이 하나 됨을 지켜보소서."

낭랑한 신녀의 축원 소리가 끝남과 동시에 왕충의 대도에 의해 소의 목이 잘려졌다. 제주(祭主)인 보올가대가 앞으로 나가 왕충이 집어든 소머리에서 떨어지는 선지피를 그릇에 받아 제단 위에 놓았다. 그런 후 제단 앞에 꿇어 엎드려 세 번 절을 했다.

무리 속에서도 족장 되는 사람들이 나와 역시 세 번씩 절을 올렸다. 모도리도 나왔고 치하르 노인도 나왔다. 모두 절을 하자 보올가대는 제단 위에 바쳐진 피 그릇을 들어 한 모금 마신 후 옆 사람에게 건네 주었다.

모두의 입술에 피가 묻은 다음 보올가대가 먼저 입을 열었다.

"우리는 하나다!"

"우리는 하나다!"

보올가대의 선창(先唱)에 따라 모든 사람들의 입에서 혈맹(血盟)의 서약이 우렁차게 터져 나왔다.

이들이 행한 이런 의식은 아득한 옛날 고조선 시대 때부터 전해 지던 것으로 부여 때에는 이를 영고(迎鼓), 고구려 때는 동맹(東盟) 이라 했다. 보통 한 해에 한 번씩 이런 모임을 열었으나 군사(軍事) 가 있을 시에도 행해졌다. 이는 원래 넓은 땅 여기저기에 흩어져 제 나름대로 살고 있는 동족들에게 한 뿌리임을 자각시킴과 동시 에 서로간의 다툼을 막고자 하는 필요에 의해 생겨난 것이다.

서약이 끝나자 소의 네 발굽을 잘라 신녀들에게 넘겼다. 신녀들은 소 발굽을 받아 모닥불 속에 넣었다. 앞일에 대한 점(占)을 치려는 것이었다.

불길 속에서 끄집어낸 소발굽을 유심히 관찰하던 신녀들의 안색에 어 두운 기색이 나타났다. 불에 의해 발굽 갈라진 선(線)이 안쪽으로 합쳐져 있지 않고 바깥쪽으로 흩어져 있었기 때문이다.

그러나 신녀의 입에서 나온 복사(卜辭)는 천군의 가호가 임하셨다는 말 이었다.

이미 결정된 일에 미리부터 실망을 주지 않으려 거짓을 말한 것이다. 그렇지만 이 거짓말은 무리들의 입에서 하늘을 찌를 듯한 환호성이 터져 나오게 했다.

"자, 시무도(實木圖, 솥의 여진 말)를 걸어 고기를 삶고 지니고 있는 술을 모두 내어놓으라."

제천 의식을 마친 사람들은 인화(人和) 의식을 시작했다. 바로 먹고 마 시고 춤추고 노래하며 서로의 체취를 느끼는 잔치판을 말함이다. 온 밤을 그렇게 지새운 사람들은 이튿날 날이 밝기가 무섭게 행군 대열을 지었다. 언제 그렇게 질탕하게 놀았느냐는 듯 질서정연한 대열이었다. 중군(中軍)을 맡은 주장(主將)인 보올가대의 손이 쳐들림에 따라 소라 나팔이 크게 한 소릴 질렀고 이어서 말 등에 매달린 수십 개의 북이 아우성쳤다. 심장을 쿵쾅쿵쾅 울려 놓는 이 소리에 맞춰 선봉이 된 왕충의 부대가 출발했다. 모도리는 향도를, 치하르 노인은 후군(後軍)을 맡았으나 우야소는 출병하지 않았다.

신녀들은 몇몇 장정들과 함께 갑주(甲州)로 되돌아갔다.

"여보게 우야소! 부그런님이 걱정되네. 바로한님을 만나거든 지체없이 갑주로 모셔야 하네. 나는 가네."

마지막이 될지도 모르는 인사와 함께 치하르 노인마저 떠나 보낸 우야소는 산성 입구에 앉아 품 속에 있는 바로한의 유품을 어루만졌다.

19

아들에게 들려 주는 이야기

'훌륭하신 스승님의 스승님이 사신다는 곳이 왜 이렇지? 흡사 거지들이 사는 토굴보다 못하니 말이야.'

김 처사의 뒤를 따라 동굴 안으로 들어선 삼문은 고개를 갸우뚱했다. 어린 삼문이가 이런 의아심을 가지는 것은 무리가 아니었다.

거적이 걸려 있는 동굴 입구 쪽에 물 항아리와 깨진 바가지 하나가 있었고 안쪽 한 옆엔 솜털이 삐쭉삐쭉 불거져 나온 방석과 이불 한 채, 그리고 몇 권의 책이 놓인 책상만을 이고 있는 나무 침상 하나뿐이었기 때문이다. 도대체 사람 사는 곳 같지가 않았다.

그러나 징옥과 흑곰은 서로 마주보며 빙그레 웃었다.

'스승님의 스승님 역시 물욕을 초월한 큰 도인이시군.'

두 사람의 웃음 속에 감춰진 말은 이러했다.

이제 제자들에게 고개를 돌린 김 처사는 침울한 어조로 말했다.

"얘들아! 스승 어른께선 아직도 안 오신 모양이구나. 쌓인 먼지나 대강 털고 저녁 먹을 준비를 하렴."

참으로 오랜만에 스승의 목소리를 들은 세 사람은 밖으로 나갔다.

마른 나뭇가지를 주워 불 피울 준비를 하는 징옥과 흑곰에게 다가간 삼문이는 두 사람의 얼굴을 쳐다봤다.

"두 분 성님! 어제부터 침울한 기색을 띠시던 스승님의 얼굴이 아직까지도 풀어지지 않는데, 도대체 왜 그럴까요?"

"그러게 말일세. 도시 영문을 모르겠군."

모르기는 징옥과 흑곰 역시 마찬가지였던 것이다.

그날 밤도 그랬고, 그 이튿날 김 처사의 스승 생신 날에도 이상했다. 평소의 김 처사답지 않게 들락날락 안절부절못했던 것이다. 보다 못한 징옥이 조심스레 김 처사 앞으로 나아갔다. 걱정의 빛이 서린 삼문과 흑곰의 시선도 징옥을 따라갔다.

"스승님! 무언가 마음에 걸리는 것이 있으시다면 역괘(易卦)를 뽑아 보심이 어떨는지요?"

제자들의 근심 어린 얼굴들을 한동안 바라보던 김 처사는 겨우 입을 열었다.

"나 역시 역괘(易卦)를 뽑아 보고 싶으나 스승의 안부를 두고 길흉(吉凶)을 보는 것이 이 두렵기만 하구나."

자신의 생일 날까지 틀림없이 도착할 수 있다던 김 처사의 스승은 그날도 오지 않았고 그 이튿날도 오지 않았다.

'혹시 스승님께 어떤 좋지 못한 일이라도 생긴 게 아닐까? 그럴 리 없어, 스승께서 어떤 분인데. 그렇다면 왜 이리 늦으실까?'

김 처사는 거적문을 밀치고 동굴 밖으로 나갔다. 밤하늘엔 무수한 별들의 초롱한 눈빛으로 가득했다.

동굴 옆 널찍한 바위 위에 엉덩이를 걸치려던 김 처사가 고개를 번쩍 쳐들었다.

'아니! 이 소리는…….'

풀벌레 우는 소리 속에 한 가닥 퉁소 소리가 들려 왔던 것이다. 잠시 귀를 기울여 보던 김 처사의 침울하던 얼굴엔 활짝 기쁨의 빛이 일어났다. 동녘 하늘 위에 처량하게 걸려 있는 초승달 같은 그 퉁소 소리는 서툴긴 하나 귀에 익은 곡조였기 때문이다.

김 처사는 소리가 들려오는 삼성사 쪽으로 냅다 달리기 시작했다. 이미 퇴락하다 못해 허물어지기까지 한 삼성사 입구에 퉁소를 만지작거리고 있는 그림자가 있었다. 그러나 웅크리고 앉아 있는 모습은 스승이 아니었다.

"으흠."

가까이 다가간 김 처사는 헛기침을 했다. 인기척을 내어 본 것이다. 그렇지만 고개를 숙이고 아무것도 없는 땅바닥만 내려다보고 있는 그림자는 대꾸조차 없이 그 자세 그대로 꿈쩍도 안 했다. 다만 흐릿한 별빛 속에 그림자의 두 어깨가 가볍게 떨리고 있었다.

"어험! 뉘시기에 인적도 없는 이곳에 계시는지……? 그리고 야심한 이 밤에 퉁소를 부는 까닭은……?"

기다리다 못해 김 처사가 먼저 말을 붙이자 그제서야 그림자는 고개를 쳐들었다. 별빛 속에 흐릿하게 얼굴 윤곽이 드러났다. 밤 짐승처럼 형형한 눈빛을 내보내고 있는 그 얼굴은 어디선가 본 듯한 젊은 얼굴이었다.

　'어디서 많이 본 모습인데 어디서 봤는지 도무지 생각이 나지 않는군. 그런데 어째서 이 젊은이를 보는 순간부터 가슴 속의 피가 뜨겁게 용솟음치며 온 뼈골이 찌르르할까? 도대체 누굴까……?'

　김 처사는 젊은이를 뚫어지게 쳐다보며 기억의 실마리를 찾으려 애를 썼다. 젊은이 역시 눈 한 번 깜짝하지 않고 김 처사를 쳐다보고 있었다. 그러나 젊은이의 두 손과 다리는 점점 심하게 떨리고 있었다. 그렇게 한동안 두 사람은 쳐다보고만 있었다.

　잠시 후 젊은이는 품 속에서 이상한 물건을 꺼낸 다음, 떨리는 손으로 김 처사에게 내밀었다.

　"어르신께서는 이 물건을 알아보시겠습니까?"

　초롱한 별빛을 받아 더욱 은은한 연초록빛을 머금고 있는 그것은 옥반지 한 쌍이었다. 옥반지를 받아 든 김 처사의 손끝이 가볍게 떨렸다. 아주 낯익은 것이었기 때문이다.

　잠시 옥반지와 젊은이만을 쳐다보던 김 처사는 겨우 형체만 남아 있는 삼성사 대전으로 바쁘게 들어갔다. 부시 치는 소리에 이어 환한 불빛이 대전을 밝혔다. 불빛에 옥반지를 비춰 보던 김 처사는 온몸을 부르르 떨며 젊은이를 쳐다보았다.

　"젊은이는 이것을 어디서……?"

　말을 끝맺지도 못한 김 처사의 목소리는 심하게 떨렸다. 그윽한 눈빛으로 김 처사를 바라보던 젊은이가 손에 든 퉁소를 내밀었다.

　"어른께서는 이 물건도 알아보시겠습니까?"

　퉁소를 받아 든 김 처사는 한참 동안 퉁소를 어루만진 다음 한숨을 쉬면서 말했다.

"이 두 가지 물건은 25년 전까지만 해도 내 품 안에 있던 것이었소. 그런데 어찌하여 그대의 손에 있는지……?"

김 처사의 말이 떨어지자 젊은이는 땅바닥에 무릎을 꿇었다.

"아바!"

이 한 소리를 부르짖은 젊은이는 목을 놓아 흐느끼기 시작했다.

김 처사의 머리 속에 장백산에서 만난 세 자매의 모습이 아삼아삼 떠올랐다.

'아……단 한 번의 인연, 그것도 원치 않았던 인연, 기억하기도 싫은 그 인연이 나를 아비로 만들었구나.'

모든 전말을 깨달은 김 처사는 팔을 들어 젊은이의 어깨를 감싸 안았다.

"얘야! 대장부가 이렇게 어린애처럼 울어서야 되겠느냐. 그만 그치도록 해라."

난생 처음 들어 보는 자상한 아바의 목소리의 따뜻한 체온을 느낀 바로한은 어린애처럼 김 처사의 품 속으로 몸을 던졌다.

아늑하고 포근한 '아바'의 품 속, 그 속에서 바로한은 자신이 여기까지 오게 된 모든 전말을 얘기했다. 그러나 에메의 얘기는 하지 않았다. 어머니에 대해선 단 한 마디도 묻지 않는 아버지가 원망스러웠을까…….

'아……스승님! 스승님의 태산 같은 은혜, 무엇으로 보답하리까?'

바로한으로부터 스승의 임종과 모든 사연을 들은 김 처사의 눈에선 그칠 줄 모르는 눈물이 흘러 내렸다.

눈부신 아침 햇살이 구월산 구석구석을 콕콕 찔러 대고 있을 무렵이었다.

'스승님은 밤새 어딜 가셨을까?'

조반도 거른 채 서로의 얼굴만 쳐다보고 있는 제자들 앞에 헌헌장부 한 사람을 등 뒤에 매단 김 처사가 나타났다.

제일 먼저 징옥이 후다닥 일어나 김 처사 앞으로 달려갔다. 그러나 바쁘게 터져 나온 인사말은 스승에게 향하지 않았다.

"아이구! 이게 누구요? 바로한님이 아닌가요!"

스승에게 꾸벅 예를 올린 흑곰도 바로한의 두 손을 잡았다.

"징옥이 성님께 말씀 많이 들었습니다. 이렇게 뜻밖에 여진 제일 용사를 뵙게 되니 참으로 반갑습니다."

그러나 삼문은 스승에게 예를 올렸을 뿐 바로한 앞으로 선뜻 다가가지 않았다. 다만 스승과 바로한의 얼굴을 번갈아 쳐다보며 고개를 꼬았다.

'징옥이 성님이 언젠가 얘기해 준 여진 오랑캐 용사인 모양인데 어째서 스승님과 똑같이 생겼지……?

혹시 부자 관계가 아닐까? 아니야! 그럴 리 없어! 조선 땅 그 어느 사대부보다 뛰어난 학식과 지혜를 지닌 스승님께서 덜 깨이고 흉폭한 오랑캐와 혈연 관계가 있다는 것은 말이 안 돼. 그런데 어째서 이 자리에 나란히 나타난 것일까? 참으로 이상하군.'

아직 어린 나이인 데다가 '여진족은 야만인이다'로 교육을 받은 삼문으로서는 당연한 의아심이었다.

삼문의 이런 태도를 본 김 처사는 삼문의 머리를 쓰다듬으며 여럿에게 말했다.

"얘들아! 언제까지 그렇게 서 있을 게냐, 아침을 먹어야지."

김 처사의 분부가 있자 흑곰이 준비된 아침 거리를 날라 왔다.

"아차! 깜박 잊었구나."

빙 둘러앉아 아침을 먹던 바로한은 자신의 머리를 가볍게 치며 품속으로 손을 넣었다.

"아바께 전하라는 할바님의 유품입니다. 그런데 그것은⋯⋯."

품 속에서 꺼낸 두 가지 물건을 내민 바로한은 뒷말을 잇지 못했다. 스승의 유품을 받아 든 아바의 눈에 맺힌 뜨거운 감격과 진한 그리움을 봤기 때문이다.

김 처사는 떨리는 손끝으로 먼저 기름 종이에 싸여진 탁본 뭉치를 풀었다. 세로선과 가로선, 그리고 점으로 이뤄진 도형들이 찍혀진 닥종이 서른여덟 장이 있었다. 김 처사는 한 장씩 한 장씩 살피고 또 살폈다. 무려 한 식경 동안이나 눈에 불을 켜고 그렇게 살피던 김 처사의 입에서 한숨과 함께 한 마디의 탄식이 흘러 나왔다.

"휴우, 이럴 때 스승님이 계시면 얼마나 좋을까⋯⋯."

김 처사의 얼굴과 탁본된 종이 쪽지들을 번갈아 쳐다보던 삼문이가 말했다.

"스승님! 그것이 무엇이기에 그렇게 답답해 하시나요?"

자신의 스승이야말로 이 조선뿐만 아니라 천하에서 제일 훌륭한 사람이라고 믿고 있는 삼문이었다. 그러기에 종이 위에 찍혀진 간단한 도형 몇 개가 그렇게 스승을 답답하게 만든다는 것을 믿을 수 없었던 것이다. 삼문의 초롱초롱한 눈망울을 한 번 쳐다본 김 처사는 빙긋 웃으며 여럿에게 말했다.

"얘들아! 이것은 우리 조상님들이 쓰시던 문자란다. 그런데 아무리 살펴봐도 그 뜻과 쓰는 방법을 알 수 없구나. 휴우……."

김 처사는 또 한 번 긴 한숨을 내쉬었다. 이때서야 비로소 바로한은 끊었던 자신의 뒷말을 이을 기회를 잡았다.

"아바! 할바께선 이렇게 전하라 하셨습니다. '우리가 만든 것에는 반드시 우리의 뜻과 정신이 들어 있는 법, 그러므로 금인을 찾아 그 속에 들어 있는 우리의 뜻과 정신을 풀어 내야만 글자의 모든 뜻을 알 수 있다'고 말입니다."

"뭐라고! 금인이라고 했느냐?"

바로한의 입에서 금인 소리가 나오기 바쁘게 김 처사는 반문했다.

징옥 역시 놀란 표정으로 스승과 바로한을 번갈아 봤다.

"예, 그러하옵니다. 할바께선 금인을 찾아 그것과 함께 할바님의 유골(사리)을 보름달 빛이 비치는 청수(淸水) 속에 담가 놓게 되면 모든 것을 알게 될 거라 말씀하셨습니다."

바로한의 말이 끝남과 동시에 징옥이 벌떡 일어섰다.

"스승님요! 지금 즉시 한양 징석이 성님 집에 두고 온 금인을 가져 오겠심더."

김 처사는 달려 나가려는 징옥을 향해 말했다.

"징옥아! 그렇게 서둘 건 없다. 금인이 지금 여기에 있다 해도 하루 아침에 풀 수 있는 일이 아니기 때문이다. 그보다 이 기회에 너희들이 꼭 들어 두어야만 할 얘기가 있단다. 나 자신의 얘기이기도 하고 우리 피붙이 모두의 얘기이기도 하단다."

잠시 동안 눈을 감고 생각을 정리한 김 처사는 아무에게도 하지 않았던 숨겨진 얘기를 시작했다.

오랜 세월을 거슬러 올라간 먼 옛날의 일이었다.

구월산에 부는 흑풍(黑風)
- 삼성사의 피 비린내

정요상의 집 담장은 다른 집 담장보다 더 높고 몇 배나 더 길었다. 그 안에 들어 있는 마흔아홉 칸이나 되는 건물들의 모양새 또한 다른 집보다 기걸찬 것은 말할 것도 없었다.

안채 담장가에는 이 담장보다 더 높이 솟아오른 큰 감나무 두 그루가 나란히 서 있었다. 이들은 우람한 체구에 걸맞게 홍황색으로 물들은 굵은 감들을 주렁주렁 매달고 지나치는 바람결에 몸을 내맡긴 채 파란 잎사귀들만 살랑살랑 흔들어 대고 있었다.

저 산 너머 먼 곳에서 찾아온 태양이 동산 머리에 걸터앉아 뜨거운 눈길로 이들을 쳐다보았다. 그러자 이들은 싱싱한 푸르름을 번쩍 토해 내며 수줍은 빠알간 미소를 실짝살짝 흘리기 시작했다.

이때 안방 장지문이 드르륵 열리며 주인 마님의 카랑카랑한 목소리가 터져 나왔다.

"여봐라, 장 서방 게 있느냐?"

"예이, 나으리 마님. 장 서방 여기 현신(顯身)이오."

주인의 말소리가 떨어지자마자 벼락같이 달려온 청지기 장 서방은 절 구통 같은 몸을 굽히며 주인의 분부를 받았다.

"지금 곧바로 배나무골 김 대감 댁에 갈 것인즉, 즉시 출행 채비를 하도록 해라."

"예이, 나으리, 그런데 오늘은 얼룩배기를 대령할깝쇼, 백설기를 대령할깝쇼?"

얼룩배기는 제주도 목장에서 올라온 수말이고, 백설기는 주인인 정요상이 북녘 여진 땅에서 구해 온 하얀 암말이었다.

"으음…, 오늘은 얼룩배기를 타야겠다."

장지문을 탁 닫고 사라지는 주인의 길게 찢어진 눈초리를 뒤로한 장 서방은 바깥채 뒤켠으로 달려가며 주인이 저한테 하듯 소리 쳤다.

"얘, 대불아! 대불이 게 있느냐?"

평소 같으면 '대불아.' 하고 한 마더만 크게 외쳐도 바깥채 뒤켠에 있는 마구간에서 '예, 집사 어른.' 하며 쪼르르 달려 나올 대불이가, 오늘은 여러 번이나 불러도 전연 대꾸가 없었다. 장 서방은 바깥채와 마구간을 잇는 사잇문 사이로 고개를 빼꼼히 내민 채 또 한 번 소리 쳐 불렀다.

"이놈, 대불아! 대불이 뭐 하는가?"

목청을 돋우어 재우쳐 불렀지만 대불이의 대답 대신 퀴퀴한 말 오줌 냄새와 거름 썩는 냄새만이 장 서방의 콧속으로 밀려 들어올 뿐이었다.

장 서방은 지릿하고 퀴퀴한 냄새가 축축하게 휘감겨드는 이 마구간이 아주 싫었다. 그래서 그는 일이 있을 때마다 사잇문 이쪽으로 말구종이 자 말머슴인 대불이를 소리 쳐 부르기만 했지 직접 마구간 앞으로 가 본 일은 별로 없었다.

'이상한데……. 이놈이 어디 아픈가? 아니면 아직까지도 월이년 사타구니에 끼여 나자빠져 있나?'

소매깃으로 코를 감싸쥔 장 서방은 사잇문을 열고 마구간 쪽으로 가 볼 수밖에 없었다.

가만가만 발걸음을 옮겨 대불이의 방문 앞으로 다가간 장 서방은 방문 쪽으로 귀를 바짝 갖다 댔다.

대불이 내외가 거처하는 이 방은 원래 마구간이었다. 그것을 3년전 월이와 짝을 맺은 대불이가 방으로 개조한 것이었다. 말(馬)과 함께 동고동락하던 대불이지만 지릿하고 퀴퀴한 마구간 냄새만은 피하고 싶어 방문은 동향(東向)인 마구간과 비켜나게 남향(南向)으로 내었던 방이었다.

방 안에는 배가 불룩한 월이가 몸을 이리저리 뒤틀며 신음하고 있었고, 대불이는 월이의 두 손을 꼭 쥔 채 뭐라고 나직하게 중얼거리고 있었다.

"아니, 월이년의 걸음새가 뒤뚱거려 뱃속에 씨앗을 담고 있구나 했더니……, 요것이 벌써 몸을 풀 때가 되었나?"

입 속으로 나직하게 중얼거린 장 서방은 헛기침과 함께 소리 쳤다.

"어험, 대불아! 나으리 마님이 얼룩배기를 냉큼 대령하랍신다. 어서 나오너라."

마부(馬夫)답지 않게 훤하게 잘생긴 얼굴을 찡그리며 방문을 열고 밖으로 나온 대불이는 마구간 쪽으로 검실검실한 눈길만 던진 채 머뭇거렸다.

집사 어른! 제 아낙이 지금 막 몸을 푸는 것 같은데 어찌하면 좋겠수?"

"이놈아, 무슨 큰 일 날 소릴 하느냐! 나으리의 불 같은 성질을 몰라서 머뭇대느냐! 내가 삼월이 에미에게 자네 아낙의 뒷수발을 일러 둘 것이니 날벼락 맞지 말고 어서 출행 채비나 차려라."

창자 끊어지는 듯한 신음 소리가 줄지어 나오는 방을 몇 번이나 뒤돌아본 대불이는 마구간으로 가 얼룩배기의 등에 안장을 얹었다. 평소답지 않게 굼뜬 대불이의 손놀림을 흰 창을 크게 드러내며 흘겨보던 장 서방은 두 손으로 코를 막고 얼굴을 찡그린 채 종종걸음으로 안채로 들어갔다.

대청 마루에 엉덩이를 얹고 기다리던 정요상은 얼룩배기를 끌고 맥빠진 걸음걸이로 들어서는 대불이를 향해 길게 째진 두 눈을 부라리며 소리 쳤다.

"이놈아! 기별을 받았으면 냉큼 대령할 것이지, 뭘 그리 꾸물대느냐. 어서 꿇어 엎드려라."

말고삐를 잡은 채 말허리 어림에 꿇어앉은 대불이의 멍청한 눈빛은 순간적으로 매서운 불길을 내뿜었다. 그러고는 어금니를 꽉 깨물었다. 엎드린 대불이의 등짝을 밟고 말 위에 올라탄 정요상은 저 혼자만 들을 수 있는 말을 중얼거렸다.

"천한 것들이란 붙었다 하면 짐승처럼 금방 새끼를 내갈긴다니까. 여하튼 내 재산이 또 불어났으니 좋긴 좋군."

말인즉 그러했지만 그의 마음 한구석에서는 짐승 같은 생식력을 가진 대불이를 부러워하는 마음이 고개를 쳐들었다.

'허허 참! 귀한 지체의 사대부가 짐승 같은 무식한 오랑캐 종놈에게 부러움을 느끼고 시샘하다니……'

이런 생각이 든 그의 째진 눈에는 승냥이 같은 살기가 번쩍했다. 그는 채찍을 들어 대불이의 등짝을 사납게 후려치며 호령했다.

"에잇, 이 잡놈아! 어서 나서지 않고 무얼 그리 넋나간 놈처럼 멍청히 섰느냐, 냉큼 나서지 못할꼬."

등줄기에 퍼부어진 화끈한 아픔은 혼자 남아 있을 월이에 대한 걱정을 순간적으로 앗아 갔다. 대불이는 무거운 발걸음을 대문 밖으로 잽싸게 옮겼다. 말고삐를 잡고 뚜벅뚜벅 걷고 있는 그의 뒷모습은 도살장으로 끌려가는 말 못하는 소처럼 처량해 보였다. 그러나 눈물 젖은 그의 눈이 섬광 같은 무서운 빛을 내뿜고 있는 것만은 말 위에 탄 정요상이나 배웅하는 청지기 장 서방은 결코 볼 수 없었다.

대불이의 아내 월이.

월이는 황해도 문화현 신당골(神堂里) 구월산 자락에서 태어났다. 예부터 구월산 신당골 위 산 중턱에는 피붙이들의 시조(始祖)인 환인, 환웅, 단군 이 세 분을 받들어 모시는 삼성사(三聖寺)가 있었다.

이곳은 오래 전부터 영험있는 곳이라고 소문이 나 신당골뿐만 아니라 이웃 여러 고을에서도 찾아와 갖가지 소망을 담은 제사를 올렸다. 가뭄을 호소하는 기우제, 마을의 역질을 잠재워 달라는 치병제(治病祭)와 개인의 온갖 소망을 비는 제사 등이었다.

신당골 사람들은 이런 제사들과는 별도로 해마다 10월 초하루가 되면 이곳에서 마을 단위의 큰 제사를 올렸는데 사람들은 이것을 천제(天祭)라

불렀다. 언제부터인지는 모르지만 이곳 신당골은 나라의 온갖 부역과 세금이 면제되는 곳이었다. 이것은 아마도 나라에서 해야 할 일을 대신하는 마을 사람들에 대한 나라의 감사 표시인 것 같았다.

이곳 사람들의 마음은 순박하고 인정이 많으며 양보심이 강하여 오랫동안 평화스런 마을을 이루고 살아왔다. 그것은 나라의 온갖 부역과 세금이 없는 탓이기도 했지만 삼신(三神)을 지성으로 받들며 삼신(三神)의 가르침인 홍익(弘益) 이타(利他) 정신을 이어받은 탓이었을 것이다. 해마다 9월(九月)이 발치에 다가오면 이곳 처녀들의 마음은 봄을 맞이하는 들판처럼 설렘에 휩싸였다. 구월산 산봉우리에 부풀 대로 부푼 달이 걸리면 삼성(三聖, 三神)을 받들어 모실 신녀(神女)를 뽑기 때문이었다. 신녀 뽑기는 혼례를 이룬 마을 남자들이면 누구나 참가하는데, 촌장에게서 받은 조약돌 하나를 행동거지가 제일 참하고 용모가 수려하다고 생각되는 마을 처녀에게 주는 것이다.

후보로 나선 열네 살 이상 된 마을 처녀들은 그날 밤을 위해 구월산 자락을 헤집고 다니며 꺾어 두었던 들꽃을 앞섶에 꽂고 수많은 횃불이 빙 둘러 에워싸고 있는 활활 타오르는 모닥불 둘레를 천천히 돌았다. 그러면 사람들은 저마다 혼자서 소리 치기도 하고 옆 사람과 수군거리기도 했다.

"달래가 제일 요조스럽군. 내 조약돌은 달래 차지다."

"아니야! 내가 보기엔 만석이의 셋째 딸이 더 수려한데……."

"누가 뭐래도 촌장집 큰 손녀가 군계일학인걸."

이렇게들 한두 마디씩 떠들던 사람들은 점찍은 처녀가 자기들 앞으로 오면 지니고 있던 조약돌을 처녀의 손에 쥐여 주는 것이다. 남보다 많은 조약돌을 손에 쥔 처녀가 신녀로 뽑히고, 이 처녀는 꽃님으로 불렸다.

이것이 끝나고 나면 모닥불 옆에 곧바로 멍석이 깔리고 마을 총각들이 겨루는 씨름판이 벌어졌다. 씨름판에서 이긴 네 명의 총각 머리띠에는 마을 아낙들이 장끼의 꽁지깃 두 개와 꽃 한 송이씩을 꽂아 주었다. 이들은 화동(花童)이라고 불리며 꽃님을 싣고 갈 가마를 메게 된다.

그러고 나면 꽃님은 여러 동무들이 꽂아 준 꽃으로 치장된 가마를 타고 선망 어린 동무들의 눈망울을 뒤로한 채 삼성사(三聖寺) 아래쪽에 있는 당집[神堂]으로 갔다.

꽃가마 앞에는 횃불을 높이 든 선배 신녀들이 길라잡이가 되고 가마 뒤에는 손에 횃불을 든 마을 처녀들과 신녀의 가족들이 일렬로 뒤를 따랐다.

이때 가마를 멘 화동들은 다음과 같은 노래를 부르며 춤추는 듯한 걸음걸이로 박자를 맞춰 가며 걸었다.

> 꽃님이 꽃님이 우리 마음의 꽃님이
> 꽃 중의 꽃이요 빛 중의 빛이라
> 삼신님 시봉하여 삼신님의 빛을 받아
> 이 나라 구석구석 꽃빛 밝게 하소서
> 둥개둥개 두둥개 둥개둥개 두둥개

꽃님이 탄 꽃가마가 마을 어귀를 벗어날 즈음이면 마을 사람들은 수백 개의 횃불을 휘두르며 징과 북, 꽹과리 소리에 맞춰 화동이 부른 노래를 뒤따라 부르며 덩실덩실 춤을 추었다. 은은한 보름달빛 속에서 벌어지는 이 광경을 멀리서 내려다 보면 커다란 불덩이 속에서 솟아 나온 한 마리 화룡(火龍)이 어둠의 바다 저쪽으로 헤엄쳐 오르는 듯이 보였다.

당집에 도착한 꽃님은 신모의 보살핌 아래 보름 동안 목욕 재계하면서 치성을 드린 다음 그날 저녁 신모한테서 내림굿을 받았다. 이런 다음에야 꽃님은 명실상부한 신녀가 되어 삼성사에서 치러지는 각종 제례를 돌보며 삼신을 모실 수 있는 것이다.

신녀로서 3년이 지나면 각종 의식과 제례를 주관하는 신모(神母)의 길을 밟기 위해 계속 당집에 머물 수도 있고, 하산(下山)하여 평범한 지어미의 삶을 살 수도 있으며, 딴 고을로 나가 무업(巫業)을 할 수도 있었다. 여기서 나간 무녀(巫女)를 사람들은 당골 무당 혹은 당골내라 불렀는데 그 영험함이 아주 뛰어났다.

월이의 어미 차만(참한)이도 이런 신녀 출신이었다. 그러니까 고려 공민왕 때, 신돈이 정치 개혁에 나섰다가 역모로 몰려 처형당한 지 얼마 지나지 않아서의 일이었다

고려에 들어왔던 몽골 세력이 물러가고 안향과 같이 중국 땅에서 들여온 주자학(朱子學)으로 단단히 무장한 신진 사대부들의 거센 콧김이 이 땅 구석구석에서 풀석거리는 먼지 바람을 일으키고 있을 때였다. 이것은 타락된 불교로 얼룩진 고려 땅을 갈아 엎을 새로운 힘이 나타난다는 전주곡이기도 하여 많은 사람의 기대를 모으기도 했다.

그러나 이 누런 바람으로 인해 서낭당과 당집(神堂)이 있던 자리에 문묘(文廟, 공자를 모신 사당)가 들어섰고 단군묘(檀君廟) 처마에는 거미줄이 늘어져 있게 되었으나 기자묘(箕子墓) 향탁에는 향화(香火)가 끊어지지 않았다.

신당골에도 이 바람이 거세게 몰아쳐 왔다.

유학자인 이팔조가 문화현 사또로 부임해 오면서 몰고 온 바람이었다. 그는 부임하자마자 신당골의 수려한 경관과 기름진 논밭을 둘러봤다. 그리고는 그 즉시 그동안 신당골에 면제되었던 각종 부역과 세금을 물도록 했고, 삼성사 천제(天祭)를 지내는 경비로 삼성사로 가는 길 입구에 문묘를 짓도록 명령했다.

사또인 이팔조는 그 명분을 신당골 촌장에게 다음과 같이 말했다.

고려 땅에 사는 고려의 백성인 바에야 누구나가 똑같이 부역과 조세의 의무를 져야 하는데 신당골 역시 고려 땅이고 신당골 사람 역시 고려 사람이란 것이다. 또 덜 깨인 사람들이나 하는 미신(迷信)스런 조상신 숭배보다는 현실적인 공자의 가르침을 따라야만 대국(大國) 사람 같은 문화 문명인이 될 수 있다는 것이다.

졸지에 날벼락을 맞은 신당골 사람들은 사또에게 글을 올렸다.

우리의 국조(國祖)인 삼성(三聖)을 받들어 모시는 것은 후손 된 자의 마땅한 도리로서 사또가 받들라고 강요하는 공자께서도 효(孝)는 만 가지 행실의 근본이라 말하지 않았습니까?

그리고 우리들은 공자의 가르침을 받아들이기 전에도, 아니 공자가 이 세상에 태어나기 전부터 이미 예의바른 민족이요, 문화 문명이 빼어난 겨레였습니다.

이것은 '구이(九夷, 東夷) 땅에서 살고 싶다'고 한 공자의 말씀으로도 증명할 수 있는 사실입니다. 그러므로 천제(天祭) 대신에 문묘(文廟)를 세우라는 말씀은 제 할아버지를 버리고 남의 할아비를 섬기라는 말씀이며, 우리의 성인(聖人)을 부정하고 남이 만든 성인(聖人)을 인정하라는 당치도 않은 말씀이십니다.

현명하신 사또는 양찰하시어 문묘(文廟)를 세우라는 명은 거둬 주십시오. 그러나 각종 부역과 세금은 고려의 여느 백성처럼 물도록 하겠습니다.

신당골 사람들의 항의 서한을 받아 본 사또는 몸을 부르르 떨며 동헌이 쩌렁쩌렁 울리도록 고함을 질렀다.

"이런 고약하고 못된 것들이 있나! 윗전에서 하명하면 냉큼 거행하는 것이 아랫것들의 처신일 터, 어디다 감히 성인의 이름을 걸고 넘어져! 여봐라, 신당골 잡놈들을 즉시 잡아들여 물볼기를 매우 쳐라."

말깨나 하는 신당골 남정네들은 통통 부어 오르고 살점이 터진 볼기짝을 어루만지며 굴복하고야 말았다. 그러나 천제(天祭)는 은밀히 계속 지내며 문묘를 세우는 경비는 별도로 추렴하기로 의논을 모아 5월 초에 공사를 시작하기로 했다.

문묘를 자기들 손으로 짓겠다는 항복을 받아 낸 이팔조는 공사 감독으로 스무 살 난 자기 아들 탁(卓)을 내세웠다. 그런데 탁이란 아들은 돼지 눈에 땅딸막한 체구를 지닌 그 애비와는 달리 훤칠한 키에 이목구비가 번듯한 미남자였는데, 그의 학문 정도는 알 수 없으나 통소 하나만은 송도 풍류아들의 입질에 오르내릴 정도로 아주 잘 불었다.

애비를 따라 문화현에 온 이탁은 신당골 꽃님의 고운 자태와 꽃님을 뽑는 보름날 밤의 아름다운 풍경을 주위 사람들에게 듣고는 어울리지 않게 문묘 건축 공사 감독을 자청했던 것이다.

그는 촌장집 사랑에다 거처를 정한 후 매일같이 공사장에 나가 이것저것 생트집을 잡고 간섭을 했다.

그러던 어느 날 촌장이 허리를 굽실대며 말했다.

"선비님, 선비님 지체로서 어찌 우리 같은 상것들과 매일 입을 맞대고 있을 수 있겠습니까. 어떤 식으로 하라며 대강 일러만 주시고 절경이라 소문난 삼성사 계곡 쪽으로 나가셔서 시(詩)나 읊고 풍류나 즐기시지요."

그렇지 않아도 삼성사 당집에 꽃 같은 신녀들이 항상 기거하고 있다는 솔깃한 소리를 듣고 있던 그는 못 이기는 척 촌장의 말에 따랐다. 촌장으로서는 성가시게 들러붙는 여름 모기를 쫓는답시고 짜낸 계책이었으나 이것이 엄청난 비극을 초래하게 될 줄은 꿈에도 생각지 못했다.

5월 중순 어느 날, 정확히 말해 5월 15일이었다.

머리에는 새까만 윤이 자르르 흐르는 통영갓을 비껴 쓰고 몸에는 한산 세모시로 만든 옥색 도포를 맵시 있게 차려 입은 이탁은 중국에서 건너온 옥통소 한 자루를 허리에 꽂고는 삼성사로 오르기 시작했다. 산길로 접어들자 길 이쪽저쪽 어디에나 울창한 녹음 방초 사이사이로 향긋한 입김을 토해 내는 울긋불긋한 꽃들의 수줍은 눈망울들이 있었다. 낯선 길손을 흘깃거리는 눈망울들은 님을 기다리는 외로움에 촉촉히 젖어 있는 듯했다.

곰돌아 뻗친 고갯길을 넘자 저쪽 산등성이를 타고 넘어온 물길이 하얀 물보라를 휘날리며 이쪽 계곡으로 떨어지고 있었다. '쿠르릉 쿠르릉' 소리를 지르며 폭포는 추락의 아찔한 즐거움을 노래하고 있었고, 병풍바위 꼭대기의 외로운 노송(老松) 속에 몸을 숨긴 뻐꾸기는 '뻐꾹뻐꾹' 애타게 짝을 부르고 있었다. 계곡 속에선 뿌연 물안개가 구름처럼 올라와 이탁의 소맷자락을 잡아당겼다. 그렇지만 이탁의 머리 속에는 당집에 피어 있을 꽃님의 어슴푸레한 윤곽만이 맴돌아 발걸음이 멈춰지지 않았다.

향 한 개비가 탈 동안을 걸어서 앞을 막아서는 우람한 바위 옆을 돌아서자 눈부신 단청빛 속에 싸여 있는 삼성사가 장엄한 모습을 드러냈고, 그 아래쪽에는 고개를 숙이고 엎드려 있는 초가삼간의 경건한 몸가짐이 눈에 들어왔다. 울타리도 삽짝도 없는 초가 방문 앞에 이른 이탁은 이마에 방울진 땀을 닦으며 '어흠' 하는 헛기침을 한 번 했다. 섬돌 위에 꽃신이 한 켤레 있었으나 방 안에선 아무런 기척도 없었다. 입을 한 번 다신 이탁이 또다시 헛기침을 크게 했다. 그러자 길게 땋은 머리끝에 빨간 갑사댕기를 엉덩이까지 늘어뜨린 아담한 몸매의 처녀가 방문을 열고 툇마루에 나섰다. 시원하게 큰 검은 눈동자와 오똑한 콧날, 그 밑에는 붉고 도톰한 입술이 앙증스럽게 붙어 있고 뽀얀 뺨엔 저녁놀 같은 홍조가 살포시 어려 있는 이팔(二八, 16세)이 조금 지난 듯한 처녀였다.

"서방님께서는 어찌 오셨는지요? 혹 누굴 찾으시는지요?"

고운 두 손을 배꼽 앞에서 맞잡고 고개를 숙인 채 말하는 처녀의 목소리는 조약돌 위를 흐르는 산골 물소리같이 맑고 시원했다.

"나는 이 고을 사또의 아들이오. 삼성사 주변이 절경이란 촌장의 말을 듣고 풍류(風流)나 즐기려고 이곳으로 걸음했다오. 그런데 그만 갈증이 심해 여기로 찾아들게 되었소이다."

이탁은 그렇게 말하면서 처녀의 이모저모를 뜯어보며 빠끔하게 열린 방문 틈으로 방 안쪽을 곁눈질했다. 섬돌 위의 한 켤레 꽃신이 말해 주듯 방 안에는 아무런 인기척이 없었다.

달마다 보름 날 아침이 되면 당집에 기거하는 신녀 네 명은 신모의 인

솔 아래 삼성사로 올라가 삼성사 구석구석을 말끔히 소제한 다음, 저녁 놀이 삼성사 처마 밑을 기웃거릴 때까지 치성을 드리는 것이 관례이다. 여기에는 부정(不淨)이 있는 사람은 제외되었다. 마침 차만이에겐 달거리 (월경)가 있어 혼자서 당집을 지키고 있을 수밖에 없었던 것이다. 처녀는 툇마루에서 내려와 부엌 쪽 밑에 있는 옹달샘으로 갔다. 한 바가지 가득 맑은 물을 떠 사뿐사뿐 다가온 처녀는 두 손으로 공손히 받쳐 올렸다. 처녀의 향긋한 몸냄새가 물씬 풍겨왔다.

이탁은 바가지를 받는 척하며 처녀의 도톰한 손등에 뜨거운 손바닥을 슬쩍 얹어 보았다. 흠칫 몸을 떨며 토끼 눈으로 이탁의 얼굴을 올려다보는 처녀의 눈망울은 깊은 연못 빛깔로 파동치고 있었고 아직도 솜털이 보송보송한 우윳빛 뺨 위에는 진달래 꽃물 같은 붉은빛이 살짝 배어 났다.

바가지 안의 물은 출렁거리다 못해 밖으로 넘쳐 흘렀다. 웃음진 얼굴로 처녀의 눈동자를 지그시 쳐다본 이탁은 바가지의 물을 벌컥벌컥 마시고 난 후 남은 물을 땅에다 쫙 뿌리며 한 마디 던졌다.

"이렇게 시원한 물은 난생 처음이라오. 내 그 답례로 저 바위 틈에 있는 소나무 아래에서 한 곡조 뽑을 터이니 음률이나 한 번 감상해 보시구려."

처녀는 아무 말 없이 받아 든 빈 바가지를 손에 든 채 허겁지겁 방 안으로 들어가며 방문을 꽉 닫아 버렸다. 처녀가 그러든 말든 이탁은 당집 바로 옆에 있는 바위 위로 올라가 소나무에 등을 기댄 채 통소를 입에 대고 숨결을 가다듬었다.

잠시 후 통소 속으로부터 한 줄기 청아한 소리가 흘러나와 소나무 가지를 휘감고 사방으로 퍼져 나가기 시작했다. 그 소리는 옥대롱 속에서 옥구슬이 구르는 듯했고, 옥그릇에 토롱토롱 떨어지는 물방울 소리 같기도 했으며, 돌고드름이 삐쭉 솟아 있는 깊고 깊은 동굴 속에서 떨어지는 폭포 소리가 아홉 구비를 감돌아 나오는 소리같기도 했다.

또한 곡조 역시 파란 하늘에 하얀 뭉게구름을 탄 청학(靑鶴)이 짝을 찾아 길게 우는 듯했으며, 진달래꽃을 꺾으며 내지르는 봄처녀의 콧노래 같기도 하다가, 깊은 밤 구중(九重) 규방에서 들려오는 청상 과부의 흐느낌으로 변하기도 했다. 이러다가 달 밝은 밤에 만난 젊은 연인들이 피워 놓는 모닥불 타는 소리로 변했다.

이렇게 퍼져 나간 통소 소리는 차만이가 닫아 놓은 방문을 뚫고 들어가 아직도 쿵쾅거리며 뛰고 있는 차만이의 가슴 한복판으로 뛰어 들었다. 그 소리는 차만이의 가슴 속 이곳저곳에 제멋대로 부딪히면서 봄을 노래하는 새빨간 진달래 꽃불을 일으켜 놓았다.

차만이는 손등을 만지작거리다가 빼꼼히 방문을 열고 통소 소리가 나는 쪽을 살며시 훔쳐보았다. 연초록 이끼를 듬성듬성 걸치고 있는 암회색 바위 위에는 시퍼런 날개를 펼쳐들고 승천하려는 듯한 몸짓을 하고 있는 노송(老松)이 통소를 입에 문 그를 부축하고 있었다. 노송 뒤쪽에는 티없이 파란 하늘이 목화덩이 같은 구름 하나를 품에 안고 있었고 장난스런 바람은 그의 옥색 도포자락을 펄럭이게 했다. 참으로 눈부신 모습이었다. 옛날 이야기 속에서만 들어 봤던 선풍옥골(仙風玉骨)이 바로 저만큼 차만이의 눈 앞에 서 있는 것이었다.

한참 동안 넋을 잃고 쳐다보는 차만이의 큰 눈동자 속으로 꿈이 날아들기 시작했다. 한 마리 나비가 된 그가 옥색 나래를 펄럭이며 통수 소리를 타고 차만이의 가슴 속으로 사뿐사뿐 날아드는 그런 꿈이었다. 황홀한 꿈에 취한 차만이의 눈동자는 촉촉한 물기를 머금었고 작은 가슴은 울렁거렸다. 먼 산을 보는 척하며 퉁소를 불던 이탁의 눈길은 당집 방문 쪽을 힐끔거렸다. 지금쯤이면 어떤 처녀든 빨래를 너는 척하든지, 물을 긷는 척을 하면서 자신의 눈 앞에 모습을 드러낼 터인데, 이 처녀는 여느 처녀와는 달리 나올 생각을 안 하는 것 같았다.

사실 차만이도 여느 처녀들처럼 부끄러운 얼굴을 숙이고 마당으로 나가 자신의 꽃다운 모습을 슬쩍 보여 주고 싶어 엉덩이가 몇 번씩 들썩거렸다. 그럴 때마다 머리 속에서 불을 켜고 있는 신모(神母)의 엄숙한 가르침이 차만이의 오금을 탁 때려 힘을 풀어 버리는 것이었다. 차만이가 꽃가마를 타고 당집에 도착한 그날 저녁 꽃어미(神母)는 이렇게 말했다.

"너는 이제 신령스런 삼신님께 시봉하여 삼신님의 가르침을 만백성에게 전해야 할 자랑스런 꽃님으로 뽑혔다. 그런즉 삼신님께 엎드려 그 가르침을 익힐 3년 동안은 어떠한 일이 있더라도 네 몸과 마음을 청결히 해야만 할 것이니라. 특히 네 가슴 속에 어떤 남자의 얼굴도 자리 잡아서는 안 되느니라. 그리 알고 몸과 마음가짐을 반석처럼 굳건히 가져 어떤 유혹에도 흔들리지 않도록 해라."

마침내 차만이는 살짝 열어 놓은 방문을 탁 닫고는 두 손으로 귀를 덮어 버렸다.

"그러면 그렇지, 제가 뭐 돌부처인가?"

이탁의 눈가에 잔잔한 웃음이 맴돌았다. 이탁의 눈길에 흠칫 포르르 떨고 있는 처녀의 춘심(春心)이 들어왔던 것이다. 그런 가락을 몇 번 더 뽑아 낸 이탁은 퉁소를 거두고 삼성사로 올라갔다. 백여 걸음 어림에 있는 삼성사에 어른거리는 풀색 치맛자락을 보았기 때문이고 또 어떤 것이 귀신의 탈을 쓰고 그곳에 앉아 꽃님들과 신당골 사람들의 우러름을 받고 있는지 궁금했기 때문이다.

큰 절의 대웅전 비슷한 규모인 삼성사 내전에는 서른예닐곱 되어보이는 여인과 열일곱여덟 살 정도 되어 보이는 처녀 세 명이 눈을 감은 채 알아들을 수 없는 소리를 중얼거리며 무릎을 꿇고 앉아 있었다. 합장한 처녀들의 손바닥 위쪽에는, 하느작거리는 퍼런 연기를 실줄기처럼 뽑아내는 청동 향로가 박달나무 향탁 위에 앉아 있었다. 향탁 위쪽에는 정화수를 담고 있는 하얀 사기 주발과 오색 과일이 담긴 제기(祭器)를 등에 진 제상(祭床)이 있었고, 그 위에는 수염을 길게 기른 세 사람의 초상화가 이들을 내려다 보고 있었다.

이탁은 '어흠' 하는 헛기침 소리와 함께 뒷짐을 지고 그들 주위 이곳저곳을 둘러보는 한편, 신녀들의 모습을 눈여겨 보았다. 인기척을 느낀 신모가 눈을 떴다. 신모의 눈동자 속으로 이탁의 모습이 느릿느릿 다가왔다. 불시에 찾아온 불청객의 모습을 쳐다본 즉시 신모의 가슴은 철렁했고 얼굴은 새파란 공포의 빛으로 물들었다. 어디 내놔도 흠잡을 곳 하나 없이 잘생긴 모습에서 시커먼 죽음이 토해 내는 역겨운 피비린내를 느꼈던 것이다. 깊은 숨을 몇 번 몰아쉬어 마음을 가다듬은 신모는 후들후들 떨리는 몸을 일으켜 세웠다.

"손님께서는…… 어…… 어떤 일로 예까지 오셨나요?"

"어흠, 나는 이탁이라는 사람으로 이곳에서 어떤 요망한 귀신 짓거리로 혹세무민을 하고 있는지 살펴보고 오랍시는 이 고을 사또의 명을 받아오게 된 것이네."

어깨와 목소리에 잔뜩 힘을 주고 가슴을 앞으로 내민 이탁이 계집처럼 고운 눈매를 일부러 치뜨며 거드름을 부렸다. 아랫사람을 대하듯 대뜸 하대(下對)로 나오는 말투와 행동거지는 이곳의 어른인 신모의 기를 꺾어 놓으려는 수작으로 그에게는 익숙한 짓거리였다.

'아하, 계집처럼 곱게 생긴 이 사람이 문묘 짓는 것을 감독한답시고 시건방을 떨고 다니던 사또의 아들이구나. 트집을 잡아 덤터기를 씌우려고 올라온 모양인데 어떻게 하지? 자칫 잘못하다간 짙은 피비린내로 이곳을 더럽히겠구나.'

이런 생각이 떠오른 신모는 억지웃음을 지어 내며 상냥한 목소리로 말했다.

"아…… 바로 사또 나리의 자제분이군요. 보시다시피 이렇게 어리석은 계집들이 어찌 혹세무민을 할 수 있겠사옵니까? 쇤네들은 다만 이곳에서 우리 피붙이들의 시조이신 세 분 어르신께 후손인 우리들을 잘 보살펴 주십사며 치성을 드리는 일만 하고 있을 뿐이옵니다. 혹 천한 것들의 소행이 나리 눈에 거슬리는 일이 있더라도 군자의 너그러운 도량으로 어여삐 보아주십시오."

"정녕 자네 말처럼 그렇다면야 별일 있겠는가. 그러나 앞으로 자주 둘러볼 것이네. 어흠."

점잔을 빼는 헛기침 소리와 함께 이탁은 뒷짐을 지고 전 밖으로 나갔다. 전 밖 돌계단 밑까지 허리를 굽히며 따라가 이탁을 배웅한 신모는 눈을 감고 앉아 있던 신녀들을 불러모았다.

"애들아! 자칫 잘못하면 우리에게 엄청난 재앙이 닥칠지도 모른단다. 그렇다 하여도 아무런 힘도 없는 우리들이 할 수 있는 일이 뭐 있겠느냐?

오직 신령스런 삼신님의 가피(加被)만을 빌 뿐이지. 그러니 오늘부터 이 자리에서 삼칠일(三七日, 21일)간 곡기를 끊고 지극한 치성을 올리자꾸나.”

어두운 구름이 잔뜩 끼어 있는 신모의 얼굴에서 흘러 나온 불안한 기운은 신녀들에게도 옮겨졌다. 신녀들은 근심 어린 얼굴로 고개만 끄덕였다.

이튿날에도 이탁은 삼성사로 올라왔다. 불안함에 두근거리는 가슴으로 억지웃음을 짓는 신모에게 이탁은 말했다.

“여보게! 어제도 돌부처처럼 앉아만 있더니 오늘도 또 그 짓이군. 도대체 뭐 하는 짓거린가. 그렇게 하면 저절로 밥이라도 생기는가?”

“나으리, 쉰네들은 삼신님께 치성을 올리는 중입죠. 이렇게 하면 비록 밥은 생기지 않지만 사람답게 살 수 있는 방법은 깨달을 수 있습죠.”

“발도 아프지 않은가. 언제까지 그렇게 치성을 올릴 요량인가?”

“요번에는 삼칠일간 치성을 올릴 작정을 하고 있습죠.”

“그 정성이 대단하이. 별일 없는 것 같으니 나는 내려가 보겠네.”

당집으로 내려간 이탁은 어제처럼 또 냉수 한 그릇을 청했다. 발그레한 복숭아 꽃빛을 두 뺨에 띄운 차만이가 부끄러운 몸짓으로 떠다 준 샘물 한 바가지를 마신 이탁은 말했다.

“번번이 이렇게 신세를 지게 되어 고맙기 그지없구려. 낭자의 고운 자태와 그 고마운 마음을 내 잊지 않으리다.”

“목마른 사람에게 물 한 바가지 떠올리는 일이 무슨 큰 일이 되겠사옵니까. 괘념치 마옵소서.”

요번에는 앙증스런 입술을 살짝살짝 벌리며 그렇게 말한 차만이는 빈 바가지를 들고 샘물 쪽으로 발걸음을 옮겼다. 처녀의 살랑대는 치마 뒷자락을 빙긋이 웃으며 쳐다본 이탁은 어제의 그곳으로 올라가 또 한 곡조 멋들어지게 뽑아 낸 다음 마을로 내려갔다. 그렇게 이탁은 닷새 동안을 계속했다.

사흘째 되는 날부터 그가 올 때쯤이면 차만이의 눈길은 자기도 모르게 그가 서 있던 곳으로 향했고 그가 올라오는 길목을 힐끔거리게 되었다. 그런데 엿새 되는 날에는 늘상 오는 시간이 되었는데도 나타나지 않았다. 차만이는 '내가 왜 이럴까, 이러면 안 되는데.' 하면서도 몇 번이나 목을 빼고 길 저쪽을 살펴보았다. 그러다가 나중에는 방문을 활짝 열어 놓기도 하고 공연히 당 주위와 길목 근처를 서성거리기도 했다.

저녁놀에 물든 하얀 뭉게구름이 새각시 볼 위에 찍힌 연지빛을 머금고 있을 때였다. 단념하고 돌아서려는 차만이의 눈에 석양빛을 타고 훨훨 날아오는 듯한 그의 눈부신 모습이 들어왔다.

차만이는 해작질을 하다 들킨 아이처럼 후다닥 당집으로 뛰어 들어가 방문을 닫았다. 두근대는 심장의 고동 소리 사이로 그의 가벼운 발걸음 소리가 들려 왔고 이어서 헛기침 소리가 들렸다. 예전처럼 또 물 한 그릇을 청한 그는 눈을 내리깔고 서 있는 차만이의 손가락에 옥가락지 한 쌍을 슬며시 쥐여 주었다.

"이것을 구하러 대처(大處)에 나갔다 오느라 이렇게 늦었다오. 대강 눈대중으로 구해 온 것이라 낭자의 손에 잘 맞을지는 모르겠으나 이 몸의 성의라 생각하고 한 번 끼어 보시구려. 그것에는 이 몸의 이름까지 새겨 넣었소이다."

연초록 색깔을 잔잔히 흘려 내고 있는 그 가락지는 상민(常民)의 여인네들은 구경조차 하기 어려운 귀한 것이었다.

그의 말솜씨와 보드랍고 매끈한 감각을 느끼게 해 주는 가락지는 차만이의 몸과 마음으로 하여금 구름을 타고 아득한 저 하늘을 날고 있는 것 같은 아찔한 황홀감에 휩싸이게 했다. 아무도 없는 방 안에서 어유(魚油) 등잔 심지를 돋운 차만이는 가락지를 불빛에 비춰 보기도 하고 이 손가락 저 손가락에 끼어 보기도 했다. 가락지는 자로 잰 것처럼 중지(中指)에 딱 맞았다.

그 순간 차만이의 머리 속에는 족두리 쓰고 꽃가마 탄 자신의 고운 모습이 아른거렸다. 자신만이 알 수 있는 살풋한 웃음이 차만이의 얼굴에서 번져 나왔다. 한참 동안 오색 무지개를 타고 하늘로 오르는 환상 속에 잠겨 있던 차만이의 몸이 흠칫 떨리며 얼굴에 번져 있던 웃음꽃이 시들어졌다. 오색 무지개 사이로 무섭게 노려보는 신모의 엄숙한 얼굴과 돌아앉은 삼신님의 모습이 나타났던 것이다.

차만이의 머리 속에는 여러 가지 상념이 오락가락했다.

'신녀로서 3년만 지나면 자랑스럽게 옥지환을 중지(中指)에 낄 수 있겠지. 해야! 어서 빨리 왔다갔다하거라. 그렇게 설을 세 번만 맞이하면 나는 삼신님과 신모의 축복 속에 또 한 번 동무들의 선망 어린 꽃가마를 탈 수 있단다. 그런데 그이가 나를 기다려 줄까? 암, 그렇고 말고. 그 귀한 옥지환에 이름까지 새겨 내 손에 쥐여 주었으니 틀림없이 기다려 줄 거야.'

차만이는 설레는 가슴으로 기다렸다. 그러나 그는 나타나지 않았고 다음 날도 그 다음 날도, 그의 통소 소리는 들려 오지 않았다.

별의별 생각 속에 온종일 안절부절못하던 차만이의 마음은 밤이 되자 더욱 애가 탔고 답답해졌다. 그뿐 아니라 이때껏 느껴 보지 못했던 외로움의 물결이 온 가슴 속을 흠뻑 적셔 놓았다. 방문 밖으로 보이는 이지러진 달마저 자기처럼 외로움에 떨다 점점 야위어 가는 것만 같아 눈물이 절로 나왔다. 차만이는 사랑에는 언제나 그 그림자처럼 외로움과 고통이 함께 있다는 것을 희미하게나마 느끼기 시작했다.

차만이가 그렇게 몸을 뒤척이며 가슴앓이를 하고 있을 때였다. 갑자기 차만이의 귀가 쫑긋해졌고 얼굴에는 기쁨의 빛살이 확 퍼졌다. 온밤을 울어 지샐 것 같은 풀벌레 소리 속에서 한 가닥 귀에 익은 통소 소리가 들려온 것이었다. 차만이는 벌떡 일어나 바깥으로 나가 다시 한 번 귀를 기울였다. 듣고 싶었고 기다렸던 그 소리였다. 그러나 왠지 끊어졌다가 다시 이어지곤 하는 미약하고 탁한 소리였다. 차만이는 살금살금 소리를 쫓아갔다. 차만이의 눈에 빨래와 목욕을 하곤 하던 야트막한 산등성이 너머에 있는 계곡 물이 눈에 들어왔다. 이어서 모래와 자갈이 어우러진 물가에 누워 통소를 불고 있는 그의 모습이 눈에 띄었다. 인기척을 느낀 그는 통소를 불고 있는 입을 떼며 맥빠진 목소리로 말했다.

"거기 누구신지는 모르겠으나 나 좀 도와주구려. 밤길에 발을 헛디뎌 저 언덕에서 굴러 떨어졌는데 발을 크게 다친 듯하오."

나뭇가지 사이에 몸을 감추고 고개만 살짝 내밀고 있던 차만이는 아무도 없는 야밤에 외간 남자와 단둘이 있게 된다는 두려움도 잊은 채 황급히 아래쪽으로 내려갔다.

"오, 낭자시구려. 여기서 옴짝달싹 못하고 속절없이 산짐승 밥이나 될 줄 알았는데 이렇게 와 주니…… 이젠 살았소이다. 남녀가 유별하다 하나 사람 목숨 구하는 일에 어찌 그런 것을 따질 겨를이 있겠소. 어서 이리 와서 나 좀 도와 주오."

어쩔 수 없었다. 난생 처음으로 외간 남자의 몸에 손을 댈 수밖에 없는 차만이의 몸은 사시나무 떨듯 했다. 그러나 맞댄 피부를 타고 물씬 풍겨 오는 사내의 체취와 차만이의 몸에 기댄 채 슬쩍슬쩍 목덜미와 귓바퀴를 스쳐 가는 사내의 신음 소리에 차만이는 당황했다. 금세 얼굴이 달아올 랐다. 그리고 무엇인지 모를 야릇한 기쁨이 느껴졌다.

몇 발자국이나 그렇게 걸었을까.

뒤뚱뒤뚱 휘청거리던 그의 몸이 갑자기 중심을 잃고 차만이의 몸쪽 으로 무너졌다. 차만이도 순간 중심을 잃었다. 잘못 디딘 듯한 그의 발에 걸린 차만이는 잔디가 듬성듬성 솟아 있는 모래땅에 그를 안고 넘어지고 말았다.

자기 몸 위에 실린 그의 몸무게를 느낀 차만이가 어쩔 줄 몰라 멍하게 있는 짧은 순간, 차만이의 목덜미에는 끈적한 뜨거운 입술이 찰싹 들러 붙었다.

"으……헉."

소스라치게 놀란 차만이는 숨 넘어가는 소리를 내뱉으며 두 손으로 사내의 가슴을 힘껏 떠다밀었다. 그러나 상처 입은 병아리같이 애처롭게 보이던 그의 몸은 꿈쩍도 안 했다. 오히려 그는 차만이의 치마 속으로 재 빠르게 손을 집어넣어 고쟁이(속곳)를 끌어내리려 할 뿐이었다. 차만이는 본능적으로 엉덩이를 들썩이며 발버둥을 쳤다. 그렇지만 그럴수록 엉덩 이에 걸려 있는 고쟁이는 더 쉽게 벗겨질 뿐이었다. 사내는 한 손으로 허 리띠를 풀고 아픈 시늉으로 절뚝거렸던 두 발을 맞비벼 자신의 아랫도리 를 익숙하게 벗겨 버렸다.

이윽고 이것이 무엇을 의미하는지를 알아차린 차만이는 떨리는 목소리로 숨가쁘게 외쳤다.

"서방님! 이러시면 아니 되오. 이러시면 아니 되오. 정 이러고 싶다면 3년만 기다려 주시와요."

차만이의 입에서 안 된다는 거센 소리가 나오는 순간 사내는 왼손으로 차만이의 입을 틀어막았다. 그리고 여물 대로 여물어진 살덩이를 처녀의 밑으로 찔러 넣었다. 찢어지는 화끈한 아픔과 함께 차만이의 정신은 천 길 낭떠러지에서 떨어지듯 아찔했고 맥풀린 몸뚱이는 축 늘어졌다. 폭풍처럼 설쳐 대던 이탁의 손길은 이제 서두르지 않았다. 입을 막았던 왼손은 차만의 저고리 속으로 미꾸라지처럼 기어들어 몽실한 젖가슴 언저리를 헤엄쳐 다니는 한편, 오른손으론 차만의 뒷머리에 팔베개를 해 주었다.

그리고는 꽉 붙인 아랫도리를 부드럽게 좌우로 흔들거리면서 차만의 귓가에 입을 대고 나직하게 속삭였다.

"낭자, 낭자를 처음 보았을 때부터 나는 낭자를 사모했다오. 이렇게 인연을 맺을 수밖에 없는 나를 부디 용서하시구려. 내 정녕 낭자를 잊지 않으리다."

부정(不淨)과 부정(不貞)을 저지르고 신모가 뿌리는 소금을 뒷잔등에 맞으며 산 아래로 쫓겨가는 자신의 모습, 선망의 눈길에서 비웃음의 눈길로 바뀐 마을 동무들의 눈동자, 술만 퍼마셔 댈 아버지의 모습과 눈물을 찔끔거리며 애달픈 시선으로 자신을 쳐다보고 한숨 지을 어머니의 모습. 차만이는 이런 모습들이 머리 속에 어지럽게 떠올라 자신의 섣부른 행동거지를 자책하고 가슴 아파 했다. 그러나 귓속을 간지럽히며 파고드는 이탁의 다정한 목소리에는 어떤 마력(魔力)이 있었다. 차만이의 귓속을 통해 심장 한가운데에까지 미끄러져 들어온 그 소리는 그런 상념들을 말끔히 지워 버렸을 뿐만 아니라 차만이의 가슴에 연분홍 꽃빛을 아지랑이처럼 피어오르게 했다.

이때서야 쪼개진 달을 쳐다보는 차만이의 눈동자엔 아련한 봄꿈이 그려지기 시작했고 내려다 보는 달빛이 부끄럽지 않게 되었다.

'멋진 이 사내가 정녕 한 평생을 같이할 내 버시(남자)가 될 사람인가.'

차만이는 꿈을 꾸고 있는 듯했다.

풀잎 위에 쪽 뻗어 있던 두 팔을 들어올려 그의 몸을 살짝 껴안아 보았다. 손끝에 그의 뜨거운 몸뚱이가 느껴졌고 아랫도리에 따끔따끔한 아픔을 동반한 뿌듯한 팽만감도 느껴졌다. 결코 꿈이 아니었다. 그러나 왠지 봄나비처럼 훨훨 날아가 버릴 것만 같아 그의 몸을 꼭 껴안고야 말았다.

그날 이후부터 이탁은 매일같이 찾아왔다. 어떤 때는 차만이만 홀로 남은 당집 방 안에서, 어떤 때는 맑은 물 졸졸 흐르는 계곡 으슥한 바위 밑에서 둘은 거리낌없이 한 몸이 되곤 했다.

5월이 끝나고 6월에 접어들자 신당골 문묘 공사도 거의 끝이 났고, 부리나케 당집으로 찾아오던 이탁의 발길도 끊어졌다.

차만이는 기다렸다.

'오늘도 전번처럼 내게 줄 선물을 들고 불쑥 나타나겠지.'

이런 생각으로 기다렸지만 야속한 그는 열흘이 지나고 한 달이 지나도 나타나지 않았다.

어느 덧 봄의 풀잎처럼 생기가 초롱초롱하던 눈동자는 벌건 핏줄을 머금은 채 횅해졌고 홍조를 띠었던 뽀얀 볼은 누런 색깔로 홀쭉해졌다.

변한 것은 이런 외양뿐만이 아니었다. 붙임성 있던 차만이는 말을 잃고 입을 닫았다. 지성으로 드리던 치성도 소홀히 했다. 하루에도 몇 번씩 그가 통소를 불던 바위 위 소나무 쪽과 먼 하늘 저쪽을 멍하니 쳐다보았다. 마치 넋잃은 사람 같았다.

스무하루의 치성을 드리고 당집으로 내려온 신모는 며칠 지나지도 않은 사이에 차만이의 이런 변화를 알아챘다. 날이 갈수록 심상치 않은 차만이의 거동을 눈여겨 본 신모는 그를 불러 앉혔다.

"얘야! 요즘 네 안색이 말이 아니구나. 어디 몸이 아프기라도 한 거냐, 아니면 무슨 말 못할 사정이라도 있단 말이냐? 내 비록 너를 낳은 살붙이 어미는 아니지만 너는 내 신딸(神女)이 아니냐. 그러니 이 에미에게 속시원히 말 좀 해 보렴."

그러나 차만이는 눈물 젖은 횅한 눈을 내리뜨고 고개만 가로저을 뿐이었다. 이런 차만이의 태도에 확 불길한 예감이 든 신모는 차만이의 행동 하나하나에 눈길을 떼지 않았다.

그날 밤이었다.

잠에 취한 얼굴로 요강을 찾아 걸터앉은 신모의 귀에 미약한 인기척이 느껴졌다.

'이 밤중에 누구일까?'

쫑긋해진 신모의 귓속으로 찌찌거리며 온밤을 울어 대던 툇마루 밑의 귀뚜라미가 갑자기 울음을 딱 멈추었고 이어서 옆 방문을 살짝 닫는 소리가 들려 왔다. 신모는 방문을 소리나지 않게 빠끔 열고 눈을 크게 떴다. 이지러진 달빛 속에 어슴푸레하게 드러난 윤곽은 차만이었다.

섬돌을 디딘 채 구름 밖으로 삐어져 나온 반달을 잠시 동안 우러러 보고 있던 차만이의 그림자는 소리없이 부엌 쪽으로 미끄러져 들어갔다. 부시럭 부시럭 부엌에서 무엇인가를 찾는 것 같은 소리가 들려왔다. 차만이는 무엇인가를 찾아 치마폭 속에 감추고는 당집 옆 큰 바위 쪽으로 갔다. 그곳은 이탁이 옥색 도폿자락을 휘날리며 멋진 가락을 뽑아 내곤 하던 곳이었다

차만이는 바위로 올라가 바위와 바위 틈 사이에 서 있는 소나무 가지에 치마폭에 싸들고 왔던 새끼줄을 동여맸다.

'아차! 큰 일 났구나.'

문틈으로 차만이의 거동을 지켜보던 신모는 잠결에 한 바가지 냉수를 뒤집어쓴 것 같았다. 신모는 엉덩이 아래로 까내려진 속곳을 허겁지겁 올리며 밖으로 후다닥 뛰쳐 나갔다.

"애! 차만아, 안 돼. 그러면 안 돼."

신모의 날카로운 부르짖음이 조용한 밤하늘을 찢어 놓았다.

그 소리가 미처 끝나기도 전에 소나무 옆 바위를 디디고 섰던 차만이의 몸은 새끼줄에 목을 매단 채 뛰어 내렸다.

"얘들아! 큰 일 났다. 어서 빨리 나오너라."

다급한 외침과 함께 신모의 몸은 소나무 쪽으로 벼락같이 달려갔다.

산골짜기 저쪽에서 세찬 바람이 불어왔다. 그러자 소나무 가지에 매달려 축 늘어진 차만이의 하얀 속치마 자락이 달빛을 받아 더욱 하얗게 나폴댔다. 숨가쁘게 달려온 신모는 저고리 안섶에 매달린 은장도를 끄집어낼 생각도 못하고 자신의 이빨로 새끼줄을 물어 끊었다.

단군 할아버지가 모셔져 있는 방에 차만이의 몸뚱이를 누인 신모는 신녀들에게 사지를 주무르게 하는 한편 자신은 바늘로 차만이의 인중혈

(人中穴)을 따기 시작했다. 그래도 차만이의 몸에 숨이 돌아 오지 않자 이 번에는 코를 빨기도 하고 차만이의 입에 숨을 불어넣기도 했다. 그러던 신모의 머리 속에 한 생각이 번쩍 나타났다.

황급히 일어난 신모는 신당 아래에 있는 징을 꺼내어 다급하고 힘차 게 징을 치기 시작했다.

"징……징…… 지지잉."

고요한 밤 공기를 찢고 울려 퍼지는 징소리는 애꿎은 밤새(夜鳥)를 푸 드덕거리게 하면서 골짜기 구석구석으로 파고들었다.

징을 놓은 신모의 손이 다시 차만이의 가슴을 주무르고 바늘로 사관 혈(四關穴)을 따기 시작한 뒤 향 반 개비 정도가 탈 시간이 흘렀다.

이때 난데없이 둔탁한 발걸음 소리와 함께 나지막하나 힘실린 사내의 음성이 방문 밖에서 주인을 찾았다.

"신모께서는 어인 일로 이 몸을 급히 불렀소이까?"

정체 불명의 사내 목소리가 들려 오자 신녀들의 얼굴에는 의아한 빛 이 어렸으나 신모만은 기다렸다는 듯 재빨리 방문을 열고 사내를 방 안 으로 청했다.

"사람의 목숨이 경각에 달렸기에 나으리를 귀찮게 했군요. 어서 들어 오셔서 이 아이를 좀 봐 주십시오."

금남의 방에 거리낌없이 들어온 사내는 40대 중반으로 보이는 아주 못생긴 사람이었으나 눈빛만은 강렬하게 빛났다. 그는 들어오자마자 차 만이의 손목 맥혈에 세 손가락을 얹어 본 후 눈까풀을 까벌려 보기도 하 고 목덜미 언저리를 더듬어 보기도 했다.

모두들 숨을 멈춘 채 여기저기로 움직이는 사내의 손길과 얼굴만을 번갈아 쳐다보며 마음을 졸이고 있을 뿐이었다 그는 숨을 한 번 깊이 들이쉰 다음 얍 소리와 함께 가슴에 댄 손을 부르르 떨었다. 그러자 차만이의 콧구멍에서는 한 줄기 더운 김이 뿜어져 나왔다. 사내는 숨을 한 번 내쉰 후 손을 거두고 자신을 쳐다보고 있는 신모에게 시선을 돌렸다.

"조금만 늦게 손을 썼으면 큰 일 날 뻔했소이다. 이제 목숨은 건졌으나 당분간은 제정신을 차리지 못하고 혼미한 지경으로 지낼 것이외다. 그런데……."

무언가 말하기 어려운 태도로 입술만 우물거리고 있는 사내의 태도를 본 신모는 눈치를 채고 신녀들을 자기들 방으로 돌려보냈다.

사내는 그제서야 입을 열었다.

"이 낭자는 스스로 목을 맨 것 같고 태기(胎氣)가 있는 것 같은데, 어찌된 일이오니까?"

사내의 말을 들은 신모의 머리 속에는 5월 보름께 찾아왔던 잘생긴 사내의 얼굴이 떠올랐다.

'그렇다면 그 사내의 등 뒤에서 느껴졌던 짙은 피비린내가 바로 이런 변괴로 나타난 것인가?'

신모는 차만이가 깨어나면 차근차근 확인해 보기로 했다.

며칠 동안 혼수 상태에 빠져 있던 차만이는 닷새째부터는 동료들이 떠먹여 주는 미음을 받아먹기 시작하더니, 열흘이 지나자 자리에서 일어났다. 그러나 멍한 눈빛으로 말을 잃은 모습은 그대로였다. 달라진 것이 있다면 한 번씩 '웩웩' 하고 헛구역질을 하는 것과 신 것을 즐겨 먹는 것이었다.

그러던 어느 날 신모는 차만이의 손을 잡고 차만이가 목을 맸던 그곳으로 올라갔다.

"얘야! 삼신님이 점지하여 태어난 우리 목숨은 우리 마음대로 되지 않는단다. 이런 귀한 목숨을 스스로 끊는다는 것은 삼신님의 뜻을 거역하는 것으로서 저승에 가서도 큰 벌을 받는단다. 하물며 너는 뱃속에 귀한 생명 하나를 담고 있는 처지가 아니더냐. 그러니 앞으론 절대 그런 생각은 말아라. 그리고 사람이란 어떤 뜻밖의 일이 생겨 언약을 못지킬 지경에 처할 수도 있는 법이란다. 얘야 이 모든 것을 대강 짐작하고 있으나 네 입으로 자초지종을 듣고 난 후 네 일을 주선해야겠다. 자, 망설이지 말고 말해 보아라."

차만이는 품에 간직했던 옥가락지 한 쌍을 신모에게 보여주며 지나간 일을 모두 말했다.

'차만이의 이 일을 어떻게 처리하는 것이 최선일까?'

신모는 며칠 동안 곰곰이 생각하다가 하나의 결심을 했으나 가슴만 뛸 뿐 그 길흉성패를 짐작할 수 없었다. 어지러운 마음에 점괘조차 제대로 나오지 않았다. 결국 신모는 산등성이 저쪽 골짜기에 혼자 기거하며 도를 닦고 있는 사람을 찾아갔다.

그와 신모가 서로 알게 된 것은 3년 전의 일이었다.

풋풋한 뭇 생명들이 내지른 울긋불긋한 삶의 함성들이 구월산 자락마다 자욱히 깔려 있는 어느 봄날이었다.

이런 힘찬 삶의 소리들을 끌어 모아 삼신(三神)님을 기쁘게 해 주고 싶었던 신모는 마음에 드는 꽃을 꺾으러 삼성사 주변 여기저기를 헤집고 다녔다. 산등성이를 넘어 병풍같이 넓고 큰 바위가 딱 버티고 서 있는 어느 골짜기에 당도한 신모의 귀에 미약한 인간의 신음소리가 들려 왔다. 골짜기 아래에 누워 끙끙거리며 신음하고 있던 그 사내는 인기척을 느꼈는지 힘없는 목소리로 말을 걸어 왔다.

"뉘신지는 모르나…… 허헉, 이 몸은 독사에 물려 목숨이 경각에 달려 있소이다. 허……으음…… 빨리 금잠초 뿌리 댓 개와 패랭이 뿌리 세 개 정도만 캐어다 즙을 만들어……허으으……내 다리를 칼로 짼 후 발라 주시고, 이파리 몇 개를 네 입에 넣어 주시오."

황급히 그가 일러준 대로 치료를 하자 신기하게도 퉁퉁 부은 다리에서 검붉은 피가 흘러나오더니 부기가 쑥 빠졌다. 그리고 한 시진쯤 후에는 꼼짝 못하던 그도 움직일 수 있게 되었다.

속인(俗人) 같지도 않고 스님 같지도 않은 그의 행색을 살핀 신모는 조심스런 말투로 물었다.

"어디 사시는 뉘신지요? 그리고 이곳엔 어찌 왔으며 어쩌다가 이런 지경에까지 이르게 되었습니까?"

"이 몸은 강도(江都, 강화도)에서 온 이헌규라 하지요. 이곳 삼성사 부근 어느 골짜기 석벽에 신라 때의 최치원 선생이 남겨 놓은 도(道)의 원맥(源脈)이 있다고 하기에 여기로 오게 되었지요. 열흘 동안 헤맨 끝에 오늘 중화참(점심때)에 그 말씀이 새겨져 있는 석벽을 찾았답니다. 글자를 대강 읽어 본 나는 너무나도 기쁘고 감격한 나머지 덩실 춤을 췄지요. 그러다가 그만 발을 헛디뎌 이곳으로 떨어졌는데 그만 운 나쁘게도 이곳에 똬리를 틀고 앉아 있던 뱀을 건드리게 되어 발을 물리게 된 것이올시다."

그렇게 신모의 물음에 대답한 그는 후들후들 떨리는 몸을 억지로 일으킨 다음 신모에게 정중한 자세로 절을 하며 뒷말을 이었다.

"이 몸의 하나뿐인 목숨을 구해 주셔서 정말 고맙습니다. 댁은 여염집 아낙은 아닌 듯한데…… 혹시 삼성사의 신모가 아니신지?"

"어려운 지경에 빠진 사람을 돕는 것은 사람이라면 응당 해야 할 일인데 그만한 일로 나으리의 절을 받게 되니 몸둘 바를 모르겠군요. 나으리의 짐작대로 쇤네는 삼신을 받드는 신모의 몸이옵니다."

신모의 고운 얼굴을 지그시 쳐다보던 이헌규는 놀란 눈을 크게 떴다.

"그런 일이야 없겠지만 만일에라도 신모의 신상에 어떤 어려운 일이 생기면 그 즉시 이 몸을 불러 주십시오. 꼭 잊지 마시고……."

그런 연유로 이헌규가 이 골짜기에 머무르게 된 지 3년이 흘렀다.

병풍 같은 커다란 바위 옆에는 호랑이가 웅크리고 있을 만한 제법 큰 굴이 있었다. 바로 그가 기거하는 곳이었다.

이곳에 기거하는 이헌규는 먼지 바람이 몰아쳐 부는 속세를 떠나 천(天) 지(地) 인(人) 삼합지도(三合之道)를 체득하려는 도인(道人)이었다. 이곳에 찾아온 신모 역시 속세를 벗어나 삼신을 받드는 사람이었다. 이런 탓으로 그들은 자질구레한 속례(俗禮)에 얽매이지 않았다.

신모는 이탁이 삼성사로 찾아왔던 일, 이탁에게서 느껴졌던 피비린내, 그리고 신녀인 차만이에게 일어난 모든 일들을 그에게 빠짐없이 말했다. 그러고 나서 차만이의 일을 어떻게 처리해야 하는지에 대해, 또 심상치 않게 가슴이 뛰곤 하는 자신의 예감에 대해 물었다.

눈을 감고 신모의 얘기를 듣고 있던 그는 말했다.

"신모께서는 굴 밖으로 나가셔서 취하고 싶은 것이 있으면 무엇이든 간에 눈에 확 띄는 것을 이리 가져오시오."

신모는 허리 굽혀 예를 표하고 굴 밖으로 나와 여기저기를 훑어보았다. 저쪽 풀숲에서 이름 없는 빨간 들꽃 한 무리가 생긋 웃으며 신모의 눈 속으로 들어왔다.

신모는 그 들꽃 두 송이를 꺾어 들고 굴 안으로 들어갔다.

신모가 내미는 들꽃 두 송이를 본 이헌규는 눈을 커다랗게 뜨면서 놀랐다. 그는 저도 모르게 한숨을 쉬었다. 빨간 들꽃과 신모의 얼굴을 번갈아 쳐다보던 그는 아무 말없이 눈을 감아 버렸다. 한참 동안 굴 속에는 침묵만이 맴돌고 있었다. 그는 신모가 꺾어 온 꽃에서 처참한 살변(殺變)의 냄새를 맡았던 것이다.

이런 점법(占法)은 춘추 전국 시대의 귀곡 선생(鬼谷先生)이 그의 제자 손빈이 하산할 때 써먹은 바 있는 측자점법(測字占法)인데 물체로서 그 글자를 취하는 방법이었다. 즉 꽃을 글자로 나타내면 화(花)가 되고 이 화(花)자를 파자(破字)하면 몸체 없는 풀잎(艸)과 칼(匕) 든 사람(人)이 된다. 이 뜻을 모아 보면 사람이 칼을 들고 와 몸뚱이를 없앤다는 뜻이 된다(艸자는 草의 약자이기에 몸체 없는 풀잎이라 한 것이다).

'신모의 얼굴에 사기(死氣)가 어려 있고 이런 흉조까지 나타났으니 앞으로 닥칠 살변(殺變)은 인간의 힘으로 어쩔 수 없는 전생의 업연(業緣)일까? 그렇다 해도 인간의 법도에 따라 최선을 다해야 하는 것이 옳은 길이 아닐까?'

이헌규의 입은 닫혀 있었지만 그의 머리 속에는 이런 말들이 서로 부딪치고 있었다.

"나으리, 쇤네의 가슴은 답답합니다. 어서 말씀해 주시어요."

그는 더 이상 침묵만을 지키고 있을 수도 없었다.

"신모께서는 이 고을 사또를 찾아가 그 아들의 책임을 들어 두 사람을 맺어 줄 생각을 하고 계시겠지요."

"예, 사실은 그렇게 결정했는데 불길한 예감으로 가슴이 울렁거려 나으리를 찾아왔습지유."

"이 몸의 생각으론 신모께서 포기하는 것이 좋을 듯합니다."

"그러면 실낱같은 희망에 목줄을 걸고 있는 차만이와 뱃속에 든 죄없는 생명은 어떻게 해야 되지요?"

참으로 난감하기 그지없는 일이 아닐 수 없었다. 그러나 그는 다시 한 번 더 입을 열어 말했다.

"신모께서는 그 일로 인해 무참한 살변을 겪는다 해도 정녕 그렇게 하시겠소?"

"나으리! 씨를 뿌린 자가 그 씨를 거두는 것이 이 세상의 법도요, 우리 인간들이 꼭 지켜야만 할 도리가 아니옵니까. 이 도리 때문에 쇤네가 불벼락을 맞는다 해도 결코 물러서지 않아야 신모(神母)로서의 소임을 다하는 것이 아니겠습니까?"

올곧은 신모의 말을 들은 이헌규는 더 이상 만류할 명분이 없었다. 그러나 차만이의 뱃속에 있는 죄없는 생명이나마 구하고 싶은 마음으로 한 마디 했다.

"신모의 올바른 말씀과 그 용기에 감복했소이다. 다만 한 가지 부탁이 있는데, 허락해 주실는지요?"

"말씀해 보시지유."

"내 그 처자를 치료한답시고 가슴 속까지 이 몸의 손길을 넣었으니 그 처녀를 이 몸의 수양 딸로 삼았으면 합니다. 그리고 그 처녀는 심신이 허

약하고 남의 이목도 있으므로 8월부터는 이곳에서 기거하게 함이 어떨는지요?"

"나으리의 말씀은 참으로 명분에 맞는 말씀이옵니다. 그렇게 하도록 하지요. 그런데 내가 그 애의 꽃어미(神母)가 되니 나으리와 내 관계가 좀 이상해지는군요. 호호호……."

"하하하."

둘은 앞으로 닥쳐올 먹구름은 잠시 접어 두고 굴 안이 들썩하도록 마주 웃었다. 산골에는 따뜻한 봄 바람은 늦게 찾아오지만 서늘한 가을 바람은 일찍 찾아온다.

7월 하순의 어느 날.

슬쩍슬쩍 불어오는 아침 바람에 저고리 앞섶을 여민 신모는 사또인 이팔조를 만나러 길을 나섰다. 어렵사리 사또를 만난 신모는 꿇어 엎드리기가 바쁘게 울음 섞인 목소리로 이렇게 말했다.

"사또! 쇤네에겐 때묻지 않게 곱게 키워 온 딸년이 하나 있습죠. 그런데 한두어 달 전쯤에 쇤네의 집 근처에 있는 개울가에서 발을 다쳤다며 도와 달라는 어느 사대부집 자제를 만나게 되었지요. 마음이 착한 제 딸년이 그를 도와 주려 개울 골짝으로 내려가자 그는 그만 제 딸년을 붙들고 겁간을 했습죠. 좋은 일 한 번 해 보려다 생명보다 더 소중한 정조를 잃어버린 딸년은 혀를 깨물고 자진하려 했으나 책임지겠다는 그의 달콤한 말에 속아 그 이후로도 계속 통정을 했더랍니다. 감언에다 옥가락지까지 징표로 준 그는 한 달쯤 지나자 발길을 딱 끊고 행방을 감추고 말았답니다. 수태(受胎)까지 하게 된 제 딸년은 눈물로 세월을 보내다가 엊저녁에는 대들보에 목을 매려고까지 했답니다. 이 일을 어찌하면 좋을지

명철하신 사또께서는 올바른 조처를 내려 주십시오."

"어험, 노류장화도 아닌 양갓집 규수를 그렇게 했다면 마땅히 엄벌을 받아야 마땅하며, 또……, 그 처녀를 맞이하여 배필로 삼아야 할 것이며, 장가든 사내라면 첩으로라도 맞아야 도리가 아니겠느냐. 특히나 공맹(孔孟)의 도를 공부한 사대부의 자제라면 응당 자기 과오에 대한 책임을 져야 마땅할 것이니라. 그런데 그 사대부의 자제가 도대체 누구인가?"

사또인 이팔조는 수염을 쓰다듬어 가며 큰 소리로 호기롭게 말했다. 사또가 물었건만 신모는 머뭇거리기만 할 뿐 냉큼 입을 열지 않다가 사또가 재우쳐 묻자 하는 수 없다는 듯 입을 열었다.

"명철하신 사또의 이름에 누를 끼칠까 두려워 냉큼 말씀 아뢰지 못했으나 사또의 분부 지엄하신지라 말씀 아니 드릴 수 없군요. 그는 자칭 본고을 사또의 아들로서 이탁이라 하더이다."

이 말을 들은 사또의 온몸이 부들부들 떨리기 시작했고 얼굴은 시뻘겋게 달아올랐다.

"어험, 그 말이 추호도 어김없는 사실이렷다. 증거를 대지 못하고 거짓임이 드러나면 본관(本官)을 능멸한 죄로 당장에 물고를 내리라. 그래도 틀림없느냐?"

"쇤네가 감히 어느 안전이라고 거짓을 사뢰오리까. 여기 징표로 받았던 옥지환이 있으니 사또께서 직접 살펴보시옵소서."

사또는 신모가 내미는 옥지환을 살펴보았다. 옥지환 안쪽에는 깨알 같은 글자로 이탁의 이름이 새겨져 있었다.

옥지환을 쥔 사또의 손이 덜덜 떨렸고 눈빛은 살기마저 띠었다. 잠시 동안 그러고 있던 사또는 낯빛을 바꾸어 이것저것 캐묻기 시작했다. 신모는 모든 것을 자세하게 털어놓았다.

"내 이제 모든 것을 알았으니 합당한 조처를 취해 주겠네. 그런데 이 일은 자네 말고 또 누가 알고 있는가?"

사또는 창피당한 분노를 은근한 목소리로 감싼 채 물었다.

"아직까지는 당집에 같이 있는 신딸들과 쉰네밖에 모르옵니다."

"내 조만간 기별을 할 것이니 그리 알고 돌아가시게. 그리고 이 일은 본관의 체면에 관계된 일이니 남에게 절대 옮기지 않겠다고 다짐이나 해 주게."

"무슨 좋은 일이라고 떠벌리겠습니까만……, 일이 늦어지면 자연 발 없는 말이 천 리(千里)를 갈 것이니 그렇게 되면 쉰네로서도 어쩔 수 없는 일이죠."

언약한 대로 하지 않으면 크게 말을 퍼뜨리겠다는 뜻이 담긴 신모의 당찬 대답이었다.

사또의 가슴 속에는 또 한 번 발작을 할 것 같은 노기(怒氣)가 솟구쳤고 면상은 시뻘겋게 달아올랐다.

'이 일을 어떻게 처리해야 하나.'

사또는 며칠 밤낮 동안 끙끙거리며 속만 태웠으나 별 뾰족한 수가 떠오르지 않았다. 비록 말은 그렇게 했지만 조상 귀신을 받드는 무식하고 천한 것을 가문으로 받아들일 생각은 애당초 없었기 때문이다.

열흘이 지나고 보름이 되어도 아무런 기별을 못 받은 신모는 또다시 사또를 찾아가 독촉을 했다.

"사또! 일각(一刻)이 여삼추(如三秋)로 기다리다 지친 딸년에게 실성기마 저 보이니 어떡하면 좋겠나이까?"

"공무가 바빠 내 아직 아들놈에게 확인조차 못했네. 그러니 돌아가서 진득하게 기다리고 있게나."

꽁무니를 빼는 그 말 한 마디를 던진 사또는 외면을 해 버렸다. 처음과 다른 사또의 태도를 본 신모의 입에서는 자기 혼자만이 들을 수 있는 중얼거림이 나왔다.

'예부터 힘없는 백성에겐 호랑이보다 더 무섭고 여우보다 더 간사한 것이 관리라더니 하나도 틀림이 없구나.'

잡고 있던 한 오라기 줄을 놓치고 흙탕물 속으로 휩쓸려 떠내려가는 차만이의 애처로운 모습이 신모의 머리 속에 떠올랐다. 신모는 눈에 새파란 빛을 띠며 이를 악물고 말했다.

"사또! 딸년의 배가 점점 불러 오고 있으니 9월 말까지 매듭을 지어 주셔야 합니다. 그때까지 결말이 나지 않으면 비단 딸년뿐만 아니라 쇤네의 목숨도 산 목숨이 아닐 것입니다."

신모의 옹골찬 말을 들은 사또의 눈에서 무서운 불길이 일렁거렸다.

'저런 찢어 죽일 년을 보았나? 감히 어디다 공갈을 쳐! 어디 두고 보자.'

이런 말을 담고 있는 눈빛 대신에 터져 나온 사또의 말은 더욱 부드러워졌다.

"알았네. 내 자네에게 꼭 통기하도록 함세. 참, 자네는 늘상 당집에만 계시는가? 그리고 신딸(神女)은 모두 몇 명이나 되는가."

"예, 쇤네는 늘상 당집 아니면 삼성사에 있답니다. 그리고…… 신딸은 모두 세 명이올습니다. 그럼 사또의 무거운 말씀만 믿고 쇤네는 물러가옵니다."

신딸은 본래 네 명이었으나 부정(不貞)을 범한 차만이를 순결한 신녀로
서 인정하고 싶지 않은 마음이 들어 그렇게 말한 것이었다.

신모의 치맛자락이 신당골 입구 어림에 닿았을 때 사또는 형리(刑吏)를
불렀다.

"이보게, 본 현의 옥에는 지금 죄수가 몇 명이나 수감되어 있는가?"

"예이, 흉악범 두 명과 잡범(雜犯) 일곱이니 모두 아홉 명이 되옵니다."

"그래, 그 흉악범 두 놈은 무슨 죄로 잡혀 왔는가."

"예, 한 놈은 유부녀 겁간에 방화 살인이옵고, 한 놈은 어린 상전을 때
려 죽인 놈이올시다."

"으음, 알았다 물러가게."

9월(九月) 스무닷새 날, 문화현 곳곳에 방이 내걸렸다.

방에는 흉악하게 생긴 용모와 함께 이 탈옥한 살인범을 보는 자는 즉
시 관(官)에 알릴 것과 잡는 자에겐 백미(白米) 열 가마를 상으로 내린다는
것이었다.

이 방이 내걸린 것과 때를 같이 해 마을마다 군교(軍校)가 나타나 수소
문을 하고 다녔다. 그러나 누구 하나 보았다는 사람은 없고 마을마다 혹
시라도 그 흉악한 탈옥 죄인이 여기로 오면 어쩌나 하는 불안감이 감돌
았다.

그날 밤이었다.

밤하늘을 덮고 있던 구름 사이로 여월 대로 여위어져 겨우 형체만 남
아 있는 하현달이 삐쭉 슬픈 얼굴을 내밀던 밤이었다.

차만이가 목을 맸던 소나무 가지 속에 몸을 숨긴 부엉이는 캄캄한 밤
하늘 저쪽으로 청승맞은 소리를 질러 대고 있었다.

"부엉…… 부어엉."

동그란 눈에 불을 밝힌 부엉이는 온밤을 그렇게 울고만 있을 깃 같았다. 밤도 이슥해졌지만 불빛이 꺼지지 않는 것으로 보아 당집도 온밤을 울어 지샐 심산인 것 같았다.

이때였다.

꺽달진 그림자 두 개가 박쥐처럼 방문 앞에 달라붙었다.

찌……찌이 울어대던 툇마루 밑 귀뚜라미가 숨을 뚝 죽였다. 그들은 손가락에 침을 묻혀 창호지에 구멍을 내고 번들거리는 그들의 눈알을 갖다 댔다.

한쪽 방 안에는 하얀 잠옷만을 걸친 신녀 한 명이 들기름 등잔 밑에 앉아 바느질을 하고 있었고, 또다른 방 안에는 늙고 젊은 세 명의 여인이 신당 앞에 엎드려 두 손 모아 합장하고 있었다.

바느질을 하던 신녀가 엉덩짝을 비비적거리더니 일어섰다. 신녀는 치마 속으로 손을 넣어 벌겋게 물든 개짐을 풀어 한 구석으로 밀어 놓고 새 개짐을 찾다. 허리를 숙인 신녀의 치맛자락 사이로 포동포동한 하얀 엉덩이가 실룩거렸다.

창호지 구멍에 붙어 있던 번들거리는 눈알에 벌건 핏발이 서기 시작하고 입 속엔 침이 고였다. 사내는 소리나지 않게 침을 삼키고 나서 옆방에 붙어 있는 그림자를 슬쩍 건드렸다. 마주 본 두 그림자가 서로 고개를 끄덕거렸다.

둘은 가슴 속의 비수를 뽑아 들고 동시에 방 안으로 뛰어들었다.

"아악."

혼자 남아 있는 신녀는 찢어지는 비명을 질렀고, 치성을 드리던 신녀들은 '헉' 하는 낮은 소리를 내며 시퍼렇게 질렸다. 그렇지만 신모만은 커다란 눈에 놀람의 빛을 띠었을 뿐 빨리 신당 아래의 징을 잡으려 했다.

신모의 방에 뛰어든 사내는 대뜸 신모의 명치 어림을 우악스런 발길로 탁 차서 기절시켜 버렸다. 그런 후 엉겁결에 후다닥 일어서려는 어느 신녀의 가슴 한복판에다 절굿공이 같은 주먹을 내질렀다. 졸지에 뛰어든 두억시니 같은 사내의 손에 신모와 동료가 캑 소리도 없이 자빠지자 남아 있던 신녀는 '윽' 하는 소리와 함께 까무러쳐 버리고 말았다.

사내는 죽은 듯이 자빠져 있는 세 여인과 방 구석구석을 눈에 힘을 주고 살펴보았다.

혼자 있던 신녀의 방에 뛰어든 사내는 넋나간 눈빛으로 부들부들 떨고 있는 신녀의 머리채를 움켜잡고 새파란 핏줄이 선명히 보이는 하얀 목에다 시퍼런 비수를 들이대었다. 신녀의 하얀 다리를 타고 벌건 핏물과 지릿한 물이 동시에 흘러내려 방바닥을 축축히 적셔 놓았다. 흥건히 고인 벌거죽죽한 핏물을 보고 지릿한 냄새까지 맡은 사내는 우악스런 손으로 삼혼육백(三魂六魄)이 다 날아가고 나머지 일백(一魄)만이 지키고 있는 신녀를 핏물이 흥건한 바닥에 자빠뜨렸다. 그런 다음 부삽 같은 손을 신녀의 가슴 속으로 집어넣고 야들야들하고 봉긋한 젖가슴을 꽉 움켜쥐어 보았다.

사내의 얼굴에서 비릿한 웃음이 감돌며 잔뜩 기다리고 있던 살덩이가 빳빳한 힘으로 사타구니에서 요동을 치기 시작했다. 입을 한 번 다신 사내는 등잔 불빛을 번쩍번쩍 토해 내는 비수로 신녀의 속옷을 갈기갈기 찢어발겨 버렸다. 처녀의 허연 허벅지 안 골짝에 매달려 있는 개짐마저 벗겨 낸 사내는 자기의 아랫바지를 벗어 방문 앞에 홀쩍 던져 버렸다.

옆방에서 깨지는 듯한 신음 소리가 들려 오고 이어서 '퍼억퍽' 떡치는 소리와 함께 사내의 헉헉거리는 숨소리마저 들려 오자, 이 구석 저 구석을 뒤지던 사내의 눈길이 세 여인의 몸으로 옮겨졌다.

사내는 씩 웃으며 서둘지 않는 손길로 하나씩 하나씩 세 여인의 옷을 모두 벗겨 버렸다. 이리저리 세 여인의 알몸을 쳐다보던 사내는 제일 어리게 보이는 여인의 몸에 시커먼 털이 부숭부숭한 아랫도리를 갖다 댔다. 찢어지는 아픔 때문에 정신이 돌아온 처녀는 자기 배 위에 엎드려 엉덩이를 들썩거리고 있는 사내를 봤다.

신녀의 맑은 눈동자에 다시 한 번 칠흑 같은 공포의 빛이 서렸다. 신녀는 또 한 번 '헉' 하는 바람 빠지는 소리를 내고 까무러치고 말았다. 온몸을 경직시켜 한 차례 시원하게 토정(吐精)을 하고 난 그는 신녀의 몸에서 내려와 옆방의 동정을 살폈다.

옆방에서 아까처럼 퍽퍽 떡치는 소리는 들려 오지 않았으나 '으음, 아악' 하는 고통에 찬 계집의 소리와 더불어 두 몸이 한 몸 되어 구르면서 내는 방구들 소리가 쿵쿵 들려 왔다.

사내는 히쭉 한 번 웃고 나서 무디어진 자신의 살송곳에 묻은 빨간 흔적을 계집의 하얀 속곳으로 문지르며 나머지 두 여자의 알몸을 노려보았다. 그러자 축 늘어졌던 살덩이가 또다시 더운 김을 내뿜으며 핏대를 세웠다. 사내는 쭉 뻗고 늘어져 있는 두 번째 처녀의 가랑이를 쩍 벌려 놓은 다음 배 위에 몸을 엎드렸다. 하얀 사기 주발을 엎어 놓은 것 같은 보드라운 살덩이 중앙에 박힌 팥알만한 젖꼭지가 눈에 들어왔다. 거침없이 처녀의 말랑말랑한 깊은 골짝으로 살송곳을 밀어넣은 사내는 수염투성이의 입을 벌리고 처녀의 뽀얀 살덩이를 쭉 빨아 넣은 다음 꽉 깨물었다.

아래 위에서 느껴지는 따끔한 아픔에 죽은 듯한 처녀의 몸이 흠칫하더니 눈을 뜨고 소리를 지르기 시작했다.

"사람 살려 주오. 엄니, 언니. 나 좀……."

그러나 사내의 우악스런 손에 가냘픈 처녀의 목줄기가 칵 눌리는 바람에 그 소리는 계속 이어지지 않았다. 캑캑거리며 필사적으로 바둥거리던 처녀의 몸뚱이는 파르르 한 번 떨더니 그만 축 늘어져 버렸다. 다만, 툭 튀어나온 두 눈만이 영원토록 이 사내를 저주하겠다는 듯 일렁거리는 등잔빛을 비춰 내고 있을 뿐이었다.

명치를 걷어차여 아차하는 순간에 정신을 잃고 쓰러졌던 신모는 '엄니' 하는 소리를 꿈결처럼 들었다. 정신을 차린 신모의 귀에 사내의 씩씩거리는 숨소리와 마지막 힘을 모아 바둥거리는 딸의 몸부림 소리가 뚜렷하게 들려왔다. 신모는 가만히 숨을 몰아쉬며 살며시 눈을 떴다. 사내의 손에 꽉 눌려져 있는 신딸의 하얀 목덜미와 자기 오른손 어림에 뒹굴고 있는 징이 보였다. 신모는 살금살금 손을 뻗어 징을 움켜잡고 몸을 일으켰다. 징을 번쩍 들어올린 신모는 악취나는 숨결을 거세게 몰아쉬고 있는 사내의 상투뿐인 머리통을 벼락같이 내려쳤다.

'지잉' 하는 소리와 함께 사내는 게슴츠레한 두 눈을 치뜨며 신딸의 굳어져 가고 있는 몸 위에 풀썩 엎어졌다.

"지잉 징징징."

신모는 징 채를 찾아들고 미친 듯이 징을 울리기 시작했다.

옆방에서 한창 일을 보고 있던 사내는 난데없는 징소리에 후다닥 떨쳐 일어나서 재빨리 벗어 놓은 바지를 꿰찼다.

한 걸음에 옆방으로 뛰어든 사내의 눈엔 발가벗은 몸으로 춤추듯이 징을 쳐 대고 있는 신모의 모습이 들어왔다. 그리고 거무죽죽한 볼기짝을 내놓고 송장 같은 처녀의 알몸 위에 엎어져 있는 동반의 낭패한 꼴도 들어왔다.

"이크, 잘못되었구나. 재빨리 끝내야 할 것을 너무 오래 끌었군."

그는 지체없이 신모의 통통한 젖가슴 한복판에 날카로운 비수를 꼭 쑤셔 박았다.

"땡띠잉."

징을 떨어뜨린 신모는 사내의 충혈된 눈동자를 한동안 노려보다가 스르르 쓰러지고 말았다.

신모의 육덕 좋은 가슴에서 익숙한 솜씨로 비수를 뽑아 낸 그는 여자의 속옷을 장농 앞에 모아 놓고 불을 질렀다. 그리고 나서 아직도 초점 없는 눈을 뜨고 허우적거리고 있는 신녀의 목줄기를 오른발로 질끈 밟아 명줄을 끊어 버렸다.

불길은 순식간에 어두운 밤하늘로 빨간 혓바닥을 낼름거리며 번져 나갔다. 연기 자욱한 방 안으로부터 하얀 손 하나가 꿈틀거리며 기어나오다 쏟아져 내린 불꽃 속으로 자취를 감추고 말았다.

"늙은 년 하나에 젊은 년 셋이니 어김없네. 이젠 저 위쪽으로 가서 마지막 일이나 매듭 지으세."

한편 차만이가 떠다 준 냉수 한 그릇과 현미 한 줌, 생콩 반 줌, 솔잎 한 움큼으로 저녁 끼니를 때운 이 도사는 관솔불을 켰다. 벌써부터 차만이는 지필묵을 벌여 놓고 기다리고 있었다. 멍한 듯한 눈빛에 말을 잃었던 차만이었지만 신모로부터 좋은 소식이 있을 거란 말을 듣고 난 뒤부터 우울한 그 얼굴에 실낱같은 생기가 돌기 시작했다. 그러던 차만이가 이헌규에게 와 같이 기거하면서 글을 배우기 시작하더니만 요즘에 와서는 제법 웃음기마저 보이는 것이었다. 차만이 앞에 앉아 글을 가르치던 이헌규는 무슨 생각에 몰두하고 있는지 순간순간 미간을 찡그린 채 멍하니 한눈을 팔곤 했다.

보통 때와는 다른 양부(養父)의 이런 태도를 살핀 차만이가 근심스런 말투로 물었다.

"아버님! 무슨 걱정이라도 있으신지요?"

"음, 별일은 없으나 오늘은 아침부터 괜히 가슴이 울렁거려 안정이 되지 않는구나. 참, 어디까지 했지?"

별일 하나라는 듯 싱긋 웃으며 대답하는 양부의 말소리가 끝나자 '부엉, 부엉' 하는 소리가 산마루 저 너머에서 들려 왔다.

"에그! 저놈의 올빼미……, 제 에미 잡아먹고 나서 또 누굴 잡아먹으려고 저리도 섬뜩하게 울고 있담."

차만이는 양부의 언짢은 기분을 돌리려고 혓바닥을 쑥 내밀며 익살스럽게 말했다. 그러나 귀여운 태가 졸졸 흐르는 수양 딸의 말을 들은 이헌규는 흠칫 몸을 한 번 떨더니 눈을 감았다.

눈을 감고 무엇인가 생각하고 있는 그의 얼굴에는 더 깊은 골이 생겼다.

※ 천지인(天地人) 삼합지도(三合之道)를 수련하는 사람의 마음에는 크게는 세상의 큰 변동과 재난이 있을 때면 마음 거울에 그것이

비쳐든다고 했다. 그리고 적게는 자기 주위에서 혹은 자기와 가까운 사람에게서 일어나는 특별한 일이 그 마음에 감지(感知)되는 것이다.

깊은 경지에 이르게 되면 마음 거울에 그런 일들이 확연히 비쳐들지만 얕은 사람에겐 가슴이 뛰고 울렁거리는 현상으로 나타난다.

그는 무엇인가 좋지 않은 일이 일어날 거라는 어슴푸레한 느낌을 받았으나 그것이 무엇인지 꼭 집어 낼 수는 없었던 것이다. 그래서 이 생각 저 생각으로 갈피를 못 잡고 있던 중인데 부엉이 소리를 들은 차만이가 올빼미 얘기를 하는 것에 한 가닥 점기(占氣)를 잡았던 것이다. 눈을 감고 점단(占斷)을 하고 있던 그의 몸이 부르르 떨렸다. 그는 벌떡 일어나 신들메를 단단히 하기 시작했다.

그때였다.

산등성이 넘어 삼성사 쪽에서 울부짖는 것 같은 미친 듯한 징 소리가 들려 왔다.

"얘야! 내가 나가고 나면 너는 즉시 불을 끄고 죽은 듯이 엎드려 있거라. 절대 밖으로 나와서는 안 되느니라."

그 말을 남기고 이헌규는 삼성사 쪽으로 바람처럼 달려갔다.

산등성이 위에 오르자 불길에 휩싸인 당집이 보였고 껑충한 두 그림자가 불빛을 등지고 삼성사 쪽으로 오르는 것이 보였다.

다급해진 그의 마음은 달리고 있는 발에 더욱 힘을 주었다.

당집 앞에 도착했을 때 초가로 된 당집은 이미 그 형용을 잃어버렸고 매캐한 연기 속에서 인육(人肉) 타는 냄새가 고약하게 풍겨 나오고 있었다.

너울너울 마지막 춤을 추고 있는 불꽃을 처연하게 쳐다보던 이헌규는 한숨을 푹 내쉬며 중얼거렸다.

"쯧쯧, 사그라드는 저 불꽃처럼 인생이란 참으로 덧없는 것이로구나. 그럴지언정 피어 보지도 못하고 한 줌 재로 돌아간 꽃다운 저 목숨들이 애석하기만 하구나. 이젠 천인공노(天人共怒)할 이런 끔찍한 일을 저지른 자들에게 따끔한 교훈이나 주어 인명의 귀중함을 일깨워 주어야 겠구나."

삼성사 안으로 들어간 두 그림자는 부시를 쳐 불을 밝힌 후 이곳저곳을 뒤져 보았다.

값나가는 물건을 찾지 못한 그들은 신탁(神卓) 위에 올려져 있는 과일을 하나씩 집어들고 와작와작 씹어 가며 수작을 주고 받았다.

"이것 봐, 만득이! 자네가 본 고기 맛은 어떻던가?"

"피 칠갑을 한 조개였네만 비린내 하나 나지 않고 야들야들하더이. 자네가 그 낭패를 당하지만 않았으면 밤새도록 요 맛 조 맛 다 볼 것인데……. 자네의 그 멍청한 낭패가 원망스러우이. 자네는 어떻던가."

"고기 맛을 본 지 오래 돼서 그런지 첫 번째 계집에겐 그만 나도 모르게 찔끔 내지르고 말았지 뭔가. 그런데 자네의 농탕질 소리에 힘이 다시 솟질 않겠나! 그래서 두 번째 년의 사타구니를 쩍 벌리고 고놈의 소원을 들어주었지. 그 녀석도 요번에는 실컷 먹겠다는 심산인지 이곳저곳으로 고개를 들이밀며 느긋하게 헤엄치질 않겠나. 킬킬, 놈이 그렇게 하자 요

놈의 입도 덩달아서 팥알만한 꼭지가 박힌 보들보들한 뽀얀 살덩이를 쭉 빨아들여 꽉 씹어 뜯질 않겠나. 그러자 저승 문턱에서 오락가락하던 그년이 갑자기 정신을 차리면서 '엄니 나 죽소.' 하는 소리를 버럭 질렀지. 그래서 고년의 가느다란 목줄기를 꽉 눌러 숨을 죽여 놓았는데 그때 그 맛이 정말이지 기가 찼다네. 히히, 파르르 떠는 마지막 살(肉) 맛과 더불어 빳빳하게 죄어 오는 아랫도리의 그 맛에 내 혼백은 짜르르하다 못해 아찔하기까지 하더군. 그럴 때 그만 그 늙은 년에게 낭패를 당했지 뭔가. 늙은 년의 육덕(肉德)마저 흠뻑 맛볼 수 있었는데, 참으로 아깝기 짝이 없네."

삼성사 문 입구 쪽에 몸을 숨긴 채 그들의 수작을 듣고 있던 이헌규의 두 손이 부르르 떨렸다. 그의 눈빛은 시퍼런 살기를 토해 냈다.

'이것들도 인간이라 따끔한 교훈만 주고 보내 주려 했는데 이렇게까지 흉악무도할 줄이야. 내 비록 도행(道行) 속에 있어 살생이 금기이긴 하나 어찌 이들을 살려 둘 수 있겠는가.'

이렇게 생각한 이헌규가 전 안으로 들어가려 할 때 이들의 수작 소리가 또 들려왔다.

이헌규는 이들의 수작을 좀더 지켜보기 위해 발걸음을 멈추었다.

"이것 봐, 만득이! 어서 이곳을 불사르고 사또에게 달려가 약속한 재물이나 받아 들고 멀리 내빼야 하지 않겠나?"

그렇게 말한 사내는 신탁 아래에 둘러쳐져 있던 비단 휘장을 확 잡아 뜯어 불을 붙였다. 확하니 밝아진 삼성사 내부의 벽 위에서 세 분의 초상이 이들을 말없이 내려다 보고 있었다.

힐끗 초상화를 바라본 만득이가 들기름 항아리를 찾아 들고 온 동반을 향해 입을 열었다.

"여보게, 잠깐만……. 목 잘려서 죽을 죄인인 우리들이 목숨을 살려 주겠다는 사또의 명을 받아 겁간에다 살인 방화까지 했네만, 차마 어찌 조상님 영위(靈位)까지 태울 수가 있겠는가. 그러니 그냥 가세."

"이봐 만득이! 사또가 삼성사까지 잿더미로 만들고 와야만 약속한 것을 주고 멀리 내빼도록 길을 열어 준다지 않았던가. 그러니 우리가 살려면 할 수 없네. 어서 끝장내고 가세."

"여보게 안 되네. 우리가 아무리 막돼먹은 놈이라곤 해도 그분들의 후손으로서 도저히 이럴 순 없네. 사또에겐 태웠다고 거짓 복명을 하면 제 깟놈이 어찌 알 수 있겠는가. 나중에 안다 해도 이미 우리들의 몸은 멀리 있을 것이니 무슨 문제가 있겠는가. 그렇지 않은가?"

"그렇긴 하네. 조상 없는 후손이 어디 있겠나. 우리가 조상님의 가르침대로 사람답게 살지는 못할망정 그분들을 모욕할 수는 없고, 모욕을 한다면 바로 우리 자신을 모욕하는 것이 되겠지. 암 그렇고말고."

그들은 어깨를 나란히 하고 문 밖으로 한 걸음을 내디뎠다.

"휘익……퍽 퍼억."

갑자기 그들의 명치와 목젖에 벼락 같은 충격이 왔고 그들은 영문도 모른 채 픽 쓰러지고 말았다.

문 뒤에 몸을 감추고 있던 이헌규는 그들을 제압한 후 허리띠를 풀어 빠른 손놀림으로 뒷결박을 지어 버렸다.

삼성사 전 안으로 그들을 끌고 들어간 이헌규는 신탁 위에 놓인 등잔 아홉 개에다 불을 밝혀 놓은 다음 그들의 따귀를 한 대씩 세차게 때렸다.

"네 이놈들, 아무리 네놈들의 목숨을 살려 준다 했기로서니 어찌 사람의 탈을 쓰고 그런 끔찍한 짓을 저지를 수 있느냐? 그러고도 살기를 바라느냐? 내 오늘 네놈들의 짐승 같은 목줄을 따 한을 품고 죽은 혼령들에게 위령제나 올려야겠다. 이 모두가 네놈들의 잘못이니 저승에 가서도 원망은 말아라."

설핏 정신이 들어 눈만 껌뻑대고 있는 그들에게 이헌규는 서릿발 같은 말투로 호령을 하며 그들의 품 속에서 찾아 낸 비수를 들어 올렸다.

그들은 비로소 자신들이 어떤 처지가 되었는지 깨닫고는 눈 앞이 캄캄해졌다. 그들의 머리 속에는 파르르 몸을 떨며 숨을 거두던 네 여인의 모습이 떠올랐다. 그제서야 제 목숨이나 남의 목숨이나 모두 똑같이 귀중한 것임을 깨달은 그들은 고개를 푹 숙이고 말았다.

"나으리! 우둔한 것들이 정말로 용서받지 못할 죄를 저질렀군요. 입이 있다 한들 무슨 말을 더 할 수 있겠소. 어서 이 개 같은 것들의 명줄이나 끊어 주시오."

그들의 풀 죽은 목소리를 들은 이헌규는 들었던 비수를 획획 두 번 내리 그었다. 흠뻑 번져 나오는 핏물과 함께 두 사람의 귀가 땅에 뚝 떨어졌다. 두 사람의 귀 한쪽씩을 잘라 낸 이 도사는 엄숙한 목소리로 말했다.

"내 너희들의 짓거리를 이 두 눈으로 똑똑히 보고 이곳으로 달려와 더러운 입으로 지껄이는 음담패설까지 들었지. 그때의 심정은 네놈들의 몸뚱이를 갈기갈기 찢어 놓고 싶었다. 그러나 세 분 선조의 거룩한 얼이 깃든 이 삼성사를 불태우지 않은 네놈들의 행동에, 아직도 착한 사람이 될 수 있는 터럭만한 뿌리가 있음을 알고 네놈들을 용서하기로 했다. 악심(惡心)이 들 때는 잘라진 귓바퀴를 만지며 오늘의 일을 생각하도록 해라.

그리고 너희보다 더 간악하고 짐승보다 더 흉악한 사또에게 달려갈 생각은 아예 말거라. 아마도 그는 너희들의 입을 틀어막기 위해 그냥 두지 않을 것이니라. 이젠 너희들을 살려 준 세 분 조상의 거룩한 모습 앞에 고맙다는 절이나 올리고 멀리 떠나도록 해라."

비수를 던진 이 도사는 그렇게 말하며 그들의 결박을 풀어 주고 밖으로 나갔다.

21

10년 각고 끝에 금인(金人)을 다시 찾다

삼성사 쪽에서 울부짖듯 들려온 징 소리, 심상치 않은 얼굴로 꼼짝도 말라며 산짐승처럼 밤길을 내닫던 양부(養父), '도대체 무슨 일이 생겼을까? 무슨 위험한 일이 있기에 여기서 꼼짝도 말고 쥐죽은 듯이 엎드려만 있거라 했을까?'

차만이는 숨을 죽인 채 가만히 귀를 기울여 보았다.

쿵쿵거리며 뛰고 있는 자기 심장의 고동 소리만이 동굴 속의 캄캄한 정적을 뒤흔들 뿐 바깥에서는 아무런 소리도 들려오지 않았다.

시간이 얼마나 흘렀을까.

'어험'하는 귀에 익은 기침 소리와 함께 양부가 돌아왔다. 이헌규가 미처 동굴을 막고 있는 거적을 들치고 들어서기도 전에 차만이가 후다닥 일어나며 물었다.

"아버님! 당집에 무슨 일이 있습니까?"

"별일은 없고……. 네 신모가 급체를 만나 나를 청해 침(針)이나 맞으려 했던 모양이더라. 이제 안심하고 잠이나 자거라."

그렇게 말한 이 도사는 문 입구 자기 자리로 가 앉은 다음 눈을 감아 버렸다. 그러나 자리를 깔고 누운 차만이의 가슴은 계속 울렁거렸으며 잠은 쉽사리 찾아오지 않았다.

당집의 변고는 그 이튿날 아침 양식과 일용품을 지고 왔던 장쇠에 의해 즉시 마을로 전해졌다. 촌장과 신모, 신녀들의 가족들, 그리고 많은 사람들이 몰려와 참혹한 광경을 목격했다.

가을 물이 아름답게 든 구월산 자락 삼성사 주변은 온통 한숨 쉬는 처량한 소리, 땅을 치며 통곡하는 소리들로 뒤덮였다. 산등성이 하나 너머에 있는 이헌규와 차만이의 귀에도 두견새 우는 소리 같은 그들의 통곡 소리가 들려 왔다.

자기의 얼굴과 산등성이 저쪽을 번갈아 쳐다보고 있는 차만이에게 이헌규는 다짐 받듯 말했다.

"애야! 내 잠깐 갔다 올 터이니 내가 오기 전까지는 절대로 그쪽으로 가서는 아니 된다. 알겠느냐?"

사람들 틈에 슬며시 끼어든 이 도사는 촌장과 차만이의 부모를 찾아 은밀하게 사건의 전모를 말해 주고 한 마디 더 일러주었다.

"이 일은 탈옥수가 저지른 일이라고 마을 사람들에게 알리시오. 만일에 사건의 실상을 조금이라도 발설한다면 그때는 촌장과 신녀들의 가족 모두에게 또 한 차례 엄청난 살겁이 닥칠 것이오. 그리고 지금 차만이는 살아서 나와 함께 있소. 그러나 이것도 비밀로 해야 하오. 그렇지 않으면 차만이도, 차만이의 부모도, 그리고 나도 산 목숨이 아니오. 절대 비밀을 지켜야 하오."

이헌규가 이렇게 뒷수습을 일러 주고 있는 시간에 차만이는 양부의 엄명을 거역하고 산등성이를 넘고 있었다.

뭇 사람들의 부러움과 우러름을 받은 꽃님의 몸으로 꽃가마를 타고 와 머물렀던 당집, 할아버지의 품 속처럼 아늑하고 따뜻했던 그 당집은 보이지 않았다. 다만 그 자리에는 시커먼 잔해를 드러낸 크고 작은 나뭇가지 몇 개가 을씨년스럽게 흩어져 있었고 그것들은 아직까지도 실안개 같은 연기를 모락모락 피워 올리고 있었다. 그리고 하얀 옷을 걸친 많은 사람들이 그것들을 향해 가슴 저미는 통곡 소리를 내고 있었다.

차만이의 두 발은 후들후들 떨리고 눈 앞이 가물가물해졌다. 끝내 주저앉고 만 차만이의 두 눈에 어렸던 눈물이 하염없이 방울져 흘러내렸다.

"삼신 할아버님! 어찌 이런 일이 당신의 눈 앞에서 일어날 수 있단 말입니까. 당신의 성(聖)스런 혼령이 좌정하고 있는 이곳엔 평소 사나운 짐승까지도 함부로 범접치 못했는데 말입니다. 그런데 어째서 이런 일이……."

이렇게 울부짖는 차만이의 귀에 자상한 목소리가 파고들었다.

"애, 차만아! 마음을 가다듬고 내 말을 들어 봐라."

이렇게 말문을 연 이헌규는 차만이에게 이때까지 일어난 일을 자상하게 말해 주었다.

자신이 빌미가 되어 벌어진 이 엄청나고 끔찍한 일, 죽은 목숨으로 되어 있어 마을 사람들은 물론이고 부모님까지도 만나서는 안 되는 자신의 신세, 끊어진 한 가닥 희망과 기대, 그리고 뱃속에 커다랗게 담겨져 있는 임자 없는 씨앗. 이 모든 것은 땅이 꺼지고 하늘이 무너져 내리는 듯한 충격이 되어 차만이의 연약한 심신에게 내리덮쳤다.

차만이는 휘청거리는 비틀걸음으로 까마득한 낭떠러지가 있는 곳으로 갔다. 차만이의 모든 심사를 알고 있는 이헌규는 차만이의 팔을 잡아 앉히며 말했다.

"얘야, 이 모든 일은 네 책임이 아니란다. 이런 일은 너와 나, 아니 우리 모두에게 주어진 하나의 시련일 뿐이다. 그리고 우리들은 그 시련을 이겨 내야만 암담한 이 세상을 꽃빛 가득한 아름다운 세상으로 만들 수 있단다.

이것저것 다 잃고 죽고 싶은 네 심정을 내 어찌 모르겠느냐. 그렇지만 그렇게 한다면 너는 네 자신의 목숨뿐만 아니라 아무 죄도 없는 뱃속의 새 생명까지도 죽이게 되는 큰 죄를 짓는 것이란다. 삼신의 가르침을 받은 네가 어찌 그것도 생각 못하고 경솔한 짓을 하려느냐. 얘야! 그렇지 않느냐? 그러니 우리 이 시련을 참고 이겨 나가도록 하자꾸나."

차만이는 뱃속의 죄없는 새 생명을 죽이게 된다는 양부의 말에 그만 소리내어 울며 양부의 가슴으로 와락 파고들었다. 가을 태양이 서산 머리에 기웃거릴 때까지 마주 껴안은 두 사람의 눈 속에서는 피눈물이 끊임없이 흘러 내렸다.

또다시 말을 잃어버린 차만이는 양부의 동굴에서 그해 겨울을 나고, 이듬 해 2월(二月) 언제나처럼 둥근 보름달이 구월산 봉우리 사이로 환한 얼굴을 내밀 때 몸을 풀었다.

이헌규가 받아 낸 아기는 계집애였다. 거적 틈 사이로 찾아온 달빛을 바라보며 젖을 먹이던 차만이는 아기 이름을 달님으로 지었다. 그러나 앙증맞은 입으로 젖을 빠는 달님을 쳐다보는 차만이의 눈빛 속에는 한없는 고뇌와 우수의 그림자가 가득 차 있었고, 입에서는 소리없는 한숨만이 길게 새어 나올 뿐이었다.

차만이는 달님이 태어난 지 삼칠일이 지나자 달님을 업고 삼성사로 갔다. 거룩한 삼신(三神)의 초상 앞에 엎드려 한 식경이나 눈물을 쏟아 낸 차만이는 아기를 삼신에게 맡긴 후 이탁이 기대어 통소를 불던 소나무 가지에 목을 매달고 말았다.

엄마하고 영원한 이별을 한 줄도 모르고 방긋거리는 달님의 가슴팍에는 엄마의 따뜻한 손길 대신 옥가락지 한 쌍만이 놓여 있었다. 뒤늦게 수상한 낌새를 느끼고 찾아온 이헌규가 차만이의 시신을 수습했다. 그리고 당집이 내려다 보이는 양지바른 산등성이에 차만이를 묻었다.

이헌규는 아기를 안고 신당골로 내려갔다.

아기는 촌장의 주선으로 혼인한 지 5년이 지나도록 태기(胎氣)가 없는 이웃 밤나무골 삼돌이 내외가 기르기로 했다. 달님은 친딸처럼 아껴 주는 삼돌이 내외의 사랑 속에서 아무 탈 없이 잘 자랐다.

열 살이 넘어서자 달님의 모습은 점점 예쁜 제 어미를 닮아 가기 시작했다.

그 동안 이웃 신당골 촌장과 차만이의 부모들은 발걸음 한 번 하지 않았지만 이헌규는 1년에 한 번 꼴로 찾아와 달님을 보고 갔다.

달님이 열세 살이 되던 해였다.

그해는 여름부터 시작된 혹독한 가뭄이 가을까지 이어졌다. 길거리마다 쪽박을 찬 걸인들이 우글거렸고 농사꾼들은 누런 얼굴로 하늘만 휑하니 쳐다보았다.

이듬 해 봄이 되자 농사꾼들의 굶주림은 극에 달해 쌀 한 됫박 때문에 살인(殺人)이 일어나기도 했고, 쌀 한 말에 귀여운 딸 자식을 팔아 넘기는 일이 흔하게 일어났다. 뿐만 아니라 누구 누구가 산등성이에 나자빠져 있는 굶어 죽은 시신의 흐벅진 넓적다리 살을 삶아 먹었다는 얘기도 심심찮게 나돌았다.

그러던 어느 날, 큰 지주(地主)인 최염생의 마름(집사)이 지나다가 들렸다며 삼돌이를 찾아왔다. 그의 은근한 수작은 쌀 열섬을 줄터이니 달님이를 최 나으리의 동첩(童妾)으로 달라는 것이었다.

"비록 내 친딸은 아니지만 그리는 못하오."

삼돌이가 화를 벌컥 내며 거절하자 그는 그저 농담삼아 한 번 해본 소리일 뿐이라며 얼버무렸다.

이튿날 또 찾아온 그는 진지한 표정으로 말했다.

"에잇 참, 백성들이 이렇게 굶어 죽어 가고 있는데 나라님은 도대체 무얼 하고 있담……. 어떻게 하든 이 흉년엔 살아 남는 것이 최선일세. 참! 내 반가운 소식 하나 전해 줌세. 우리 나으리께서 마을 사람들의 구황(救荒)을 위해 내일부터 한 가구에 열 말씩 곡식을 이자 없이 꾸어 주기로 하셨다네. 그러니 내일 아침 일찍 남보다 한 걸음 앞서 나으리 댁으로 오게."

이 말을 듣자 누렇게 말라 비실거리던 아내와 달님의 모습을 떠올린 삼돌이는 눈을 번쩍 떴다. 삼돌이의 휑한 눈 속에서 뜨거운 눈물이 흘러나왔다.

다음 날 아침 삼돌이가 내려 놓은 지게 위에 쌀 스무 말을 얹어 주며 집사가 말했다.

"열 말은 자네 딸의 몫으로 더 얹어 주는 것이니 어서 지고 가게."

열 번도 넘게 허리를 굽실거리며 고맙다는 말을 한 삼돌이가 지게를 지고 최염생의 대문을 나오려는 순간, 집사가 삼돌이의 지게 끝을 잡았다.

"여보게, 삼돌이! 아무리 이자 없이 빌려주는 곡식이라 해도 빌려간다는 증서는 남겨야 되지 않겠나. 그러니 이 증서 밑에 자네 이름이나 남겨 주게나."

하얀 것은 종이이고 그 위에 검은 것은 문자라는 것 밖엔 알 리 없는 삼돌이는 집사가 시키는 대로 그 종이 아래쪽에 돌멩이 세 개를 그려 주었다. 바로 삼돌(三石)이라는 뜻이다.

한 달이 적으면 한 달이 큰 것처럼 흉년 든 다음 해 농사는 아주 순조로워 달님이 열네 살이 된 그해 가을에는 너나할것없이 제법 알찬 수확을 거둘 수 있었다.

10월 초하루였다. 삼돌이는 마당에 지게를 세워 놓고 그 위에 쌀 스물닷 말을 얹었다. 스무 말은 빌린 것이고 닷 말은 감사의 표시인 셈이었다.

이때 건장한 하인 두 명과 함께 집사가 삽짝을 밀치고 들어왔다.

"집사 어른 잘 오셨군요. 마침 빌려주신 쌀을 최 나으리 댁으로 지고 갈 참이었소."

"자네 무슨 말을 하는가? 빌려주다니, 우리 나으리께서 언제 자네에게 쌀을 빌려 주었단 말인가. 자네는 쌀 스무 말에 딸년을 나으리께 판다고 하지 않았는가. 약조한 기한이 지났으니 어서 달님을 이리 나오게 하게. 여기 그 중서도 이렇게 있지 않은가?"

집사는 삼돌이의 말에 손사래를 크게 치며 엉뚱한 소리 말라는 듯 소리를 내질렀다.

"집사 어른! 집사 어른의 말이 아직도 제 귀에 쟁쟁한데 어찌 지금 와서 얼토당토않은 말씀을 하시오. 그 종이에 쓴 것도 집사 어른이 돌멩이 세 개만 그리면 빌린 것이 확실하다 했기에 그려 준 것뿐이오. 저 푸른 하늘이 알고 이 땅도 알 것이니 나는 빌린 것만 갚으면 그만이오. 자, 이 쌀 스물닷 말 가지고 어서 내 집에서 나가시오."

"허, 저놈이 쯧쯧…… 이 증서엔 분명 쌀 스무 말에 네 딸년을 최나으리 댁에 판다고 쓰여 있고 그 밑에 네놈의 이름까지도 네놈이 직접 쓰지 않았느냐. 이러고도 딴말이냐? 안 되겠다, 애들아! 어서 딸년을 끌어 내어라."

삼돌이와 그 아낙이 아무리 발버둥치고 고함을 질러 봤자 힘센 두정점의 뚝심을 당할 순 없었다.

갑작스런 소란에 웬일인가 하고 모여든 마을 사람들도 집사가 내미는 증서라는 종이 쪽지 앞에 입을 다물고 말았다. 달님은 울며불며 앙탈을 부렸으나 끌려가지 않을 도리가 없었다. 삼돌이는 곧바로 고을 사또에게 찾아가 억울한 일을 하소연했다. 그러나 예나 지금이나 관법(官法)은 언제나 힘있는 자의 손을 들어주는 법이다.

문화현 사또 역시 공명현정(公明顯正)이라 쓰인 현판 밑에 앉아 최염생의 손을 번쩍 들어 주었다. 근거는 삼돌이가 백미 스무 말을 받고 자기 딸을 그해 8월 그믐까지 최염생에게 넘긴다는 내용과 그 밑에 그려진 삼돌이 자신을 나타내는 표기로 이뤄진 증서였다.

그날 이후로 삼돌이는 매일 술독에 빠져 가난하고 힘없는 농사꾼으로 태어난 자신과 낳아 준 부모를 원망하며 지냈다. 그리고 삼돌이의 아낙은 그러는 남편의 측은한 모습과 눈 앞에 삼삼하게 떠오르는 달님을 생각하며 눈물만 찔끔찔끔했다.

그런 일이 있고 난 한 달 후의 어느 날 아침이었다.

대문 앞을 쓸러 나간 최염생의 하인은 깜짝 놀라 쥐었던 빗자루를 떨어뜨렸다. 낭자한 핏물 속에 엎어져 있는 사내의 시신이 보였기 때문이다. 그는 새파랗게 질린 얼굴로 허둥지둥 뛰어가 집사에게 알렸다. 집사와 함께 뒤집어 본 시신은 가슴 한복판에 낮을 꽂고 눈알이 뚝 튀어 나올 것처럼 눈을 부릅뜨고 있었는데, 바로 삼돌이의 시신이었다. 이런 변고를 전해 들은 최염생은 달님의 귀에 그 소리가 들어가지 않도록 엄한 함구령을 내린 다음 피륙 몇 필과 함께 시신을 삼돌이의 아낙에게 보내 주었다.

졸지에 딸을 빼앗기고 남편의 처참한 모습까지 보게 된 아낙은 한참 동안 넋을 잃은 듯 멍하니 서 있다가 스르르 까무러치고 말았다. 이웃 사람들의 보살핌 속에 깨어난 아낙은 그때부터 아무나 보면 히죽히죽 웃기 시작했다. 이렇게 미쳐 버린 아낙은 히죽히죽 웃으며 마을 곳곳을 쏘다니다 마을 입구에 있는 연못 속에 둥둥 떠 있는 시체로 발견되었다.

이런 소식은 최염생의 귀에도 들어갔다. 그러나 그들이 어찌 되었는 간에 달님을 수중에 넣은 최염생의 머리 속엔 아득하게 잃어버렸던 봄꿈만이 일렁거렸고, 얼굴엔 비릿한 웃음기가 떠나지 않았다.

그렇게 침만 삼키고 있던 그는 어느 날 저녁 평소에는 반주로 한 잔씩

만 마시던 뱀술(蛇酒)을 두 잔이나 마시고 달님이를 방으로 불러들였다.

그의 눈알은 벌써부터 벌건 불길을 날름거리고 있었지만 흘러나오는 말소리는 부드럽기 그지없고 표정은 자상하기만 했다. 하얀 쌀밥과 고깃국, 비단 치마 저고리에 대국(大國)에서 건너온 지분(脂粉), 그리고 여러 가지 패물 등을 미끼로 던졌지만 쪼그리고 앉아 눈물만 뚝뚝 흘리고 있는 달님의 마음을 낚지 못했다. 조급한 마음이 든 그는 말투와 얼굴색을 확 바꾸며 물고를 내겠다는 등, 되놈 색상(色商)에게 팔아 버리겠다는 등 여러 가지 위협도 해 보았으나 헛일이었다. 와락 화가 난 그는 병아리를 낚아채는 솔개처럼 내리 덮치기도 했다. 그러나 안간힘을 다해 발버둥치는 새파란 달님의 힘에 늙어 빠진 그의 몸은 저절로 풀이 죽어 버리고 말았다.

'무슨 좋은 수가 없을까?'

몇 날 며칠 밤을 이 생각 저 생각으로 오락가락하던 그의 입가에 어느 날 저녁 노회한 웃음기가 번졌다.

다음 날 아침 햇살이 마당 위에 떨어지기가 무섭게 그는 집사를 불렀다.

"얘 기복아! 작년에 꿔 간 장리 쌀을 아직도 갚지 않은 자가 있으렷다. 지금 즉시 그놈을 잡아들이도록 해라. 그리고 뼈다귀 억센 여진 계집 종도 함께 불러들여라. 내 오늘 고것들에게 따끔한 맛 좀 보여 주어야겠다."

한 식경쯤 지나자 꺽달진 집사가 그들을 데려왔다.

최염생은 집안의 모든 하인들과 달님까지도 마당가에 늘어 세운 후 형틀을 마당으로 내오게 했다. 대청에 평발을 치고 앉은 최염생은 불문

곡직하고 살기등등한 소리로 외쳤다.

"저놈은 내 장리 쌀을 처먹고 아직도 갚지 않은 도둑놈이다. 애들아! 저놈을 엎어 놓고 똥물이 나올 때까지 매우 쳐라. 그리고 너 오랑캐 계집 년도 듣거라. 종년으로 팔려 왔으면 상전의 어떤 분부에도 고분고분 응 하는 것이 본분일진대, 네년은 어찌 그리 분수를 모른단 말이냐. 얘들아! 이년의 뼈다귀가 얼마나 억센지 내 오늘 좀 보아야겠다. 그러니 조년의 입에서 살려 달라는 말이 나올 때까지 매 타작을 하거라."

아무런 변명도 용납되지 않았다.

철썩, 퍽 철썩, 떡 치는 소리가 들리는가 했더니 얼마 안 가 온 마당에 는 살점이 터지고 피 흐르는 소리가 낭자하게 깔렸다. 드디어 장리 쌀을 못갚은 농사꾼이 비명과 함께 입을 열었다.

"살려 줍쇼, 나으리, 살려 주면 내 금방 갚아 올리겠소."

그러나 여진 계집의 입 속에서는 악문 이빨 사이로 째진 신음만이 흘 러나올 뿐 끝내 항복 소리는 들리지 않았다.

얼마나 더 매질이 계속되었을까.

마침내 피범벅이 된 그들의 몸은 타작 마당에 널브러진 볏대처럼 너 덜너덜하게 풀이 죽었다. 신음 소리도, 살려 달라는 소리도 들리지 않고 걸레처럼 너절해진 살점 위에 퍼부어지는 무심한 매질 소리만이 음산하 게 울려 퍼졌다. 찍소리도 못하게 된 그들을 노려보고 있던 최염생의 눈 길이 새파랗게 질린 얼굴로 바들바들 떨고 있는 달님에게 슬쩍 향했다.

형틀에 묶인 두 몸뚱이는 찬물 한 바가지씩을 뒤집어쓰자 부스스 눈 을 뜨고 꿈틀거렸다. 그들의 몸에 또다시 매가 떨어지기 시작했다. 얼마 후 지렁이처럼 꿈틀거리던 그들의 몸이 바르르 떨리다가 축 늘어져 버렸다.

그제야 최염생의 입에서는 매를 멈추라는 말이 튀어나왔다. 숨소리 하나 크게 내지 못하고 후들거리고 있는 여러 사람들을 획 째려 본 최염생은 몇 가닥 되지 않는 수염을 만지며 꽝 한 마디 던졌다.

"저놈은 마을 촌장 집에 보내어 돌보라 하고, 저년은 살았으면 며칠 몸조리시키고 죽었다면 뒷산 계곡에 던져 산짐승의 먹이가 되도록 해라."

아무리 종으로 팔려 온 여진 계집이고, 빚을 못 갚은 힘없는 농사꾼이라 하나 그의 이런 처사는 사람으로서는 도저히 할 수 없는 그런 짓이었다. 그날 저녁 아직도 공포의 그림자에 휩싸여 있는 달님이를 불러 앉힌 최염생은 눈을 치뜨며 말했다.

"네 이년, 너도 오늘 낮의 일을 잘 보았겠지. 네 년이 말을 듣지 않으면 네 년 뿐만 아니라 네 년의 에미 애비까지도 잡아들여 산송장을 만들 것이니라."

달님은 자기 몸 하나는 어떻게 되어도 상관없으나 자기 때문에 죄없는 부모님까지 화를 입게 할 수는 없다고 생각했다. 이렇게 되어 달님은 최염생의 동첩(초초) 노릇을 했다. 그러나 최염생의 옆에 누운 달님의 몸은 언제나 송장처럼 뻣뻣해지기만 했고 단 한 마디의 말도 하지 않았다. 달님도 어미인 차만이처럼 말을 잃어버린 것이었다.

지나치는 바람결마다 싸늘한 입김을 왈칵왈칵 토해 내는 11월 중순경의 어느 날 저녁이었다. 의젓한 선비 차림의 중늙은이가 최염생의 솟을 대문을 두드리며 주인을 뵙길 청했다.

"나으리! 이 아무개라는 분이 급한 일이 있다며 나으릴 뵙자는데, 어찌할깝쇼?"

"입성은 어떠하고, 위인 됨은 어찌 보이던가?"

"입성은 선비 복색이옵고, 귀(貴)티는 있으나 궁한 티는 보이지 않습니다."

"그래, 그러면 사랑으로 뫼시도록 해라."

집사가 물러가자 의관을 갖춘 최염생은 거드름 부리는 팔자걸음으로 사랑에 들어갔다.

"손님께서는 뉘시온데, 이 늙은이를 찾으시오?"

엎드려 초면례를 드리는 손님을 향해 건성으로 맞절을 하며 떨떠름하게 물었다.

"예, 시생은 강도(江都, 강화도) 홍행촌에 사는 이헌규로 조부님의 함자는 암(巖) 자이외다."

이 말을 들은 최염생의 얼굴빛이 싹 변하며 황망히 공손한 태도로 바뀌었다.

"아……, 그렇다면 바로 수문하시중으로 서북면 도원수를 지내신 문정공(文貞公)의 손자 되시는 분이시군요. 귀하신 분을 몰라 뵈어 큰 실례를 범했소이다."

이렇게 말한 최염생은 집사를 불러 주안상을 크게 차려 오도록 시켰다. 그럴 수밖에 없는 것이 문정공 이암은 학문도 높았을 뿐 아니라, 일찍이 총병관 정세운과 더불어 주원장(후일 明의 太祖)이 이끌고 온 홍건적 10만을 소탕하는 데 큰 공을 세운 분이었다.

만년의 그는 강화도 홍행촌에 머물면서 《단군세기(檀君世紀)》라는 역사책과 '도학심법(道學心法)'을 소개한 《태백진훈(太白眞訓)》을 편찬했으며, 중국의 ≪농상집요(農桑輯要)≫라는 책을 수입하여 펴냈다.

술을 한 잔 따라 정중하게 권한 최염생은 은근한 목소리로 이헌규에게 찾아온 뜻을 물었다.

"예, 다름이 아니오라 시생은 어려서부터 조부님의 가르침으로 단군 시대 때부터 전해지고 있는 ≪태백진훈≫을 익혔는데, 지금에 와서는 천기(天氣)와 지리(地理)까지 살필 줄 아는 능력을 지니게 되었지요. 오늘 죽마고우인 이 고을 사또를 찾아가는 길에 이 집 앞을 지나게 되었습니다. 그런데 등줄기가 오싹해지는 사기(死氣)가 이 집 중앙에서 뭉실뭉실 피어오르고 있는 것이 아니겠습니까. 그냥 모르는 척 지나치려 했으나 인명(人命)의 소중함을 누누이 일러 주시던 할아버님 생각이 들어 이렇게 이 집 어른을 찾게 되었습니다. 어른 뵙고 보니 더욱 확신이 가는군요. 시생이 이만큼이나마 귀띔을 드렸으니 귀체(貴體) 보존하시도록 하소서. 이제 드릴 말씀을 다 드렸으니 시생은 이만 물러가겠소이다."

말을 마친 손님은 바쁜 듯이 일어났다.

술 한 잔 안주 한 점 집지도 않고 일어서려는 이헌규의 바짓가랑이를 황급히 잡은 최염생은 말했다.

"잠깐만 좌정하시지요. 옛말에 남의 집 일을 봐 주려면 삼년상까지 봐 주라고 했지 않습니까? 그러니 좀 더 자세히 일러 주시고 피방(避方)을 가르쳐 주시면 그 은혜 백골난망이외다."

최염생의 간청에 못 이기는 듯 주저앉은 이헌규의 입가에 실낱같은 웃음이 얼핏거리다가 사라졌다.

"그렇게 말씀하시니 내 몇 마디 더 해 드리고 가도록 하겠습니다. 주인장께서는 요즘 갑자기 기력이 떨어지고 가슴이 심하게 두근거리며 머리가 어질어질하지 않으십니까?"

"예, 말씀하신 그대로입니다. 어떤 까닭이 있습니까?"

"노인장의 원래 수명은 여든두 살이오나 한을 머금고 있는 살기(殺氣)가 몸 가까운 곳에서 노인장의 원기(元氣)를 침해하는 탓으로 올 겨울을 못 넘길 것 같습니다. 짐작 가는 일 없으신지요?"

이 말을 들은 최염생의 머리 속에는 가슴에 낫을 꽂고 자기 대문 앞에서 쓰러져 죽은 달님의 애비 모습과 물에 빠져 죽었다던 어미 모습이 떠올랐다. 또 달님의 백치 같은 눈동자와 송장처럼 차디찬 알몸이 떠올랐다.

'그래, 고년을 곁에 둔 뒤부터 내 몸이 예전 같지 못하고 오히려 더 나빠진 것이 사실이야. 어쩐지 고년의 얼음장 같은 몸뚱이를 더듬고 나면 공연히 가슴만 뛰고 사지의 맥만 더 풀려 버렸지. 아차, 큰 일 났구나. 이런 줄도 모르고 고년을 끼고 자며 고년의 아랫구멍에 넣어 둔 대추까지 씹어 먹었으니 매일매일 살기(殺氣)만 빨아들인 꼴이 되었구나. 이 일을 어떡하면 좋지……'

여기까지 생각한 최염생의 몸과 마음은 갑자기 싸늘해졌다. 부르르 몸서리를 한 번 친 최염생은 염치불구하고 말했다.

"예, 사실은 근간에 어린 계집을 동첩(童妾)으로 들인 일이 있었는데, 그 이후부터 공(公)께서 말씀하신 그대로 이 몸에 이상한 증상이 나타났습니다. 어찌하면 좋은지 하교(下敎)해 주시면 무슨 일이든 시키는 대로 하겠습니다."

"오호, 그런 일이 있었군요. 참으로 큰 일 날 뻔했소이다. 어디 내 피방(避方)의 효험을 나타낼 수 있을지 시험이나 한 번 해 본 후 그 방법을 가르쳐 드리지요."

말을 중단한 이헌규는 술잔에다 최염생의 새끼 손가락에서 짜낸 피 한 방울을 떨어뜨린 다음 눈을 감고 낮은 소리로 몇 마디 주문을 외웠다. 그러자 피를 머금은 술이 뱅뱅 술잔 속에서 저절로 돌기 시작하더니 끝내 술잔 밖으로 쏟아져 나왔다.

이런 희한한 광경을 본 최염생의 눈가죽은 크게 벌어져 눈알이 튀어나올 것 같았다. 최염생의 이런 꼴이서니를 힐끗 한 번 쳐다본 객(客)은 손을 들어 술잔을 가리키며 '얏' 하는 소리를 크게 내질렀다. 그러자 술잔 속의 술은 요동을 멈추고 평온을 회복했다.

"노인장의 명이 길어 시생의 피방이 효험을 볼 것 같소. 그렇지만 내가 일러주는 방법 중에 하나라도 소홀히 해서는 안 되오.

잘 들으시오. 그 계집에게 맺혀 있는 원혼(寃魂)은 음(陰)에 속하니 마땅히 양(陽)으로 몰아내야 합니다. 그런즉 내일 오시(午時)에 빨간 비단으로 속옷을 만들어 그 계집에게 입히시고 그 계집에게 매일 대추 아홉 개를 먹이시오. 그런 다음 매일 계집의 대소변을 빨간 나무 그릇으로 받아 남향(南向)하여 먹도록 하시오. 이러면 노인장의 체내에 깃들인 음독(陰毒)을 제거할 수 있답니다. 명심할 것은 열흘 동안 하루도 빠져서는 아니 되며, 계집에게 맺힌 원혼을 위해 위령제를 지내 주시고, 계집은 저 가고 싶은 곳으로 보내 주어야 합니다.

자, 내가 알려 줄 말은 모두 다 했으니 이젠 보고 싶은 죽마고우와 술잔이나 나누러 가야겠소."

툴툴 털고 일어난 손(客)은 최염생이 쥐여 주는 금붙이를 사양하고 해 떨어진 밤길을 밟았다. 그는 밤나무골을 벗어나 신당골로 들어가 삼성사 옆 동굴로 올라가면서 중얼거렸다.

'사람의 탈을 쓰고 사람 같지 않은 짓을 하는 자에겐 사람의 똥오줌이 약이지.'

달님을 보러 온 이헌규가 신당골에까지 퍼진 삼돌이 내외의 비극을 전해 듣고 최염생을 그런 식으로나마 벌 준 것이었다.

최염생은 추호도 의심하지 않고 이헌규가 시킨 대로 했다. 그러나 달님이만은 제 갈 곳으로 자유롭게 보내지 않고 송도(松都)의 정요상에게 백미(白米) 50석을 받고 팔아 넘겼다. 정요상의 집에 종으로 팔려 간 달님은 종년의 이름에 님 자가 있어선 안 된다는 이유로 월이(月伊)라는 이름으로 고쳐 불렀다.

정요상 또한 달님의 고운 자태에 군침을 삼켰다. 그러던 어느 날 이종사촌인 이탁이 찾아왔다. 월이가 정요상의 서재 마루를 닦고 있을 때였다. 엉덩이를 들썩거리며 걸레질을 하고 있는 월이의 가슴 속에서 무언가 빠져 나와 흔들거렸다. 몹시도 낮이 익은 물건이었다. 이탁은 서슴없이 손을 내밀었다. 본능적으로 흠칫 놀라는 월이와 마찬가지로 이탁 역시 깜짝 놀랐다. 그것은 자신의 이름이 새겨져 있는 한 쌍의 옥가락지였다. 차만이의 얼굴이 옥가락지 위에서 아른거렸다. 이탁은 눈에 초점을 모아 한참 동안 월이를 쳐다보았다.

무슨 영문이냐는 듯 쳐다보는 월이의 눈동자 속에도 차만이의 그림자가 있었다. 이탁은 침중한 목소리로 입을 열었다.

"네 나이 몇 살이고, 어디서 태어났는고?"

"쇤네는 문화현에서 태어났고 올해 열다섯이옵니다."

월이의 기어 들어가는 목소리를 들은 이탁의 얼굴 표정이 일그러졌다. 보지 말하야 할 것을 본 듯한 표정 같기도 했고 나쁜 짓을 하다가 들킨 어린 아이의 표정 같기도 했으나, 반가움과 측은한 심정이 깃들여 있는 그런 표정이었다.

무거운 발걸음으로 들어서는 이탁의 얼굴을 본 정요상이 비릿한 웃음을 지으며 자리를 권했다.

"성님! 여기 앉으시오. 그런데 성님의 표정을 보니 밖에 있는 저 어린 계집이 마음에 쏙 든 모양이구려."

짐짓 떠보는 정요상의 말을 들은 이탁은 황급히 손사래를 치며 정색을 했다.

"이보게 아우! 큰 일 날 소리 말게. 내 이때껏 어떤 계집이든 사양해 본 적 없지만 저 계집만은 자네가 공으로 준다 해도 절대 취하지 않겠네."

"아니 성님, 저까짓 계집 하나 건드리면 무슨 큰 일이라도 날 것처럼 말씀하시는데 무슨 까닭이라도 있습니까?"

"암, 그런 까닭이 없고서야 어찌 그렇게 말하겠는가? 내 이곳으로 들어오다 저 애한테서 느껴지는 이상한 기운이 있기에 잠시 상을 보았더니 저 애의 상이 천 명에 하나 있을까 말까 한 도화혈겁지상(桃花血劫之相)이었다네. 한 번이라도 저 애를 품게 되면 패가망신에 살변까지 겪게 되는 그런 상 말일세."

"관상에 일가견이 있는 성님께서 그렇게 말씀하시니 틀림없겠죠. 쯧쯧……."

정요상은 아쉬운 혀를 차고 말았다.

종살이 3년에 달님의 나이 열일곱 살이 넘자 그 자태는 더욱 빼어났다. 정요상은 못먹는 밥에 재나 뿌리자는 심산으로 여진 땅에서 온 오랑캐 대불이와 달님이를 혼인시켜 버렸다.

몇 년간의 혹독한 시련 속에 힘있는 사람의 비위를 거스르면 어떤 결과가 온다는 것을 월이도 깨달았다. 그리고 자기처럼 구박받고 있는 대불이의 소 같은 모습에 연민의 정을 느꼈다. 그래서 주인 내외가 돼지 접붙이듯 주선한 그런 혼인이지만 아무 말 없이 고개만 까딱했던 것이다.

이것이 월이가 살아온 내력이었다.

월이는 아무도 지켜보지 않는 토방에서 창자가 꼬이고 사지가 뒤틀리는 아픔을 참아 가며 용을 썼다. 드디어 '으앙 으앙' 하는 힘찬 생명의 소리가 들려왔다. 그러나 혼절해 버린 어미뿐인 그곳에는 새 생명을 받아 줄 사람도, 탯줄을 끊어 줄 사람도 없었다. 한참 동안 새 생명의 외로운 울음 소리만이 방 안을 꽉 채우고 있었다.

얼마쯤 시간이 지났을까. 아득하게 먼 곳에서 들려 오는 듯한 애기 울음 소리를 들은 월이가 가까스로 정신을 차렸다. 그러나 몸이 천근만근 무거워 일으킬 수가 없었다. 생각뿐이었다.

이때였다. 갑자기 방 옆 마구간에서 홀로 있던 백설기가 목을 빼고 '히잉…… 힝' 하고 크게 울부짖으며 판자 벽에다 뒷발질을 해 댔다. 그 소리를 대청 한 구석에 앉아 마루를 닦고 있는 삼월이의 들썩거리는 엉덩짝을 훔쳐보고 있던 집사도 들었다.

"저놈의 말 새끼가 웬 지랄을 저렇게 떨고 있지?"

이렇게 중얼거린 장 서방은 비로소 대불이의 아낙이 해산한다는 것을 생각해 내고 삼월이 에미에게 월이의 해산 수발을 일러 주었다.

아기는 사내 아이였다.

대불이는 저녁 무렵에야 바쁜 걸음으로 방 안에 들어섰다. 아기를 안아 본 그의 얼굴엔 환한 웃음기가 번지다가 즉시 어두운 기색으로 바뀌었다.

'겨우 가보(家寶)의 소재를 찾았는데… 이 애 때문에 또 몇 년의 세월을 굴욕 속에서 지내게 생겼구나.'

어두운 얼굴로 아기를 들여다보는 대불이의 입 속에서 나직한 한숨이 새어 나왔다. 그러나 이따금씩 먼 하늘 저쪽을 쳐다보며 눈물을 짜 내던 월이의 얼굴에는 이때부터 밝은 빛이 돋아나기 시작했다.

아기가 돌이 지나자 대불이는 아들 이름을 '알이' 라 지었다. 알이가 두 돌을 맞이하자 대불이만 보면 샐쭉한 눈매로 트집을 잡고 채찍질을 마구 해 대던 주인 나으리의 태도가 좀 너그러워지기 시작했다. 마흔 고개를 넘어선 그에게 비로소 기다리고 기다리던 사내 자식이 태어난 것이었다.

알이는 아장아장 걷기 시작할 때부터 아비를 따라 마구간에서 놀기를 좋아했다. 낯선 사람이 마구간으로 들어서면 귀를 바짝 세우고 뒷발질을 하던 말들도 알이에게는 친근하게 굴었다. 특히 백설기는 알이에게 애정까지 가지고 있는 듯했다. 마구간 안으로 기어들어간 알이가 말다리를 붙잡고 늘어지거나 발 어림에 앉아 놀 때도 짓밟히지 않도록 조심하는 눈치였고, 늘어진 젖꼭지에 알이의 입이 닿을 때는 몸을 낮추어 빨아먹기 편하도록 해 주기도 했다. 마치 자기 새끼 돌보듯 했다. 새끼는 짐승 새끼라도 사람 눈엔 귀엽게 보이는 것처럼 백설기의 눈에도 사람 새끼가 귀엽고 사랑스럽게 보이는 모양이었다.

해야 할 일은 끝없이 많고 나와야 할 젖은 적게 나오는 월이에겐 알이와 놀아 주고 젖까지 먹여 주는 백설기가 참으로 고마운 존재였다.

이렇게 자란 알이가 다섯 번째 봄을 맞이했을 때였다.

멀리서 간간이 짖어 대는 개 소리만이 고요한 공기를 흔들어 놓고 있는 캄캄한 밤이었다. 깊은 잠에 빠진 대불이의 방문을 조심조심 두드리며 '달님아, 달님아.' 하고 부르는 사람이 있었다. 구월산의 이헌규였다.

들기름 등잔불 밑에서 이헌규의 자상한 모습을 본 월이는 "할아버지" 하는 소리와 함께 그의 품에 안겼다.

월이는 그의 품에 안겨 그 동안 억눌러 왔던 모든 서러움과 부모님에의 그리움을 훌쩍거리는 코울음으로 풀어 놓았다. 몇 년 사이에 엄마가 된 월이의 숙성한 모습을 본 이헌규는 월이의 출생 내력과 비참하게 저 세상 사람이 된 양부모의 일들을 모두 말해주어야 될 때가 되었음을 알았다.

하늘과 땅이 빙글빙글 돌게 하는 이헌규의 말을 들은 월이의 가슴은 갈기갈기 찢어지는 듯했다. 땅을 치며 엉엉 울어도 시원치 않았지만 월이는 입술을 꼬옥 깨물고 멍청한 눈빛으로 앉아 있기만 했다. 옆에 있던 대불이만이 월이 대신 소리없이 눈물 방울을 떨구고 있을 뿐이었다. 눈물에 젖어 있는 대불이의 얼굴과 넋나간 듯 멍하니 앉아 있는 월이, 그리고 새근새근 맛있는 잠을 자고 있는 알이, 이들을 한눈에 살펴보던 이헌규는 긴 한숨을 내쉬며 품 속에서 책 한 권을 끄집어냈다.

"애들아! 너희들이 당한 이 모든 슬픔은 바로 힘이 없었기 때문이란다. 왜 힘이 없었는지 아느냐. 그것은 너희들이 글을 모르기 때문이다. 달님아, 그리고 대불아! 너희들이 당한 이런 서러움과 치욕을 사랑하는 자식에게까지 이어받게 하고 싶지는 않겠지…….

그렇다면 너희들도 글을 익혀야 하고 자식에겐 반드시 글을 가르쳐야 하느니라. 그리하여 너희들이 힘을 지니게 되면 언젠가는 주인도 종도 억압도 굴욕도 없는 평등한 세상을 맞이할 때가 찾아온단다.

이 책은 힘없고, 그럼에 따라 시간마저 없는 너희들이 아주 쉽게 독학(獨學)할 수 있도록 내 머리를 짜 내어 만들어 보았다. 그러나 아쉽게도 한 가지 모자란 것이 있는데, 이 책으론 문자의 뜻은 깨칠 수 있지만 그 소리(音)를 나타내기에는 부족함이 많다는 것이다. 그렇더라도 문자를 완전히 익힐 수 있는 토대는 될 수 있을 것이니라. 자, 곧 날이 밝아 올 것 같으니 나는 간다.

아 참, 조심할 것이 있단다. 힘이 있고 가진 자들은 이때껏 누려왔던 그들의 위치가 흔들릴까 두려워 너희들이 힘을 지니는 것을 아주 싫어한단다. 그러니 너희들이 글 공부하는 것을 힘있는 자들과 너희 상전이 알지 못하게 해야 한다. 부디 내 말을 명심해라. 그리고 너희들에게 무슨 일이 생기면 구월산으로 나를 찾아오너라. 그럼, 나는 간다.”

닭 우는 소리와 함께 이헌규는 바람처럼 흔적없이 담장 밖으로 사라졌다. 대불이가 펼쳐 본 그 책은 사물을 나타내는 그림이 그려져 있고 그 밑에 그 그림을 뜻하는 글자가 쓰여 있는 그림책이었다. 아무도 모르는 일이지만 그 정도 글자는 대불이도 이미 알고 있는 바였다. 그런 그였지만 아들에게 글을 가르쳐야 한다는 생각을 못하고 있었는데 이헌규의 말을 듣고 크게 깨달을 수 있었다.

그래서 이제나저제나 하루하루 때만을 기다려 왔지만 이제부터라도 그 중요한 글을 아들에게 가르치기로 결심했다.

“알이야! 요 글자는 네 어미 같은 사람을 뜻하는 모(母)라고 한단다. 이

모(母)를 만주 땅에 사는 사람들은 에메라 한단다. 또 이 글자는 돌멩이를 뜻하며 석(石)이라 부르는데 만주 말로는 돌이라 한단다. 그리고 이 자는 사(絲)라고 소리내며 실을 말하는데 만주 말 역시 실이라 한단다."

대불이는 알이에게 한자를 가르치며 여진 말까지 덧붙여서 가르쳤다.

"아바! 우리 고려 말하고 저 북쪽 오랑캐 말하고 아주 같은 것이 많네요. 어째서 야만인인 그들의 말이 우리와 같은가요? 그리고 아바는 어째서 오랑캐 말을 알고 있나요?"

글을 배운 지 채 1년도 되지 않은 알이였지만 그 총명함은 아주 뛰어났다. 하나를 가르치면 둘을 깨달았고 의심이 가는 것은 언제나 그냥 넘어가지 않고 꼬치꼬치 캐물었다.

알이의 말을 들은 대불이는 한참 동안 생각을 하다가 입을 열었다.

"알이야! 한 조상님 밑에서 태어나 한 나라를 이루고 사는 한 핏줄들은 말뿐만 아니라 전해지는 풍속까지도 같은 법이란다. 자세한 것과 이 애비가 여진 말을 잘 하는 까닭도 언젠가 때가 되면 모두 말해주마."

이렇게 얼버무린 대불이는 방문을 열었다.

알이가 일곱 살이 된 1월 중순의 어느 날 정오였다.

바깥에는 아침부터 시름시름 날리기 시작한 눈이 제법 두툼하게 쌓여 있었다. 월이가 치마폭에 감싸쥐고 온 보리밥덩이로 배를 채운 알이는 하얀 융단을 깔아 놓은 듯한 바깥으로 뛰쳐나갔다.

푹푹 빠져들며 빠드득거리는 눈 위를 뒹굴어도 보고 눈을 뭉쳐 던져보기도 하며 이리저리 뛰어다니며 발자국을 찍어 내기도 했다.

그러던 아이는 안채로 들어가는 에미의 뒷모습을 보고는 눈 위에다 어미 모(母)자를 발자국으로 만들어 보았다. 자기 손바닥에다 손가락으로 그려 볼 때보다 재미있고 신기했다. 재미를 붙인 알이는 아비 부(父) 자도 그려 보고 천(天)·지(地)·우(宇)·주(宙) 등의 글자를 찍어 보았다.

이때 한 대여섯 살 되어 보이는 사내 아이 하나가 손에 작대기를 들고 다가왔다. 그는 글 찍기에 정신 팔린 알이 옆으로 가까이 가 '에헴' 하는 헛기침 소리를 뱉어 냈다. 그래도 알이는 제 할 일만 했다.

심술이 난 아이는 이리저리 뛰며 알이가 찍어 놓은 글자들을 발로 밟아 없애 버렸다. 그제야 인기척을 느낀 알이가 시큰둥한 얼굴로 그 아이를 노려보았다.

"이 종놈아, 상전이 납시면 냉큼 엎드려 분부를 받아야지 모른 척 외면을 해? 어디 맛 좀 봐라."

제 애비가 늘상 하던 짓거리를 보고 배운 아이는 그렇게 말하며 알이의 얼굴을 막대기로 때리기 시작했다. 알이의 얼굴에서 떨어지는 피가 하얀 눈 위에 빨간 꽃잎을 그려 놓았다. 화가 난 알이는 아이의 손에서 막대기를 뺏어 멀리 던져 버렸다. 힘이 딸려 막대기를 빼앗긴 아이는 이번에는 두 손으로 알이의 얼굴을 할퀴며 때렸다. 이리저리 피하기만 하던 알이는 달려드는 아이를 확 떠다밀었다.

쓰러진 아이의 입에서 크게 앵앵거리는 울음 소리가 터져 나왔다.

집사와 함께 당장 정요상이 달려왔다. 아들 녀석은 와앙 울면서 제 애비 정요상에게 달려들었다. 그런데 정요상의 눈길이 알이와 알이가 찍어 놓은 글자에 머물렀다.

"종놈의 새끼가 감히 문자를 익혀……. 그래 놓으니 간이 배 밖으로 나와 상전을 쳤군."

이런 소리를 중얼거린 정요상은 제 새끼를 안아 들고 가면서 집사에게 분부했다.

"저 잡종자를 제 애비와 같이 내게 데려오너라."

이 소동을 삼월이 에미에게서 전해들은 월이는 눈 앞이 캄캄해지고 두 다리가 후들후들 떨려 그만 정주 바닥에 털썩 주저앉고 말았다. 월이의 머리 속에 끔찍한 징벌을 받았던 삼월이의 모습과 아들의 모습이 겹쳐졌기 때문이다.

작년 10월경에 어린 상전을 목욕시키던 삼월이가 뜨거운 물을 상전의 다리에 떨어뜨려 가벼운 화상을 입게 했다. 실수로 빚어진 그 일로 삼월이는 펄펄 끓는 물 두 바가지를 등짝에 뒤집어써야 했다.

월이는 백설기를 끌고 대장간에 간 대불이가 그 길로 영영 되돌아오지 않으면 하고 바랐다. 그러나 대불이는 오래지 않아 돌아왔다.

파랗게 질린 얼굴로 자초지종을 말하는 월이를 등지고 서서 대불이는 생각했다.

'아무리 악독한 주인이지만 설마 그만한 일로 무슨 큰 벌을 내릴까. 아마도 채찍으로 몇 번 치면서 으름장이나 놓고 말겠지.'

대불이 부자는 집사의 뒤를 따라 정요상의 사랑으로 들어갔다.

빨간 열기를 이글이글 토해 내는 화로에 손을 쬐며 기다리고 있던 정요상은 미처 그들이 자리에 앉기도 전에 호통부터 내질렀다.

"네 이놈! 네놈은 종놈의 신분으로 감히 자식놈에게 문자를 가르치더니 끝내 어린 상전을 치게 만들었구나. 그 죄로 말하면 당장 물고를 내야 하지만 상전을 친 그 손에 가벼운 징벌이나 내려 상전의 존귀함을 잊지 않도록 해 주겠다. 여봐라, 장 서방! 저 어린놈의 손모가지를 이리 내밀게 하라."

제법 너그럽게 말을 한 정요상은 벌건 숯불 속에 꽂혀 있는 부젓가락을 집어 들었다.

조마조마했던 대불이의 가슴이 철렁했다.

"나으리, 어린 자식놈을 잘못 가르친 죄는 제게 있으니 벌은 제가 받겠습니다."

"그래, 부자일체(父子一體)라 했으니 누가 받아도 상관없지."

이내 푸르스름한 연기가 천장으로 넘실넘실 올라갔고 인육(人肉)이 타는 노릿한 냄새가 코를 찔렀다. 그러나 대불이의 꼭 다문 입 속에서는 신음 소리 하나 새어 나오지 않았다. 대불이의 굵은 팔뚝에 부젓가락 자국이 세 개나 새겨졌다.

노기가 약간 풀린 얼굴로 대불이와 알이의 얼굴 표정을 살피던 정요상의 포악성이 또다시 솟구쳤다. 겁먹은 표정도 없는 죄그만 놈의 눈동자가 자기의 눈길을 피하지도 않고 빤히 쳐다보고 있었던 것이다. 자기 아들과는 비교도 안 되게 잘생긴 종놈 새끼의 그 얼굴도 미웠고, 그 얼굴 위에 나타나는 눈 위에 그려진 문자들도 자기와 어리석은 자기 자식을 조롱하는 것 같았다.

"저놈이! 저 어린 종놈의 새끼가 감히 어디를 쏘아봐!"

정요상의 삼각눈에 새파란 독기가 번쩍했다.

그 순간 정요상은 벌겋게 익은 부젓가락을 뽑아 들고 맑은 빛을 쏘아내고 있는 눈동자를 폭 찔러 버렸다.

"아……악."

단말마의 비명을 지르고 알이는 쓰러졌다. 두 눈을 감싼 손가락 사이로 핏물이 보이고 푸르스름한 연기 자락이 꼬리를 떨며 매달려 있었다.

순간 대불이의 눈은 시퍼런 불길을 내뿜었다. 꼭 다문 입술에선 피가 흘러내렸다. 어두운 밤의 산짐승 눈빛처럼 빛나는 그의 눈을 본 정요상은 엉덩이를 뒤로 빼며 장 서방을 쳐다보았다.

장 서방은 일어서려는 대불이의 어깨를 짓눌러 앉히면서 말했다.

"어서 아이나 안고 가서 돌보게."

까무러쳐 버린 알이의 손을 벌려 본 대불이와 월이는 한숨을 가만히 내쉬었다. 다행히 눈알은 상하지 않았다. 그러나 눈알 사이 인당(印堂) 부위는 폭 패었고 이마 주위는 벌겋게 부어 올라 있었다.

그날 밤이었다.

알이를 안고 흐느끼다 잠이 든 월이를 조심스럽게 깨운 대불이는 가슴 속 깊이 묻어 두었던 말을 끄집어냈다. 월이와 짝이 된 지 7년이나 되었지만 한 번도 내비친 적 없는 비밀이었다. 함부로 발설했다가 일이 잘못되면 당치도 않은 10년의 종살이가 모두 헛고생이 되는 것이다. 그것뿐이라면 그래도 괜찮다. 오랜 세월 동안 가슴 속에 묻어 두었던 천고(千古)의 꿈이 모두 물거품이 되어 조상들에게까지 치욕을 줄 수도 있었다.

이런 엄중한 일이기 때문에 한 몸이 된 월이에게까지 함부로 발설을 할 수 없었던 것이다. 알이가 다섯 살 되던 해, 월이에게 털어놓으려 했지만 월이의 속을 알지 못해 망설였던 것이다.

오늘 일을 보면 어린 알이도 애비와 같이 어떤 고난이라도 이겨 나갈 수 있을 것 같았다. 그리고 이때까지 겪어 본 월이의 심지(心志)도 안심할 만했다. 또 오늘의 일을 보아 주인인 정요상이 알이에게 다시 어떤 못된 짓을 더 할지 두려워졌다. 때는 지금이었다. 금인이 있는 곳도 알았으니 더 이상 기다릴 이유가 없었다. 그제야 대불이의 굳게 닫혔던 말문이 비로소 열린 것이다.

"월이! 오늘 일을 보면 앞으로 우리 알이가 또 어떤 고통을 당할지 몰라. 우리, 알이를 위해 이 집에서 달아나 버릴까?"

조심스럽게 말한 대불이의 손을 월이가 꼭 쥐었다.

"월이도 잘 알겠지만 도망간 종에게 가해지는 무자비한 징벌, 그리고 우리 세 식구가 도망다니며 겪어야 될 쓰라린 고통, 우린 이 모든 것들을 견뎌 낼 각오를 해야 해."

"우리 알이가 사람답게 살 수 있다면 나는 어떤 고통도 달게 받겠어. 설혹 내 몸이 갈가리 찢어진다 해도."

"그럼 언제라도 떠날 준비를 해 둬."

와락 힘차게 껴안은 그들의 눈빛이 어둠 속에서 반짝 빛났다.

향긋한 풀냄새를 실은 바람이 살짝살짝 코끝을 간지럽히는 2월이 왔다.

곧 이 세상이 뒤집혀 이 씨(李氏)가 왕 씨(王氏) 대신 임금이 된다네.

몇 년 전부터 은밀하게 나돌던 소문들이 이제는 천한 하인들의 입에서까지 공공연하게 흘러나왔다.

봄바람 따라 신진 사대부인 정도전의 일가붙이라며 으쓱거리고 다니던 정요상의 나들이도 부쩍 잦아졌다.

"오늘은 예서 유(留)할 터인즉 네놈은 돌아가 집사에게 문단속 잘하란다고 이르고 내일 아침 동틀 때까지 여기로 나오너라."

말에서 내린 정요상은 의젓한 걸음걸이로 정도전의 솟을대문 안쪽으로 사라졌다. 오늘은 2월 스무 날.

'드디어 때는 왔다.'

허리를 숙이는 대불이의 입 속에서 소리없는 한 마디가 나왔다. 나는 듯한 걸음으로 돌아온 대불이가 집사인 장 서방에게 정요상의 분부를 전하자 장 서방의 입가에 의미 모를 웃음기가 보였다. 이 웃음기는 정요상이 외박할 때마다 보아 왔던 의미 모를 웃음이었다. 평소엔 웃는 얼굴을 보이지 않던 그를 뒤로하고 돌아온 대불이는 월이가 바삐 오기만을 기다렸다.

월이는 얼마 안 있어 왔지만 언제나 그렇게 빨리도 찾아오던 어둠은 뒷짐을 진 채 느릿느릿 찾아오는 듯했다. 대불이의 심상치 않은 기색을 살핀 월이는 대불이의 입만 쳐다보았다. 밤이 제법 이슥해지고 하나둘 하인들의 움직이는 소리도 사그라들었다.

귀를 반짝 세우고 밤 공기를 가늠해 보던 대불이는 떨리는 목소리로 말했다.

"우리는 오늘 밤에 이곳을 벗어나야 해. 준비는 다 되었겠지?"

벌써부터 대강 보따리를 싸 놓은 월이가 고개를 끄덕였다.

"북문으로 나가는 산기슭에 있는 상엿집 알지? 그곳에서 나를 기다리고 있어, 알이야! 엄마 손 놓치면 안 돼, 알겠지?"

아버지와 엄마 사이에 오가는 말을 듣고 있던 알이도 눈을 빛내며 고개를 끄덕거렸다. 아들과 지어미를 담장 밖으로 넘겨준 대불이는 마구간으로 갔다. 내민 손에 반가운 듯 주둥이를 갖다 대고 부비는 백설기를 쓰다듬으며 대불이는 사람에게 하듯 나직하게 속삭였다.

"푸라타! 이젠 너하고도 이별할 때가 되었구나. 너를 데리고 가지 못하는 나를 용서해 다오. 너도 이젠 새끼가 생겼으니 새끼한테 내게 주던 정까지 모두 주고 오래도록 살아라. 넓고 넓은 저 북녘 벌판 네 고향이 어찌 그립지 않겠느냐마는 어쩔 수 없이 너를 두고 나는 간다. 잘 있어라."

'푸라타'는 만주 말로서 눈언저리가 '붉다'는 뜻이었다. 백설기의 눈언저리에 커다란 붉은 반점이 있다 하여 대불이 아버지가 붙여 준 이름이었다. 대불이의 말을 알아들었는지 푸라타는 슬픈 울음소리를 내며 대불이의 뺨을 핥아 주었다. 대불이는 안채로 들어가는 사잇문을 소리나지 않게 열면서 다시 한 번 뒤를 돌아보았다. 백설기도 이별을 슬퍼하는 듯 '히이잉' 하고 울었다. 고양이 걸음으로 안채 쪽으로 다가간 대불이는 주인 마님이 거처하는 안방 대청으로 올라갔다.

그런데 이것이 웬일인가. 안방 마님의 숨소리만 들려야 할 방 안에서 난데없이 나직한 사내의 목소리가 들리는 것이 아닌가.

"마님, 소인은 이만 물러갈 터이니 한숨 푹 주무시지요."

소곤거리는 그 소리는 분명 장 서방의 목소리였다. 안방 마님의 목소리도 이불깃 스치는 소리와 함께 들려왔다.

"아직도 밤은 길기만 한데 서둘긴 왜 서둘러. 힘이 들면 가만히 누워 있어. 내가 알아서 할게."

부인은 그 말과 함께 사내의 어디를 어떻게 했는지 '흑' 하는 숨넘어가는 소리가 사내의 입에서 새어 나왔다.

'아아……. 생각지도 못한 요런 요상한 일이 내 10년(十年)적공(積功)을 허물게 될 줄이야. 이젠 어떡하면 좋지?'

절망에 빠진 대불이는 아랑곳하지 않고 방 안에서는 살덩이 부딪치는 소리, 헉헉거리는 연놈의 외마디 소리, 몸 부비고 뒹구는 소리가 계속 이어졌다.

'아마도 저들은 날이 밝아 올 때까지 저러구 있겠지. 이미 월이와 알이는 약속 장소에 가 있을 텐데 도대체 어떡하면 좋지?'

아찔한 생각과 더불어 소리없이 물러나는 대불이의 귀에 건넌방에서 내쉬는 한숨 소리가 들려왔다.

'옳아, 마님의 몸종인 꼭지도 이 일을 알고 깨어 있었구나.'

소리없이 중얼거린 대불이가 대청 아래로 내려섰을 때 건넌방에서 어린 상전의 째지는 듯한 울음 소리가 터져 나왔다. 화들짝 놀란 대불이는 재빨리 마루 밑으로 기어 들어갔다. 조금 후 부시럭부시럭 옷 주워 입는 소리가 나더니 부인은 안방 방문을 열고 건넌방으로 들어갔다.

"이년아! 도련님을 잘 모시지 못하고 왜 울리고 야단이냐?"

"마님, 쇤네도 잠결에 도련님 우는 소리를 듣고 잠이 깼사온데 무슨 영문인지 모르겠네요."

잠에 취한 듯한 꼭지의 목소리에 약간 안심을 한 부인은 아이를 토닥토닥 두드리며 달랬다. 이 틈에 장 서방은 부인이 열어 놓은 문을 통하여 바람같이 어둠 속으로 사라졌다. 한참 후 아이를 안고 안방으로 되돌아온 부인은 혼잣말로 중얼거렸다.

"조년이 눈치를 채고 아이를 꼬집어 깨웠는지도 몰라. 내 조것을 단단히 구슬려야겠군."

얼마나 시간이 흘렀을까.

몇 번씩이나 아쉬움이 깃들인 한숨을 내쉬던 부인의 입에서 코고는 소리가 들려 왔다. 대불이는 마루 밑에서 기어 나와 안방 문을 스르륵 열었다. 그렇게 방문을 닫은 그는 장님처럼 손과 발을 더듬거리며 벽장 쪽으로 갔다. 벽장 속은 한없는 듯 넓었고 들어앉아 있는 가지각색의 물건들이 많아 부시를 쳐 불을 밝히지 않은 다음에야 도저히 손으로 더듬어서 찾을 수가 없었다. 대불이의 얼굴에서 땀이 비 오듯 쏟아졌다.

이때 인기척을 느낀 부인이 부스스 눈을 뜨며 조용한 목소리로 말했다.

"이 사람아, 이젠 날이 밝을 때도 되었고 내 옆에 요롷게 아이까지 자고 있으니 안 되겠네. 못다 한 정일랑 다음 번에 마음껏 풀어 보세, 꼭지년이 잠귀가 밝은 듯하니 조심해서 돌아가게."

잠에 취해 설 정신이 든 정요상의 부인은 대불이를 장 서방으로 착각한 모양이었다. 이 말을 들은 대불이의 머리 속에 한 가닥 빛이 번쩍했다. 대불이는 부인 곁으로 슬며시 다가가 부인의 목에 비수를 들이대며 나직하게 말했다.

"큰 소리 치면 이 칼이 목으로 파고들 것이오. 조용히 내 말만 들어주면 마님도 살 뿐 아니라 장 서방과의 일도 어둠에 묻어 버리겠소.

내 말을 알아들었으면 고개만 끄덕거리시오."

부인은 창백한 얼굴로 끄덕였다.

"좋소, 내가 원하는 것은 저 벽장 속에 들어 있는 금인(金人)이오. 어서 꺼내 오도록 하시오."

그것은 남편인 정요상이 무엇보다 애지중지하는 것이었다. 그는 안방에만 들어오면 그것을 꺼내어 이리저리 살펴보며 고개를 갸우뚱거렸었다. 그렇기 때문에 금인(金人)이 들어 있는 향나무 상자가 있는 자리는 눈을 감고도 찾을 수 있었다. 그러나 그것을 내주고 나면 남편에게 뭐라고 변명을 할 것이며, 길길이 날뛸 남편을 어떻게 달랠 것인가. 그렇지만 우선은 살고 봐야 했고 장 서방과의 일이 묻혀져야 하는 것이 더 큰 일이 아닌가. 부인은 벽장 속을 부스럭거리더니 자그마한 상자 하나를 들고 와 대불이에게 내주고 말았다.

대불이는 손에 들었던 칼을 입에 물고 불을 밝혔다. 뚜껑을 열자 금빛으로 찬란히 빛나는 인형이 나타났다.

'아, 드디어 찾았구나. 10년 동안 이것 때문에……'

상자를 든 대불이의 손이 떨리는 것과 동시에 왈칵 눈물이 배어 나오고 입에 문 칼까지 방바닥에 떨어뜨리고 말았다.

어둠 속에 드러난 대불이의 모습을 본 부인은 깜짝 놀랐다. 때리면 때리는 대로 맞고, 하라면 하라는 대로 순종하던 소나 말 같은 오랑캐 좀놈의 아닌가.

'저런 무골충 같은 놈이 어떻게 이 보물을 알까……. 그리고 갑자기 무슨 결기가 생겨났기에 이다지도 간 큰 짓을 저지를까. 흥, 제깟놈이……'

발발 떨던 부인은 평소의 앙칼진 성정을 되살렸다.

"이놈 대불아! 네놈이 감히 이런 행패를 자행하고도 살아 남을 성싶으냐, 냉큼 그것을 여기다 두고 네 갈 길로 간다면 나 역시 네놈을 뒤쫓지 않을 것이니라. 어서 그것을 이리 주고 썩 나가거라."

벅찬 감격에 젖어 멍하니 있던 대불이는 아까하고는 태도가 달라진 부인의 태도에 제정신이 돌아왔다.

'그렇지, 빨리 나가야지. 장 서방이라도 나타나면 10년 공부 나무아미타불이지.'

대불이는 상자를 품 속에 갈무리한 후 아무 말 없이 방문을 열었다.

'어⋯⋯저것이 그냥 내빼려구? 어림 반 푼어치도 없지.'

대불이의 뒷등을 쳐다보는 부인의 눈빛에 독기가 서렸다. 쪼그리고 앉아 있던 부인은 대불이가 떨어뜨린 비수를 집어 들었다. 부인은 몸을 숙이며 이제 막 방문 밖으로 사라지려는 대불이의 허벅지어림을 바쁘게 내리찍어 버렸다. 살을 찢는 아픔에 기우뚱하던 대불이의 몸이 돌아섰다. 대불이의 눈에도 새파란 불꽃이 확 피어오르고 나갔던 발이 부인의 면상을 확 걷어차 버렸다.

칼을 움켜쥔 부인은 '흑' 하는 소리와 함께 뒤로 홀떡 자빠졌다.

"아악."

잠 속에 빠져 바깥 세상을 모르고 있던 어린애의 입에서 단말마의 비명이 터져 나와 고요한 밤 공기를 쫙 찢어 놓았다. 자빠지던 부인의 손에 들린 칼이 애꿎은 아이의 목줄기를 꽉 찍어 버렸던 것이다.

대불이는 안채 담벼락에 붙어 있는 감나무를 타고 담장을 넘은 다음 북문 쪽을 향해 냅다 뛰었다.

울부짖는 마님의 소리와 장 서방이 하인들을 깨우는 소리가 점점 멀어졌다. 대불이는 뒤뚱거리며 달렸다.

오른쪽 다리가 이제서야 화끈거렸다. 대불이는 길가에 앉아 옷깃을 찢어 푹 파인 허벅다리를 꽉 졸라매고 주위를 둘러보았다. 희붐하게 동녘 하늘은 잠에서 깨어나고 있었다.

〈3권에 계속〉

금인의 전설 2권

인쇄일	2023년 1월 12일
발행일	2023년 1월 17일
저 자	김용길(010-4119-5482)
발행처	뱅크북
신고번호	제2017-000055호
주 소	서울시 금천구 가산동 시흥대로 123 다길
전 화	(02) 866-9410
팩 스	(02) 855-9411
이메일	san2315@naver.com